KB153995

시베리아,

　그 거짓말

시베리아, 그 거짓말

© 정태언

1판 1쇄 발행 | 2024년 2월 12일

지은이 | 정태언
펴낸이 | 정홍수
편집 | 김현숙 이명주
펴낸곳 | (주)도서출판 강
출판등록 | 2000년 8월 9일(제2000-185호)

주소 | 서울시 마포구 동교로17안길 21 (우 04002)
전화 | 02-325-9566
팩시밀리 | 02-325-8486
전자우편 | gangpub@hanmail.net

값 15,000원
ISBN 978-89-8218-335-5   03810

• 이 도서는 2023년도 한국문화예술위원회 아르코문학창작기금 발간지원 사업에 선정되어
  발간되었습니다.

시베리아,
그 거짓말

정태언 소설집

강

차 례

한 뼘

'우주의 날'이란 게 있나 보다. 알아보니 4월 12일은 최초의 우주인 유리 가가린이 처음 지구를 벗어난 날이라 했다. 이를 기념해 몇 년 전에 유엔에서 이날을 '국제 우주의 날'로 제정한 모양이었다. 그 제정의 배경을 보니 충분한 개연성이 있었다. 다만 '우주의 날'을 두고 나는 고개를 갸웃거렸다. 그게 러시아의 벽촌 알타이공화국으로부터 날아들었기 때문이다. 농담 같았다.

우주를 상기시킨 건 알타이에 사는 카르쉬라는 친구였다. 그는 SNS에 알타이의 소식들을 가끔 올렸다. 타이가의 사계나 카툰강의 아름다운 풍경 사진이 자주 올라왔다. 그의 시들도 가끔 눈에 띄었다. 대개가 알타이어로 쓴 시였지만 가끔

씩 러시아어로 올라올 때도 있었다. 그 속에서 알타이의 자연을 노래하고 그들의 전통을 찬양했다. 그런 그가 "우주의 날을 축하한다!"는 말을 남겼다. 뜬금없었다. 높은 산들과 타이가에 둘러싸인 마을에서 평생을 보낸 그가 현대 과학의 산물을 기념하는 '우주의 날'에 보낸 어색버석한 메시지. 묘했다. 알타이공화국의 수도인 고르노-알타이스크 중앙광장에서 본 기록 사진들 중 한 장이 떠올랐다.

그곳에 여객기가 처음 취항할 때였다. 비행기 트랩을 내려오면 활주로였다. 비행기에서 내린 사진 속 알타이 여인은 도시풍의 멋진 원피스를 입었다. 그녀를 마중 나온 남자는 '보룩'이라는 알타이 전통 모자를 쓰고 복장도 알타이식이었다. 얼굴로 미루어 부녀 사이로 보였다. 남자의 양손에는 줄이 길게 늘어져 있었다. 그 줄은 뒤쪽에서 따라오는 하얀 말로 이어졌다. 줄은 말고삐였던 것이다. 말을 타고 공항으로 마중나온 알타이 풍경. 내내 머릿속에 남아 있었다. 그들이, 특히 양장을 하고 치마를 입은 그 여인이 어떻게 그 남자와 함께 집으로 갔을지 상상만 했다. 카르쉬의 '우주의 날' 축하 메시지가 꼭 그랬다. '우주의 날'을 위한 뜬금없는 카르쉬의 축전에, 아니 '우주'라는 단어 앞에서 나는 자못 심각해졌다.

우주가 내게 가져다준 이상한 병이 있다. 일종의 공황장애 같은 것인데 그게 나를 휘감으면 숨을 몰아쉬며 어쩔 줄 모르게 된다. 고등학교 때 물리실험실에서 본 진공관 속 입자와 다를 게 없다. 열을 가하면 입자들은 빠른 속도로 진공관을 뛰쳐나가려 통통 튄다. 열기에 달아오른 진공관 속은 아비규환이다. 입자들은 그 생지옥 속에서 뛰쳐나오려 허둥허둥한다. 먼저 나가겠다고 뒤범벅이 된 채 서로의 몸을 치고받는 순간 입자들은 파르르 스파크를 일으키며 스러진다. 진공관을 발명한 목적은 그런 섭리를 알리려는 것 아닐까. 이따금 스파크 신세가 안 된 입자들도 진공관 벽에 부딪혀 탈출은 실패로 끝이 난다. 그래 봐야 곧바로 다른 입자와 맞닥뜨려야만 한다. 그게 진공관 속 입자들의 운명이었다.

공황에 빠지면 나는 후―후 숨을 겨우 내뱉으며 어찌하면 그 순간에서 빠져나갈까 갈팡질팡한다. 그래 봐야 하는 짓이란 고작 이렇다. 바로 눈앞의 공간을 인지한다. 대개가 방 같은 사면이 막힌 협소한 장소다. 그곳을 뛰쳐나간다. 거리로 나서면 아파트가 빼곡하게 들어찬 우리 동네가 시야를 막는다. 거기서 더 나가면 우리 동네가 포함된 도시다. 아스라한 지평선 끝을 보면서 그 도시를 벗어나면 다음 차례는 국가가 된다. 대부분은 한국이다. 그리고 세계 곳곳의 지명들이 줄을 잇는다. 곧바로 무섭게 가속이 붙는다. 곧바로 지구다. 그곳도 답답하다. 귀가 먹먹하게 막혀오는 진공상태를 느끼며 나는 광속으로 날아 태양계에 다다른다. 숨이 가득 차오른다. 화성이고 금성을 떠돌아도 차오른 숨은 제자리에서 옴짝달싹 않는다. 내가 이름을 알고 있는 태양계의 다른 별들을 떠돌아도 마찬가지다. 그리고 은하수. 거기서도 숨을 제대로 내뱉을 수가 없다. 은하수의 그 수많은 별들도 내가 머물 곳이 아닌, 벗어나야 하는 답답한 공간일 뿐이다. 이제 턱밑까지 차오른 숨을 내쉬려 다시 비행을 한다. 그러고는 우주라는 단어와 맞닥뜨린다. 내가 알고 있는 마지막 공간이다. 우주는 앞을 가로막으며 강짜를 부린다. 까불지 말고 조용히 있으라고. 우주를 지나쳐 나아가고 싶은데 그게 마지막이다. 우주 다음은 없다. 모든 걸 뭉뚱그려 휩싸버리는 우주. 블랙홀이니 화이트홀이니 의문투성이의 우주를 향한 첫발을 이제 내디딘 참인데 감히 가소롭게 네 따위가 단번에 우주에 도전을 하다니. 결국 우주 앞에서 나는 스러지고 만다. 파랗게 질린 얼굴로 겨우 숨을 토해내고 벽을 바라볼 따름이다.

물론 전부 다 머릿속에서 벌어지는 일이었다. 나는 진공관 밖으로 뛰쳐나가지 못하는 입자와 다름없는 신세임을 깨닫고 다시 좁은 공간으로 회귀한다. 내가 태양계를 넘고 은하계를 지나 우주까지 다녀오는 시간은 대개 이삼 분, 길면 오 분 정도다. 그러다가 가슴을 움켜쥐고 제풀에 수그러든다. 중간중간 조금씩 끊어 내뱉다 남은 숨 뭉치가 진공관 속에서 파닥거리는 스파크처럼 진저리를 치며 단속적으로 입 밖으로 뛰어나온다. 남들이 그 꼴을 보면 분명 별놈 다 본다고 비웃을 게 틀림없다. 정신을 차리면 좁디좁은 방 안이다.

나같이 우주를 두고 숨을 못 쉬던 사람들이 많았나 보다. 아인슈타인, 보어, 데이비드 봄, 슈뢰딩거 같은 유명한 학자들도 우주 앞에서 쩔쩔맨 게 분명했다. 고등학교 물리 선생이 칠판에 적어놓은 '상대성이론'이니 '코펜하겐 해석'이니 '숨은 변수 이론'이니 하는 말들은 정말 농담처럼 들려왔다. 그중 어떤 이론인지 몰라도 물리 선생은 정말 맥 빠지는 소리를 했다. "입자들은 파동으로 움직이는데, 글쎄 이 움직임을 관측하려고만 하면 파동은 그냥 입자로 붕괴되고 말지." 대체 뭐란 말인가. 그 파동이 어찌 움직이나 보려는 순간, 입자로 붕괴된다니. 물리 선생은 진짜 농담을 던졌다. "우리는 우주에 대해 전혀 알지 못해. 우리가 이해할 수 없는 게 우주야. 우리가 우주를 알려고 아등바등해도, 우주는 눈 하나 꿈쩍 않거든."

　이상하게도 내 머리에 박힌 우주는 고만한 공간이었다. 우주는 '무한한 시간과 만물을 포함하고 있는 끝없는 공간의 총체'라고 풀이한 사전의 뜻을 새기며 내 안의 우주를 달래보아도 부질없었다. 그나마 다행인 것은 그런 우주여행을 한 번 다녀오면, 몇 분 걸리지 않았어도 워낙 장거리라 푹 쉬어야 했다. 길게는 몇 년 만에 다시 그런 여행을 했다. 내 일부가 되어버린 그것을 여태껏 속에 품은 채 다른 사람에게는 말도 못했고, 또 고맙게, 들키지도 않았다.

내 우주는 늘 그랬다. 진공관 같은 우주.

작년 일이었다. 고르노-알타이스크에서 정말 한 뼘 속에 꼼짝없이 갇히고 말았다는 생각이 치밀었다. 우주를 넘어서려는 그게 다시 꿈틀거렸다. 몇 년 만이었다.

그때 좁은 호텔 방에다 나를 잡아둔 것은 카르쉬였다. 알타이 말로 '카르쉬'는 '한 뼘'을 뜻한다. 그가 전화를 준다고 약속한 시간은 오후 한시였다. 시계는 벌써 두시 삼십분을 넘어섰다. 짐도 다 꾸려놓은 터였다. 휴대폰을 손에 꼭 쥔 채 호텔 방 안을 오락가락했다. 혹시 호텔 방에 놓인 전화로 연락이 올지 몰라 꼼짝도 못했다. 함께 타기로 한 시외버스는 세시에 출발한다고 그가 못을 박았다. 차 시간에 맞추려면 연락이 이미 와야 했다. 몇 차례 전화를 해도 신호음만 울릴 뿐 그는 받지 않았다.

그는 알타이의 카이치였다. 카이치는 카이를 부르는 명창을 일컫는다. 카이라면 우리 창(唱) 같은 그들의 전통음악이다. 목을 울리며 뽑아낸 저음에 운율을 싣는 독특한 창법의 카이. 카이는 알타이 지역뿐 아니라 하카시아, 투바, 몽골, 중앙아시아에서도 하이, 호메이 등으로 불리며 넓게 퍼져 있다. 그걸 들으려 몇 시간 비행기로 날고, 또 버스를 열 시간 넘게 타고 왔다. 그게 자칫 허사가 될 판이었다. 섣부른 내 객기에 자꾸 후회가 밀려들었다. 광대한 시베리아의 서남쪽 끝인 고르노-알타이스크에서 꼼짝없이 길을 잃었다는 생각에 사로잡혔다. 차라리 하바롭스크에서 일행을 따라 한국으로 돌아갈 것을. 너무 먼 길을 와버렸다. 괜스레 주제넘은 짓을 벌이고 만 꼴이었다. 음악에 조예가 있는 것도 아니었다. 하바롭스크 숙소에서 본 빌어먹을 다큐멘터리 필름에 홀리고 말았던 탓이었다. 그날이 하필 어머니 기일이기도 했다.

그날 나는 하바롭스크 숙소에서 티브이를 보고 있었다. 사막과 접한 초원지대에 유목민 게르가 보였다. 다시 카메라는 이동해 어미 낙타에게 초점을 맞췄다. 새끼를 낳으려고 안간힘을 쓰는 어미 낙타. 새끼는 좀처럼 세상으로 나오려 하지 않았다. 할 수 없이 유목민들이 힘을 보태 겨우 새끼를 꺼냈다. 난산이었다. 거기까지는 그런가 보다 했다.

초원의 어미 낙타는 도무지 새끼에게 젖을 물리려 들지 않았다. 바람이 쌩쌩 몰아치는 황량한 초원. 그럴 리가 없다며 다시 머리를 젖무덤으로 다급히 들이미는 새끼. 어미 낙타는 또 새끼를 모른 척 뿌리친다. 그러고는 풀밭 위를 훑는 바람을 따라 넋을 놓고 허청허청 걸어간다. 새끼는 어쩔 줄 몰라 하며 어미를 허둥허둥 따라간다. 넋이 나간 어미의 눈에 새끼는 들어오지 않는다. 흙바람이 매몰차게 이들을 뒤덮는다. 어미 낙타의 그런 행동에 나는 침을 꿀떡 삼켰다. 이제 새끼는 어쩌란 말인가. 멀리 높게 솟은 산맥들이 을씨년스럽게 눈에 들어왔다.

어미 낙타를 바라보는 수심이 그득한 유목민의 얼굴이 크게 화면에 잡힌다. 그는 얼른 임시방편으로 어미에게서 짜낸 젖을 담은 젖병을 새끼한테 물린다. 새끼는 어미 것이 아닌 인공의 젖꼭지를 허겁지겁 빨고 있다. 저렇게 하면 새끼 낙타는 죽지는 않을 거라는 안도감이 들었다. 유목민은 그게 아니었다. 그는 안절부절못했다. 어미 낙타를 다시 끌고 왔다. 잠시 뒤 유목민 전통 복장을 한 남자가 마두금을 들고 나타났다. 어미 낙타를 앞에 두고 악사가 마두금을 타며 슬픈 곡조의 노래를 부른다. 바람을 따라 멀리까지 울려 퍼지는 선율. 그때였다. 어미 낙타의 눈에서 굵은 눈물이 뚝뚝 흘러내렸다. 주위의 다른 낙타들도 일제히 목을 빼고 선율에 귀를 기울인다. 새끼에게 젖을 주지 않던 어미 낙타. 대체 어떤 아픔이 있기에 새끼에게 젖도 안 주는 극한의 방법을 택했을까. 어미 낙타의 눈물은 노래와 연주가 계속되는 동안 줄곧 흘러내렸다. 초원의 방식, 유목민의 방식이 통했나 보았다. 노래가 끝나자 어미는 새끼가 젖을 물어도 가만있었다. 화면 속 유목민처럼 그제야 나도 마음을 놓았다. 그 어미 낙타 가슴에 남아 있던 것은, 또 흘려보낸 것은 대체 무엇일까.

몽골의 고비사막에서 촬영한 그 다큐멘터리는 나중에 알고 보니 유명했다. 어머니 기일에 본 저 어미 낙타의 눈물. 매정하게 새끼를 물리치던 어미 낙타. 어머니의 혼이 먼 하바롭스크의 내 방을 떠도는 것만 같았다. 더더구나 어머니 기일이었다. 머릿속이 복잡하게 뒤엉켰다. 뭔가 뭉클한 게 치밀었다. 초등학교에 갓 입학을 했을 무렵이었다. 내가 품으로 파고들라치면 어머니는 쌀쌀맞게 나를 밀어냈다. 그때 나는 무슨 영문인지 몰라 울음을 터뜨리곤 했다. 그러다가 아예 곁에 오지도 못하게 소리를 질렀다. 그렇게 한 달쯤 지났을까. 닥쳐온 어머니의 죽음. 조금 전 난산을 한 어미 낙타와 가물가물하지만 병색이 짙게 밴 어머니 얼굴이 뒤엉켰다. 그때였다. 어떤 저음, 저 지하 깊은 곳에서 흘러나와 우주에 닿을 것 같은 그런 음이 귓속을 지나 머릿속을 꼭꼭 메웠다. 뇌를 파고들어 뭔지 잘 몰라도 영혼이라는 것을 느끼게 해주는 그런 음이랄까. 그게 숙소의 방 안으로 들어차기 시작했다. 화면에서는 시베리아 원주민 복장을 한 사내가 마두금 비슷한 악기의 리듬에 실은 그 음을 뽑아내고 있었다. 자막을 보니 알타이의 카이치가 카이를 부르는 것이었다. 강물이 내려다보이는 카툰강 둔덕의 아름다운 알타이 풍경이 펼쳐졌다. 나는 십여 분 이어지는 카이를 눈을 감은 채 듣고 있었다. 이번에는 어미 낙타가 아니라 내 눈에서 눈물이 흐르기 시작했다. 자정 무렵이었다. 나는 불쑥 알타이로 떠나기로 결정했다.

하바롭스크에서 학회가 있었다. 거기에 참가하기 위해 러시아로 날아왔다. 발표를 한 것으로 내 일은 끝났다. 내 명함에는 한 대학에 속한 시베리아연구소의 로고와 명칭, 책임연구원이라는 직함과 함께 내 이름이 찍혀 있었다.

대학에서 시간강사로 막 강의를 시작할 때 시베리아라는 을씨년스러운 지명이 찾아왔다. 학과장을 맡고 있던 선배는 내 전공과는 멀리 떨어진 시베리아 과목을 떠안겼다. 시베리아에 대한 호기심을 가득 채운 학생들의 눈길을 마주할 때마다 죄책감에 시달렸다. 옆에서도 쿡쿡 옆구리를 찔러댔다. "시베리아 강의를 그렇게 하고도 책 한 권 못 쓰면 그게 뭔가." 거의 십 년 동안 강의실에서만 시베리아를 휘돌았다. 여기저기서 시베리아 책들도 쏟아져 나왔다. 유용한 정보들이 담긴 책들도 꽤 됐다. 내가 써둔 원고들의 많은 분량이 필요가 없어졌다. 어쨌든 나는 계속 시베리아 언저리를 떠돌고 있었다.

우리 연구소와 하바롭스크 대학 사이에 열린 학술대회 덕분에 시베리아 땅을 다시 밟았다. 이틀 동안 계속된 학회에 어머니 기일이 끼어 있었다. 누군가 우리가 알타이족인데 알타이 땅을 가보지 않고 어떻게 시베리아에 대한 책을 쓰냐고 비아냥거렸던 게 떠오르기도 했다. 제일 멀리 다녀온 게 바이칼 정도였다. 알타이는 훨씬 더 먼 곳이었다. 이런저런 게 맞아떨어지는 것 같았다. 나는 알타이로 날아갔다. 내 우주 비행보다도 훨씬 더 많은 시간을 들여 알타이에 발을 들여놓았다.

   *   *   *

카르쉬를 소개시켜준 사람은 고르노-알타이스크의 호텔 매니저였다. 러시아에서 소수민족을 내건 공화국들이면 민족극장이 어디에나 있다. 그리로 가면 카이 공연을 볼 수 있을 것이라 쉽게 생각했다. 극장은 문이 굳게 닫혀 있었다. 7월과 8월은 휴가 기간이라 문을 닫는다는 그곳 주민의 말을 듣고 머리가 하얘져 뒤돌아섰다. 민족극장 앞 분수가 물을 뿜어 올리는 광장에서 맥이 풀린 채 서성였다. 광장 한쪽에서 그 도시의 기록사진들을 전시하고 있었다. 낙담한 내 눈에 들어오지도 않는 그 사진들을 건성으로 보며 지나치는 중이었다. 그러다 어떤 사진이 내 눈에 박혀왔다. 말을 끌고 활주로까지 마중 나온 유목민 사진이었다. 아무리 기록사진이라지만 좀 어이가 없어 픽 웃고 말았다. 마음도 좀 풀렸다. 그러자 설마 이 좁은 알타이공화국의 카이치들이 다 휴가를 떠났을 리가 없지 않은가, 그런 확신이 찾아들었다. 내가 짐을 푼 조그만 호텔 카운터에 알타이 여인이 앉아 있었다. 가슴에 달린 명찰을 보니 이름이 아루나였다. '아루나'가 무슨 뜻이냐고 했더니 '맑고 청초하다'라는 뜻이라며 슬쩍 웃음을 지었다. 한술 더 떠서 나는 카이 공연을 보러 왔다 허탕을 치게 된 내 사정을 이야기했다. 그녀는 인터넷 검색을 하고 또 몇 명에게 전화를 걸었다. 나는 침만 꿀떡꿀떡 삼켰다. 알타이어로 통화하는 내용을 알아들을 수는 없었다. 그녀는 통화를 할 때마다 뭔가를 적었다. 넘겨다보니 전화번호와 이름이었다. 아루나가 전화 통화에 성공한 카이치가 카르쉬였다. 카르쉬는 고르노-알타이스크에서 차로 두 시간가량 떨어진 체말이라는 곳에 산다고 했다. 그깟 두 시간은 정말 아무것도 아니었다. 아루나는 인터넷에 뜬 그의 사진을 보여주었다. 모닥불 곁에서 보룩을 쓰고 알타이 전통 복장을 입은 카르쉬가 악기를 연주하는 사진이었다. 곧바로 아루나처럼 맑고 청초한 소식이 들려왔다. 귀가 번쩍 띄었다. 그가 호텔 근처에 와 있다는 거였다. 아루나는 내게 운이 좋다고 했다. 그게 전날의 일이었다.

세시가 넘었다. 체크아웃 시간도 지나버렸다. 하루 더 투숙하기로 하고 방으로 돌아왔다. 카르쉬의 집이 있다는 체말이라는 마을로 가는 버스도 떠나고 말았을 터였다. 고르노-알타이스크가 알타이공화국의 수도라고는 해도 벽촌이었다. 그런 곳에 정말 아무 할 일 없이 옴짝 못하고 혼자 갇혀야 한다는 생각이 나를 휩쌌다. 갑자기 눈앞이 아뜩해지며 숨이 컥컥 막혀왔다. 침대 옆으로 바짝 붙은 벽, 캐리어가 차지한 면적을 빼면 서성거릴 공간도 거의 없는 호텔 방은 점점 진공상태가 되어갔다. 고르노-알타이스크, 알타이공화국, 시베리아, 러시아를 넘어 지구를 떠나려고 막 대기권을 벗어나려는 참이었다. 내 휴대전화가 요란하게 울리기 시작했다.

카르쉬였다. 다섯시까지 호텔로 온다는 말만 남긴 채 일방적으로 전화를 끊어버렸다. 그다음은 어떻게 되는지 설명도 없었다. 자꾸 그가 수상쩍어졌다. 버스도 끊겼다. 대체 어떻게 하자는 것인지. 전날 그는 전화로 체말의 자기 집에서 노래와 연주를 들려주겠다고 굳게 약속했다. 기다릴밖에 뾰족한 수가 없었다. 하바롭스크에서 들은 카이의 여운도 끊임없이 솟는 의구심과 조바심 속에서 점점 스러져갔다. 눈앞에 다가들 듯했던 체말이란 마을도, 아주 오래전 가보지도 못하고 강의실에서만 읊었던 시베리아처럼 아스라했다.

내 앞에 나타난 카르쉬는 키가 그리 크지 않았지만 가슴이 떡 벌어진 다부진 체구의 사내였다. 외모로 미루어 쉰 살 언저리로 보였다. 짧은 앞머리의 그가 고개를 돌렸을 때, 뒤쪽의 머리카락을 돌돌 말아 한 갈래로 딴 한 뼘 길이의 머리가 내 눈길을 잡았다. 뒤는 머리였다. 뭐, 카이치라고 했으니까 그렇겠지 넘겼다. 그는 바로 자기 사정 이야기를 했다. 솔직한 사내로 보였다. 자기가 '케르길'이라는 씨족의 족장이라고 했다. 케르길족은 알타이뿐 아니라 러시아 전역에 퍼져 사는데 따지면 대략 천 명 정도 되는가 보았다. 그 씨족에 대한 서류를 정부에 내야 해서 고르노-알타이스크로 나왔다고 했다. 관청 일이 안 끝나 다음 날 오전까지 일을 봐야 할 모양이었다. 내가 있는 호텔에서 지척인 자기 형네 집에서 하루를 더 묵는다고 했다. 카이만 들을 수 있다면. 어찌 됐든 내게는 황송한 일이었다. 호텔을 나온 우리는 가까운 카페로 들어갔다. 시외버스터미널 근처의 카페는 허름했다. 테이블이 네 개 놓여 있었다. 소파의 천들은 여기저기 찢어졌지만 침침한 주황색 불빛에 잘 보이지 않았다. 내가 털썩 앉은 자리는 찢어진 천을 뚫고 드러난 스펀지를 누가 심하게 쥐어뜯었는지 움푹 파인 채였다. 넓적다리가 배겨 허리를 곧추 편 채 몇 차례 몸을 뒤척였다. 긴장감, 기대감 등이 뒤엉켜 그랬는지도 몰랐다. 카르쉬 말로는 술과 안주가 저렴해 자주 들르는 집이라 했다.

처음에 그는 카이에 대한 말을 꺼냈다. 듣고 싶은 얘기였다. 자기가 카이에 입문할 때 스승이 지어준 이름이 '카르쉬'라고 했다. 알타이 말을 모르는 나는 눈을 동그랗게 뜨고 뜻을 말해주길 기다렸다. 카르쉬는 의아해하는 내 눈초리를 보고 직접 손가락을 쫙 펴 한 뼘을 만들어냈다. '카르쉬'는 한 뼘을 뜻하는 길이 단위였다. "내 키가 작다고 스승님이 놀리며 부른 별명이 카르쉬예요. 그래서 호적의 이름도 아예 카르쉬로 바꿨습니다." 킥 웃음이 터져 나왔다. 그의 얼굴은 진지했다. 나는 얼른 웃음을 거뒀다. 내가 그의 '한 뼘' 앞에서 웃음을 보였던 까닭은 다른 데 있었다. 그가 한 뼘이라 했을 때 내 삶을 찾아왔던 한 뼘들이 순간 스치고 지나갔기 때문이었다.

뭔가 아슬아슬하게 모자랄 때 나는 한 뼘을 입에 달고 툴툴

댔다. 한 뼘은 공간 속에서의 길이뿐만 아니라 여러 사용처를
가졌다. 길이라면, 먼저 살던 집에서 나란히 짝을 이루던 가
구를 새로 이사해 배치할 때 문제가 됐다. 계약하기 전에 미
리 방을 보고 눈대중으로 어림잡았을 때 가구들은 방 하나에
다 들어갈 듯 보였다. 그런데 막상 이사하고 보면, 귀신같이
한 뼘 정도의 공간이 모자랐다. 포장이사의 직원은 고개를 젓
는다. 할 수 없이 한 짝을 떼어내 다른 방에 놓는다. 짝과 헤
어진 가구를 보며 나는 한탄한다. "아, 내 인생의 한 뼘이여!"

한 뼘의 다른 사용처도 있다. 가령 대학입시에서 실패했을
때다. 점수를 길이로 환산하면 커트라인에서 한 뼘 정도로 가
늠할 수 있는 점수. 끝내 낙방하고 재수를 해야 했다. 그것은
아무것도 아니었다. 이번에는 한 뼘이 시간으로 환산된다. 내
삶을 송두리째 뒤바꾼 일이 벌어졌다. 러시아에서 유학할 때
다. 논문이 거의 다 완성되어갔다. 논문 심사 날짜를 지도교
수가 조율 중이었다. 몇 달 뒤면 선배가 교수로 있는 한국의
한 대학에서 내 전공 분야의 교수를 초빙할 것이라는 정보를
미리 들어서 마음도 급했다. 그런데 그만 내 지도교수가 교통
사고를 당했다. 병원에 문병을 갔다. 보랏빛 피멍이 채 가시
지 않은 퉁퉁 부르튼 얼굴에 하얀 깁스를 한 다리를 보고 아
무 말도 못했다. 논문 심사는 석 달 뒤로 미뤄졌다. 학위증을
받았을 때는 교수초빙 원서 접수가 열흘이 지난 뒤였다. 그때
는 정말 하루에 몇 차례씩 한 뼘 소리를 내뱉으며 신세 한탄

을 했다. 카르쉬가 멍하게 생각에 잠겨 있던 나를 물끄러미 바라보았다. 나는 얼른 알타이 땅의 한 뼘 속으로 들어갔다.

카르쉬는 나와 동갑이었다. 우리는 말을 텄다. 그에 대한 기대가 컸던 탓일까. 보드카 잔이 더해지며 카이도 체말도 긴가민가해졌다. 어머니 기일에 들은 저 초원에서의 치유의 노래에 대해, 나를 눈물짓도록 만든 카이의 울림에 대해 묻고 싶었다. 카페 분위기는 그런 성스러운 것과는 너무도 동떨어져 있었다. 쿵쿵대는 빠른 박자의 노래가 귀를 울렸다. 그의 말은 자꾸 도로를 이탈했다. 시끄러운 소음을 뚫고 들어온 정보를 간추리면, 카르쉬는 전지전능했다. 세 시간을 계속 쉬지 않고 카이를 불렀고, 그게 기네스북에도 올라갔다고 으스댔다. 또 알타이 인근 주민을 대상으로 한 러시아 격투기인 삼보대회에서 우승을 했다며 알통을 보이면서 뻐겼다. 또 있었다. 자기가 알타이의 시인이라며 시집도 이미 세 권이나 출간했다고 거들먹거렸다. 그때마다 나는 핸들을 바로잡아 돌려놓았다. 그래도 그는 또 옆으로 빗나갔다. 안 되겠다 싶어 나는 조심스레 매정한 어미 낙타에게 눈물을 흘리게 만든 그 연주와 노래에 대해 말했다. 카이도 그런 치유 기능이 있냐고 물었다. 그는 물론이라고 짧게 대답했다. 한술 더 떠 카이를 들으면 아이가 생긴다는 알쏭달쏭한 말을 했다. 마침 보드카 병이 비워졌다. 들을 말이 많았다. 나는 보드카 한 병과 안주를 추가로 시켰다. 그는 체말에서 내가 경험하게 될 것들에 대해 신나게 떠들었다. 카이를 듣는 것. 알타이 전통가옥인 아일에서 잠을 잘 수 있다는 것. 그리고 집 앞으로 흐르는 카툰강을 따라 흩어져 있는 암각화를 보여주겠다고 했다. 나는 연신 고마움을 표했다. 시베리아에 대한 책에 들어갈 근사한 사진들이 눈앞을 스쳐 갔다. 멀리서 자기를 찾아온 손님에게 당연히 해야 할 일이라며 그는 짐짓 겸손을 보였다. 그는 술이 제법 들어가자 그 자리에서 카이를 부르겠다고 설쳤다. 나는 말렸다. 카이는 신성함을 머금고 있어야 했다. 이런 난장판 속에서 카이라니 당치 않았다. 그때 그만 판이 깨지고 말았다. 옆자리에서 술을 마시던 젊은 알타이 청년이 합석을 하면서부터였다.

나는 젊은 친구가 카르쉬의 명성을 알고 그러는 줄 알았다. 그게 아니었다. 그 친구는 이방인인 내게 관심이 있었다. 한국에 대해 이것저것 물었다. 그는 많이 취해 있었다. 카이나 알타이와 전혀 관계없는 말들이 막 터져 나왔다. 가끔 무례한 요구도 했다. 뜬금없이 내 전화번호를 알려달라며 억지를 부렸다. 보다 못한 카르쉬가 알타이어로 그에게 뭐라 했다. 눈치로 보아 야단치는 것 같았다. 만취한 그는 카르쉬에게 당신이 뭔데 말을 가로막느냐고 사납게 대들었다. 결국 그를 우리 좌석에서 일으킨 것은 보다 못한 주인 여자의 말 한마디였다. 경찰을 부르겠다고 하자 젊은 친구는 자기 테이블로 돌아갔다. "우리 세대는 말이야, 어른한테 저런 행동은 꿈도 못 꿨어. 이제 알타이 전통도 다 무너져버렸지." 혀를 차며 카르 쉬는 자리에서 일어났다. 다음 날 만나기로 약속을 했다. 호 텔까지 나를 데려다준 그는 형네 집으로 향했다. 호텔 방으로 돌아온 나는 얼른 스마트폰으로 카르쉬에 대해 알아봤다. 그 가 기네스북에 올랐다는 말도, 삼보대회에서 우승했다는 말 도 전부 사실이었다. 그의 이름이 박힌 시집들 사진도 있었 다. 그가 나를 위해 해준다고 장담했던 것들을 하나하나 떠올 리며 다음 날을 고대했다.

카르쉬가 호텔로 나타난 때는 오후 다섯시가 좀 안 되어서 였다. 전화를 못 한 이유를 말했다. 지난밤 카페에다 전화를 놓고 왔다는 것이다. 늦게 문을 연 카페에서 전화를 찾자마자 내게 전화를 했다고 했다. 관공서에서도 담당자가 자리를 비 워 그가 돌아올 때까지 기다리다 늦어졌다며 미안해했다. 나 도 속이 켕겼다. 연락 없는 그가 미덥지 못해 우주여행까지 하던 참이었으니 더욱 그랬다. 따지고 보면 그는 내게 아무런 의무도 없었다. 알타이식 손님 대접에 다시 감사를 표했다. 문제는 차편이었다. 버스는 진작 끊겨서 택시를 대절하기로 했다. 시외버스 정류장에 차를 대놓은 택시 기사들은 고개를 저었다. 너무 늦었다는 것이었다. 돈을 더 얹어준다고 했다. 소용없었다. 속으로 조바심을 치는 나를 카르쉬가 걱정 말라며 달랬다. 그러더니 전날 그 카페로 나를 데리고 갔다. 늦었으니 아예 저녁을 먹고 가자고 했다. 보드카도 한 병 시켰다. 어쩌자는 것인가. 카페의 어두컴컴한 조명은 나를 더 꼭꼭 옥죘다. 숨이 막혀왔다. 그런 모습을 들키지 않으려 얼른 밖으로 나왔다. 큰 숨을 내쉬며 하늘을 올려다보았다. 희끄무레한 낮달이 떠 있었다. 하현달이었다. 고르노-알타이스크에서 올려다본 하늘은 정말 한 뼘 정도로 작아 보였다. 내 마음도 그렇게 좁아지고 있었다. 아무래도 체말행도, 카이도 포기해야 할 듯싶었다. 아까 호텔 방에서 다 끝내지 못한 우주여행을 다시 시작할 판이었다. 그 보잘것없는 우주로.

어머니의 죽음 뒤 가족은 모래내의 산동네 단칸방으로 이사했다. 좁은 방이었지만 텅 비어 있다는 느낌은 어쩔 수 없었다. 일을 나갔다 돌아온 아버지는 담배만 피워 물며 연기 속에 한숨을 실어 함께 뿜어냈다. 내 기억 속의 모래내 단칸방 풍경은 그 담배 연기처럼, 또 어머니를 화장한 화장터의 굴뚝을 타고 오르던 그 연기처럼, 희뿌연 색을 띠고 있었다.

집 뒤가 만화방이었다. 늘 아이들 소리가 왁자하게 들려왔다. 나도 자주 잿빛에서 빠져나와 만화방 앞을 서성였다. 동전을 내면 흑백 '테레비'를 볼 수 있었다. 가끔 아버지를 졸라 동전을 타냈다. 어느 날 저녁이었다. 미국에서 만든 '공상과학영화'라는 자막이 눈에 들어왔다. 그게 뭔지도 모른 채 뚫어져라 영화를 봤다. 화면에서는 호스가 이어진 헬멧을 쓴 두 사람이 등 뒤에 커다란 통을 멘 채, 잿빛 허공 속에서 아주 천천히 움직이고 있었다. 가만 보니 둘은 싸우는 중이었다. 유영을 하던 둘 중 하나가 마침내 다른 사람의 헬멧을 벗겼다. 헬멧이 벗겨진 사내는 두 눈을 치뜨고 몇 번 꿈틀거렸다. 그러다가 그 표정 그대로 굳어진 채 허공을 둥둥 떠다녔다. 입을 헤벌리고 영화에 빠져 있는 동네 형한테 왜 그러냐고 물어봤다. "저긴 공기가 없어. 그래서 죽은 거야." 왜 공기가 없냐고 또 물었다. "우—주—라—서, 이 바보야!" 동네 형은 인상을 썼다. 그날 나를 처음 찾아온 우주는 숨을 쉴 수 없는 곳이었다.

　어머니를 뺀 다섯이 기거하던 그 방에서 이부자리를 깔고 누우면 빤히 창문이 눈에 들어왔다. 날씨가 맑은 날 밤이면 창문 너머로 샛별도, 북두칠성도, 은하수도 눈앞에 있었다. 그때는 우주라는 말만 알았지, 북두칠성이 뭔지 은하수가 뭔지 잘 몰랐다. 좁은 자리에서 뒤척이던 어느 날 밤 그 너머가 문득 궁금해졌다. 그때 내 머릿속에서 다다를 수 있는 공간이란 모래내의 산동네, 서울, 한국, 지구, 달, 별 따위였다. 그 너머는 곧장 우주였고, 거기가 끝이었다. 우주가 어디냐고 다시 물으면 여기도 우주라는 맥없는 소리만 들려왔다. 만화방의 영화처럼, 숨을 쉴 수도 없는 우주가 말이 되는가. 그곳을 넘어서야 했다.

우주를 앞에 놓고 대치할 때면 숨이 턱턱 막혔다. 공기가 없어 우주에서 죽은 우주인처럼 나도 방 안에서 유영을 했다. 그렇게 짧게 끝나는 두 음절의 우주는 너무 좁아 양에 차지 않았다. 창문을 통해 찾아드는 우주는 그랬다. 늘어놓을 수 있는 것들이 불어나기는 했다. 샛별, 태양계, 그 속의 수성, 금성, 화성 따위들, 북두칠성, 은하수 등등. 증세가 시작되면 나는 맨 먼저 그 방을 벗어났다. 다음은 다닥다닥 집들이 들어찬 모래내의 산동네, 서울, 한국, 지구, 태양계, 은하계, 우주. 그게 다였다. 다시 헤아려봐야 우주에서 끝이 났다. 우주 말고 그다음에 뭐가 있어도 있어야 했다. 슬쩍 고개를 돌리면 하루의 피곤을 삭히려는 숨소리들만 색색거렸다. 우주는 그렇게 밤이면 내 앞에서 얼쩡거렸다. 그럴 때마다 가슴이 옥죄며 버티고 있는 숨을 내뱉으려 캑캑댔다. 그 숨 덩어리도 마치 우주 안에 갇힌 나처럼 좀체 밖으로 나오지 못했다.

그즈음 동네 아래쪽에 놀이터가 생겨났다. 좁다란 산동네의 골목골목을 따라 아이들이 그리로 쏟아져 내렸다. 제일 인기 있던 놀이기구는 아이들이 '지구'라고 부르던 지구본 모양의 뺑뺑이였다. 몇 명이 올라타면 다른 아이들이 밖에서 미친 듯이 그것을 돌려댔다. 그 안에 있으면 지구는 너무 빨리 돌았다. 또 갑자기 반대 방향으로 휙휙 자전을 했다. 그 지구에서 견디다 못해 뛰어내리면, 한동안 내 머리도 뺑뺑 자전을 했다. 헛구역질에 해쓱한 얼굴이 되어 집으로 돌아오는 날 밤이면 또 우주가 찾아들었다.

그 단칸방만 한 우주에서, 든든하게 떠받쳐줄 받침도 없이 아슬아슬하게 서 있는 'ㅜ' 모양의 외기둥 위에다 'ㅇ'과 'ㅈ'을 주제넘게 올려놓고 깝죽대는 우주에서, 누군가 그 외기둥에 대고 딴죽이라도 툭 걸면 와르르 무너져 내릴 것만 같은 그런 빈약한 우주에서, 나는 절절맸다. 그 우주는 내 삶에서 잊을 만하면 불쑥불쑥 찾아왔다. 다 갚지 못한 부채를 알리는 문자메시지처럼. 그럴 때마다 나는 그곳에서 뛰쳐나가려 헉헉거렸다.

카르쉬가 부르러 올 때까지 나는 카페 앞 공터에서 우주여행, 아니 버거운 숨쉬기를 하고 있었다. 하늘은 빠르게 어두워졌다. 체말이라는 지명도 우주처럼 알 수 없는 곳이 되어갔다. 잠시 뒤 나를 찾아 나온 그는 신이 나 있었다. 자동차를 갖고 있는 동네 사람이 근처에 있다는 것이었다. 그와 같은 씨족 사람이라고 했다. 곧 우리가 있는 카페로 온다며 손바닥으로 내 어깨를 톡톡 쳤다.

* * *

우리가 체말에 도착한 때는 밤 아홉시가 넘어서였다. 주위는 캄캄해진지 한참이 지났다. 알타이의 하늘에 촘촘히 박힌 별들 사이로 시들어가는 하현달이 떠 있었다. 카르쉬는 집이 가까워 오자 전화를 했다. 알타이 말이었다. 밤늦게 집에 가는 게 실례 같아 마음이 편치를 않았다. 그는 막 아내와 통화를 했다며 걱정 말라며 빙그레 웃음을 지었다.

출발 전에 그는 자기 집에서 이틀 정도 머물라고 했었다. 내가 숙박비를 지불하겠다고 하자 그는 손사래를 쳤다. 멀리서 온 친구에게 당치도 않다고 했다. 그의 가족에 대해서는 이미 들어 알고 있었다. 아내와 둘째 아들, 그리고 늦둥이 열 살짜리 딸과 함께 산다고 했다. 큰아들은 알타이에서 멀리 떨어진 도시에 나가 사는 모양이었다. 가는 길에 나는 슈퍼에서 그의 아내와 아이들이 먹을 과자와 아이스크림 따위를 챙겼다.

카르쉬의 집은 어둠에 잠겨 있었다. 큰 철문 옆 조그만 쪽문을 열고 들어가자 늑대만 한 허스키가 나를 보고 막 짖어댔다. 넓은 마당 한쪽에 '우아직'이라는 자동차가 서 있었다. 시베리아 오지를 다닐 때 타본 승합차였다. 그 앞으로 이층짜리 현대식 집이 눈에 들어왔다. 마당 가운데 알타이 전통 가옥인 아일이 서 있었다. 카르쉬는 거기서 내가 머물면 된다고 했다. "내가 직접 설계해 지은 현대식 아일이야. 천장은 기계식으로 개폐할 수 있게 설계했는데 환기할 때 아주 요긴해." 그가 손수 지은 아일에 대한 자랑을 늘어놓을 때 그의 아내와 아이들이 밖으로 나왔다. 그의 아내는 나를 반갑게 맞았다.

아이들도 꾸벅 인사를 했다. 둘째는 고등학생쯤 된 듯했다. 이름이 갈랴인 열 살짜리 막내딸이 호기심이 가득 찬 표정으로 곰살궂게 굴었다. 한국에 대해서도, 케이팝 가수들에 대해서도 조금 아는 눈치였다. 내가 사 온 것들을 갈랴의 손에 쥐여주었다. 카르쉬는 안채에 잠시 갔다 오겠다며 아일로 나를 먼저 들여보냈다.

아일 문을 열고 들어가자 정교하게 판자를 붙인 육각형 벽면 한쪽에 걸린 갈색 곰 가죽과 잿빛 늑대 가죽이 눈에 들어왔다. 곰과 늑대 사이에는 알타이 사슴인 마랄의 큰 뿔 두 개가 벽에 박혀 있었다. 그 옆으로 쭉 걸려 있는 가죽 주머니들과 북은 시베리아 원주민의 유물이 전시된 향토박물관 같은 데서 본 것들과 비슷했다. 반대편으로 털가죽을 깐 기다란 평상 위에 세워진 악기가 보였다. 다가가 보니 마두금이었다. 그 위로 전통 옷 몇 벌과 알타이 특유의 둥글고 긴 털모자인 보룩이 함께 벽에 걸려 있었다. 그제야 정말 알타이에 왔다는 안도감이 찾아들었다. 고대하던 체말에 왔다는 사실을 실감할 때 카르쉬가 들어왔다.

곧바로 그는 무쇠로 둥글게 뼈대만 두른 난로 속 장작에 불을 붙였다. "알타이 풍습에선 멀리서 손님이 찾아오면 정화를 하는데, 지금은 할 수 없어. 달이 죽어가고 있거든." 달이 죽어간다는 말이 불길한 징조처럼 다가왔다. "카르쉬, 달이 죽어간다는 게 무슨 말이지?" "우리는 보름달이 지나 그믐

달이 될 때까지 달이 죽는다고 해. 이때는 불과 연기로 정화를 하는 의식도 안 하지. 우리는 이때가 되면 아르샨도 안 마셔." 아르샨은 영천(靈泉)에서 나는 약수였다. 아까 본 이지러진 하현달이 어른거렸다. 그의 그런 말에 나는 죄스러웠다. 나는 정화 의식도 안 한 이방인이었다. 달이 죽어가는 것도 내 잘못인 듯싶었다.

밤이 늦었다. 혹 카르쉬가 카이를 부르지 않을까 내심 기다렸다. 그러나 그는 아일 속 벽에 걸린 물건들에 대해 이런저런 설명만 계속했다. 동물 가죽들은 그가 사냥 때 처음 잡은 것들이었다. 그는 찬장에 들어 있던 보드카 병과 빵조각을 꺼내왔다. 카이를 재촉할 처지도 아니었다. 이제 정말로 한 뼘의 공간으로 들어오고야 말았다. 그가 하는 대로 따라갈밖에. 그래도 혹시 했다. 지난밤 그 시끄러운 카페에서도 부른다고 설치지 않았던가. 그는 조금씩 취해갔다. 이미 전작도 있었다. 갈랴가 귀엽다며 나는 말을 돌렸다.

"내가 부르는 카이를 들으면 아기를 갖게 되지. 정말이래두. 내 카이를 듣고 한 여자가 임신을 했어. 독일 여자였지. 며칠 뒤 아내한테도 갈랴가 생긴 걸 알았어. 전부 다 내가 부르는 카이를 듣고 난 다음이야." 흰소리로 들려 웃어넘겼다. 그러나 카르쉬 표정은 자못 심각했다.

"이 위대한 알타이 땅을 꼭 한 번 벗어나려 했어. 큰 데로 나가 돌아오지 않을 작정이었지. 여기서 태어나 대학도 여기서 다녔고. 군대 시절을 빼면 알타이 땅을 떠난 적이 없었는데 말이야."

자주 우주를 벗어나려 했던 나였다. 그 말에 고개를 끄덕였다. 얼마나 답답했을까. 어려서부터 알타이어를 쓰는 알타이계라는 말을 줄곧 들었다. 거기에 비해 내가 밟은 알타이 땅은 좁아터지고 초라하기 그지없었다. 알타이라는 단어의 뜻이 황금을 말한다는 것도 무색했다. 체말은 그야말로 깡촌이었다. 거기서 거의 오십 년 가까이 살아온 카르쉬.

"난 췌냐 곁을 떠나려 했지." 췌냐는 서글서글한 눈으로 나를 반긴 그의 아내였다. "그 무렵 나는 독일 여인과 사귀고 있었거든. 자네처럼 카이를 들으러 온 여인이었어. 알타이 민속을 공부한다고 온 거지. 체말에 방을 얻어놓은 그녀는 나를 자주 찾아왔어. 내 카이를 한두 번 들은 게 아냐. 그러다가 정이 들었지. 그녀의 배 속에 내 아이가 자란다고 들었을 때 난 알타이를 떠나 독일로 가려 결심했는데…… 정말 아주 넓은 곳으로 나가려는 욕망이 꿈틀거렸어. 여전히 나는 췌냐를 사랑했어. 지금도 그래. 독일로 간다고 차마 그녀에게 말을 못 했지. 그러던 어느 날 밤 췌냐에게 카이를 들려줬어. 그런데 그녀한테도 덜컥 아이가 생긴 거야. 그게 갈랴야. 독일로 간다는 생각은 접었지. 알타이가 나를 붙잡은 거야." 회한 비슷한 게 카르쉬 얼굴에 아주 잠깐 머물렀다. 얼마 뒤 독일 여인은 자기 나라로 돌아갔다고 했다. 독일 여인의 배 속에 있던 아이는 어찌 되었냐고 물으려다 그만두었다.

"난 지금 이 알타이 땅에 감사하며 살아. 내게는 알타이가 우주야."

그날 밤 결국 카르쉬의 카이를 듣지는 못했다. 그는 밤늦게 안채로 돌아갔다. 아일에 마련된 잠자리에서 천장을 바라보았다. 아일 꼭대기의 뚫린 곳으로 빼곡하게 별들이 보였다. 그 너머가 내가 가던 우주였다. 나는 우주라는 말을 얼른 지워버렸다. 아일 아래쪽으로 세차게 흐르는 카툰강의 물소리가 밤새 들려왔다.

다음 날 여러 일이 있었다.

아침 일찍 눈을 떴다. 줴냐가 빵과 잼, 차를 가져온 것은 한참 뒤였다. 카르쉬는 아직 자고 있었다. 줴냐의 말로는 카르쉬가 술을 잘 못한다고 했다. 평소에도 보드카를 입에 잘 대지 않는데 좀 과하게 마신 탓에 앓고 있나 보았다. 과연 그가 말한 약속들이 지켜질까. 나는 걱정에 잠긴 채 마당으로 나왔다. 지난밤 본 자동차가 이상했다. 보닛이 열린 채 엔진에서 해체된 부품들이 흩어져 있었다. 그걸 타고 구경을 가나 여겼던 나는 망연해서 아일로 도로 들어왔다. 한쪽 구석에 놓인 시집들과 시디를 들척였다. 그가 쓴 시집이었다. 시디 재킷에도 알타이 옷을 입은 그가 연주하는 사진이 들어 있었다. 인터넷에서 본 모습이었다. 그의 시집 한 권을 집어 들었다. 대충 넘겼다. 알타이라는 글자가 자주 나타났다. 눈에 들어오는 시 한 편을 빠르게 훑었다. 「난 샤먼의 북」이라는 시였다.

난 샤먼의 북!/난 알타이의 목소리/아주 오래토록 난 당신에게 날아갔지
내 속에 있는 황금빛 옛날/둥—둥—둥—둥/오늘도 아득하게 울려 퍼지고

대충 그런 내용이었다. 아일 벽에 걸린 둥근 북이 눈에 들어왔다. 그때 카르쉬가 초췌한 얼굴로 들어왔다. 잠자리가 불편했는지 머리카락이 엉겨 붙어 있었다. 카이는 저녁에 부르겠다고 했다. 곧바로 벽에 걸려 있는 알타이식 옷을 걸쳤다. 맨 위쪽에서부터 동물 털을 돌돌 말아 길게 늘어뜨린 가죽 투구를 썼다. 사극에서 보는 장군 복장 비슷했다. 그는 내게 카메라를 갖고 나오라고 했다. 마당에는 회색 점박이 말이 콧김을 내뿜고 있었다. 안장을 얹은 말을 끌고 그는 아일 뒤쪽의 쪽문을 통해 카툰강 둔덕으로 내려갔다. 널따란 초지가 시원하게 펼쳐졌다. 내게 사진을 찍으라고 신호를 보냈다. 말 위에 오른 그는 강가를 따라 내달리기 시작했다. 투구의 털이 휘날렸다. 시야에서 가물가물할 때까지 달려간 그가 빠르게 돌아왔다.

말에서 내리며 그는 반나절쯤 집을 비워야 한다고 했다. 친

척 노파가 혼자 사는데 급하게 집수리를 해야 할 모양이었다. 어이가 없었다. 그는 아까 말을 달린 강가의 암벽들 쪽을 손으로 가리켰다. 암각화가 있다는 곳이었다. 거기서 좀 더 가면 체말 시내니 거기도 둘러보고 오라고 했다. 나는 고개를 끄덕였다. 그때였다.

관청에서 근무를 한다는 줴냐가 평일인데도 집에 있었다. 부엌 창을 열고 얼굴을 내민 줴냐는 갑자기 갈랴가 열이 높아 잠깐 집에 들렀다고 했다. 갈랴는 원체 목이 약한데다 밤늦게 아이스크림을 많이 먹어 그런 것 같다고. 가슴이 덜컹했다. 내가 아이스크림을 사 오지 않았던가. 달이 죽어갈 때 찾아와 불로 정화도 하지 않은 내 탓 같았다. 나는 부랴부랴 짐을 뒤졌다. 한국에서 조제해 온 해열제와 항생제를 찾았다. 어린 갈랴한테 어떨지 몰라 조심스러웠다. 약을 받아든 줴냐는 자주 있는 일이라며 고맙다고 했다. 걱정스러운 낯빛으로 카르쉬가 이리저리 움직이며 공구들을 챙겼다. 내 얼굴도 어두워졌다.

갈랴의 열이 떨어졌다. 줴냐가 직장으로 서둘러 떠났다. 카르쉬는 공구들을 말 안장 뒤에 걸쳤다. 고장 난 자동차 대신 말을 타고 일을 나가나 보았다. 말을 타고 공항에 마중 나온 사진이 생각났다. 그런데 고삐를 당겨도 말은 대문을 나서지 않으려고 버텼다. 버둥거리던 말은 한 뼘이 훨씬 넘는 철문 위쪽의 긴 경첩 쪽을 뒷발로 걷어찼다. 텅 소리와 함께 말이 펄쩍 뛰었다. 떨어져 내리던 육중한 문이 말의 뒷다리를 툭 쳤나 보았다. 나는 어쩔 줄 몰랐다. 그를 도와 문을 겨우 제자리에 맞춰놓았다. 심하진 않았지만 말은 뒷다리를 조금 절룩이며 고삐를 틀어쥔 그의 손에 이끌리고 있었다. 전부 내 탓인 것 같아 내 목소리는 점점 움츠러들었다. 그는 얼마 전 타이가에서 늑대를 만난 뒤 말이 대문 밖을 잘 안 나서려 한다고 했다. 겨우 쪽문 밖 강가에서 풀을 뜯을 때나 나가려 한다며 그는 다시 말의 고삐를 세차게 끌어당겼다. 갈랴도, 말도 내내 께름칙했다. 뒤뚱뒤뚱 걷는 말 뒤를 쫓아갈 때, 파란 하늘에 휑하게 떠 있는 죽어가는 낮달이 눈에 들어왔다.

긴 하루가 지났다. 카툰 강가에 있는 암각화들 속의 마랄사슴도 보았다. 체말 군청이 있다는 시내도 나가봤다. 기념품이나 훈제한 물고기를 걸어놓고 파는 상점들이 눈에 들어왔다. 반대쪽으로 굽이치는 길은 타이가 속으로 이어졌다. 더나가면 카자흐스탄, 몽골, 중국 같은 다른 세상으로 갈 수 있는 통로였다. 되짚어 아일로 왔을 때까지도 카르쉬는 돌아오지 않았다. 문득 이 체말이라는 곳이 아득하게 끝도 보이지않는 광대한 땅처럼 느껴졌다. 하바롭스크에서 그곳까지 온게 꼭 꿈처럼 다가들었다. 낙타의 눈물, 어머니 기일, 그리고 카이와 내 눈물.

모두 제자리로 돌아왔다. 저녁때 줴냐가 식사를 가지고 아일로 들어왔다. 갈랴는 언제 아팠냐는 듯 마당을 뛰어다녔다. 집으로 돌아온 카르쉬는 다시 한 뼘쯤 늘어진 꽁지머리를 정갈하게 새로 땄다. 그 위에다 말을 탈 때 썼던 투구가 아니라 복슬복슬한 털로 덮인 보룩을 썼다. 벽에 세워둔 마두금을 잡았다. 아는 체를 하자 마두금이 아니라 '톱슈르'라는 알타이 악기라고 했다. 카르쉬란 이름과 함께 스승이 전해준 톱슈르였다. 그걸 내 손에 쥐여주었다. 쓰고 있던 보룩을 도로 벗어 내 머리 위에 얹었다. "이거, 우리 어머니가 살아 계실 때 쓰던 건데 지금은 내가 써." 그 알타이 모자는 남녀 구분이 없나 보았다. 그는 내게 포즈를 취하라고 했다. 멋쩍은 얼굴을 했다. 그의 어머니 체취 같은 게 머리 위에서 근질근질 머물렀다. 나는 다시 연출된 것 같은 낙타의 눈물에 대해 얘기했다. 그는 내 말을 가만히 듣고 있다가 바로 카이를 시작했다.

우—웅 하는 음에 배 속이 울려왔다. 샤먼의 북소리 같은 알타이 소리는 내 배 속을 휘저은 다음 머릿속으로 향했다. 그리고 다시 가슴을 메웠다. 나는 가열된 진공관 속 입자처럼 달아올랐다. 뭔가를 깨우는 것 같은 음, 실제 뭐가 깨어났는지 딱 집어 말할 수 없어도, 뭔가가 내 안에서 깨어나는 것만은 분명했다. 그 음은 서서히 내 귓가를 빠져나와 아일을 메웠다. 천장을 통해 알타이 땅으로 빠져나가는 그 음들. 카르쉬의 노래는 한 시간 넘게 이어졌다.

사이사이 그는 곡들에 대해 설명을 했다. "이 곡은 알타이 땅에 대한 헌사야." "이번 곡은 어머니를 위한 노래야." 자기 어머니가 알타이의 하늘에 있다고 했다. 몇몇 곡들은 그리로 가닿는다고 자신했다. "암, 어머니는 늘 내 노래를, 내 그리움을 들으며 나를 어루만져주시지." 숨을 고른 그는 한술 더 떴다. 알타이를 넘어 저 우주로 통하는 노래라고. 그는 우주라는 말을 몇 차례 되풀이했다. 나는 그 우주에 대해 아무 말도 못했다.

그날 밤 나는 반듯하게 누워 아일 천장으로 보이는 컴컴한 하늘을 한참 올려다보았다. 우주에 대해 한참을 생각했다. 긴 굴뚝을 타고 잿빛의 우주로 사라져간 어머니의 얼굴이 스쳤다. 내게 저리 가라며 눈을 치뜬 어머니의 병색 짙은 누런 얼굴이 그 잿빛 위에 찍혔다. 이상했다. 내 가슴을 울리며 파동으로 다가오던 어머니에게 와락 달려드는 순간마다, 어머니는 임종 직전의 그 얼굴로 붕괴되고 말았다. 자꾸 그 얼굴만 나타났다. 너무 아파서 그랬을까. 아니면 닥쳐올 세상에서 견디려면 그런 품은 잊어야 한다며 모질게 굴었던 것일까.

이제 아일 천장을 뚫고 들어오는 나의 우주도, 어머니의 그 얼굴도 지워야 했다. 나는 모로 누웠다. 뭔가 옆구리를 쿡 찔렀다. 자리에서 일어나 수북한 털 사이를 헤집었다. 내가 집어 든 것은 제법 큰 원형의 회색 단추였다. 자세히 살펴보니 표면 전체에 많은 실선으로 골을 파 멋을 낸 것이었다. 그것을 눈앞의 탁자 위에 올려놓았다. 뒤척이며 잠을 재촉할 때 그 단추가 어둠 속에서 희미하게 떠 있는 게 눈에 들어왔다. 마치 우주처럼.

4월 12일은 '국제 우주의 날'이다. 우주의 날에 보낸 카르쉬의 축전 밑에 나도 답글을 달았다. "한 뼘, 그대의 우주 알타이를 그리워하며!" 그날 내가 띄워 올린 건 저 태양계를 지나 은하계로 날아가는 우주선이 아니었다. 그의 연주가 담긴 선물 받은 시디를 플레이어에 넣었다. 우주의 날에 나는 그렇게 한 뼘 속으로 고요히 흘러들었다. 그날 나는 저 우주로 향하는 파동에 실린, 진짜 우주인이 되어가고 있었다.

* 이 글에서 참고한 다큐멘터리는 몽골의 고비사막에서 촬영한 것으로 「낙타의 눈물」이라는 제목으로 방영되었다.

시베리아, 그 거짓말

시제로($C°$)는 나 때문에 피해를 본 학생이었다. 그는 시베리아를 들이밀며 내 부끄러움을 새삼 일깨웠다. 그의 답안이 정말 $C°$를 맞을 정도였을까. 상대평가라 밀려서 그렇게 된 것은 아닐까. 짐작만 할 뿐 알 수 없었다. 어쨌든 그는 '시베리아 기행'이라는 달콤한 말에 속았다가, 처참한, 분명 그는 그렇게 생각했을 것 같은, 그런 학점을 받아 줬었던 게 분명했다. 미안했다. 그런 평가를 한 것도 그랬지만, 무엇보다 그 시베리아를 가지고 많은 학생들을 꼬셔댔던 게 더 그랬다. 그래서 저녁 무렵이면 집 주변 편의점들을 유심히 살피며 다니기 시작했다. 그러던 어느 날이었다.

그날 아침 뉴스 시간에 또 그 이야기가 나왔다.

"이번에 정부는 우리 철도를 시베리아 횡단열차와 연결하는 협상을 러시아 당국과 다시 시작하기로 했습니다."

나는 티브이 화면을 노려보며 코웃음을 쳤다. 저걸 또 우려먹고 있구나. 정말 '새빨간' 거짓말이다. 다시 시베리아가 내 머리를 헤집어놓았다. 얼굴이 또 달아올랐다. 시제로도 저 뉴스를 보지 않았을까. '시베리아 기행'을 하며 또 거짓말을 한 것은 없을까. 그런 걱정이 자꾸 머리를 뱅뱅 돌았다. 께름했다. 리모컨을 사납게 움켜쥐며 티브이를 꺼버렸다. 씁쓸했다. 재빨리 담뱃갑을 움켜쥐고 아파트 계단을 내려왔다. 재활용 수거함 근처에서 담배를 피워 물었을 때, 칠층에 사는 중년 사내가 고개를 꾸뻑하며 내 쪽으로 다가와 손을 내밀었다. 그의 손에는 구겨진 담뱃갑이 들려 있었다. 나는 얼른 담배 한 개비를 꺼내주었다. 가게가 멀어 가끔 그런 경우가 있었다. 칠층 사내가 연기를 깊숙이 빨아들였다가 허공으로 내뿜었다. 그는 고개를 쳐들고 연기가 사라져가는 것을 우두커니 올려다보고 있었다. 나도 허공에 흩뿌려지는 그 연기를 멀거니 바라보았다. 열차 연결 협상은 늘 내뿜은 담배 연기처럼 순식간에 자취를 감추었다. 늘 '뻥'을 치는 그 열차 연결. 시베리아를 오래 우려먹었던 나는 심히 불쾌함을 느꼈다. 아니 불쾌함을 넘어 화가 치솟았다. 남들은 바삐 출근하는 아침부터 볼썽사납게 담배 연기를 풀풀 날리며 시베리아를 물고 늘어지는 내 모습에도 부아가 났다.

"거보라구, 순 썰만 풀었지. 열차 연결 좋아하시네."

뉴스를 보고 시제로가 내뱉었을 것만 같은 소리가 귓가에서 맴돌았다. 혹 짜증이 치밀었다. 칠층 사내는 출근하는 사람들의 시선을 등지고 잿빛 옹벽을 멍한 눈으로 바라보며 천천히 담배 연기를 내뿜었다. 담배 연기 속에서 불쑥 어떤 얼굴이 스쳤다. 시제로가 아니었다. 시베리아에서 '뻥'을 치던 녀석이었다.

그를 만난 건 시베리아 조그만 도시에 자리한 호텔에서였다. 근처 사얀산맥에 있는 옥 광산에 홀려 며칠 투숙을 했다. 물론 홀린 건 내가 아니라 한국 쪽 투자자들이었다. 내 일이란 건 별게 아니었다. 러시아 쪽 광산 관계자들을 같이 만나고 문서를 검토해주는, 잡스러운 일이었다. 고등학교 동창 하나가 내가 러시아 쪽 공부를 했고, 거기다 시베리아 관련 강의를 한다고 어디서 주위들었나 보았다. 그게 잘 풀리면 내역할이 좀 더 커질 것이라는 언질도 몇 번 들었던 터였다. 땅위에 흙만 걷어내면 백옥이 와르르 나온다는 그곳, 세차게 흘러내리는 옅은 강물에 퇴적된 돌들 중 백옥도 실제 보았다. 그렇게 엮여 그해 여름 하카시아공화국에 들어갔었다.

숙소로 잡은 호텔에서였다. 객실 안은 금연이라 담배를 피우려면 일층 출입구에 마련한 재떨이 앞으로 가야 했다. 담배를 꺼냈을 때 카운터에 앉아 있던 젊은 친구가 내게 다가왔다. 나이는 이십대 중후반 정도. 움푹 들어간 눈과 툭 튀어나온 광대뼈, 솔직히 말하자면 약간 덜 진화한 유인원을 닮았다고나 할까. 얼굴 한가운데 유난히 솟아오른 두툼한 코만 빼면 그랬다. 체크인을 할 때 내 여권을 보지 못했는지 어디서 왔냐고 물어왔다. 한국이라고 하자 곧장 서울을 들먹였다. 그러면서 겸연쩍은 웃음을 흘리며 뭐라 우물우물했다. 나는 무슨 말인지 알아듣지 못했다. 고개를 갸웃대자 그는 검지와 중지로 가위를 만들며 '시가레트'란 말을 꺼냈다. 나는 고개를 끄덕이며 담뱃갑을 내밀었다. 담뱃갑을 들고 이리저리 뒤집어 보더니 한 개비를 뽑아 들었다.

그 호텔에서 나흘을 머물렀다. 다음 날은 그가 보이지 않았다. 사흘째 되는 날이었다. 아침부터 카운터가 수선스러웠다. 한 떼의 독일 관광객이 밀려들어온 것이다. 방을 배정받은 독일인들이 뿔뿔이 흩어졌다. 그중 하나가 담배를 피우려고 내 옆에 섰다. 그때 녀석이 다가왔다. 나한테 오는 게 아니었다. 독일인임을 확인하자 '베를린'이라고 했다. 그의 손가락에 독일인에게 받은 담배가 끼워졌다. 맛을 음미하듯 천천히 연기를 뿜어냈다. 다음 차례는 일본인이었다. 도쿄가 등장했다. 그렇게 그 짓을 반복하고 있었다.

내가 녀석을 다시 만난 건 일 년 뒤였다. 옥 광산을 놓고 계약을 체결하는 일은 질질 늘어지며 지지부진했다. 러시아 쪽에서는 광산 근처 마을 주민들을 위한 운동장과 마을회관 성격의 건물 신축을 함께 요구해왔다. 그곳 주민들을 달래기 위한 수단이라고 했다. 한국에서의 투자는 제자리였다. 그렇다고 이제껏 투자한 돈이 있어 포기해버릴 수도 없었다.

어쨌든 익숙한 탓에 그 호텔을 예약했다. 담배를 물고 퇴락한 그 도시 풍경을 막막하게 바라보았다. 시내 중심가였지만 흙먼지가 풀풀 날렸다. 풀리지 않는 광산 일처럼 그런 시내 풍경도 답답했다. 그때 '시가레트' 소리가 들렸다. 녀석이었다. 물론 또 서울이 나왔다. 젊은 친구가 그 조그만 도시에서, 봉급도 시원찮을 것 같은 그 호텔에 안주하고 있는 게 안되어 보였다. 그 도시에서 태어났냐고 하자 그는 고개를 끄덕였다. 그러더니 말을 이었다. 태어나 줄곧 아바칸에 살고 있다는 것, 러시아 수도인 모스크바에는 한 번도 가본 적이 없다는 것. 그러니까 대처를 나가본 일이 없다는 말이었다. 딱 한 번 노보시비리스크에 가봤다는 말을 했다. 노보시비리스크는 시베리아에서 가장 큰 도시로 거기서 제일 가까운 도시였다. 비행기를 타려면 그리로 가야 했다. 우리도 그곳을 거쳐서 왔다.

"복잡해 죽을 뻔했어요. 어떻게 그런 데서 사람들이 사는지 몰라요."

그는 담배 연기를 내뿜으며 고개를 절레절레했다. 아바칸에는 대형 쇼핑몰이 없어도 슈퍼나 시장에서 찾는 물건은 다 얻을 수 있는데 뭐 하러 그런 데 사냐는 말을 덧붙였다. 중심가에서 십여 분가량 차를 달리면 바로 말과 소들이 풀을 뜯고 있는 초원이 시작되었다. 아직도 구소련 시절에 지은 건물들이 중심가를 점령한 채 새 시대에 틈을 내주지 않는 퇴락한 도시. 그는 계속 자랑을 늘어놓으며 삐졌다. 나는 잠자코 듣기만 했다. 자랑이 끝나자 그는 우울한 낯빛으로 허공을 바라보았다. 그 표정엔 뭔가가 숨어 있었다. 그걸 내게 들키고 만 것이다.

다음 흡연자는 프랑스인이었다. 나는 얼른 자리를 떴다. 로비에서 보니 그는 또 검지와 중지로 내밀어 프랑스인에게 담배를 얻고 있었다. 필시 파리가 나왔을 것이었다. 다시 담배 연기가 흩어져 사라지는 허공을 바라보는 그의 멍한 표정. 어쩌면 그 허공 저만치 있을 서울, 베를린, 도쿄, 파리를 그리고 있었는지도 모를 일이었다. 각국에서 온 담배를 얻어 피우며 그 연기처럼 훨훨 날고 싶은 감정을 달랬던 것은 아닐까. 그의 표정에서 내가 읽어낸 것은 그랬다. 큰 도시로 나갈 수 없는 자기 처지를 애써 감추면서 아마도 '뻥'을 치는 게 틀림없었다.

어느새 칠층 남자는 사라지고 없었다. 아직 연기가 꼬물대며 올라오는 꽁초를 바닥에 툭 던졌다. 발끝에 힘을 줘 세게 비벼 껐다. 애꿎은 담배까지 시베리아에 가닿는 것을 보면 내 심사가 몹시 뒤틀리긴 했나 보았다. 시제로가 소환한 시베리

아. 그에게 처참한 학점을 안겨준 시험문제들 중 하나가 어른 거렸다. 그것은 바로 한반도와 러시아를 잇는, 정확히 말하면 시베리아 횡단열차를 염두에 둔 문제였다. 낯이 화끈대며 붉어졌다. 위정자들은 당선만 되면 그 철도 문제를 앞세우며 '뻥'을 쳤다. 그에 못지않게 나도 '시베리아 기행' 과목 시험 문제로 늘 그걸 출제했다. 거짓말 같은 한반도 종단열차에다 시베리아 횡단열차라니.

얼른 주위를 둘레둘레 돌아보았다. 그러고는 급히 자리를 떴다. 철도 연결을 지껄이는 뉴스를 보며 분개했던 것도, 또 담배를 얻어 피우던 시베리아의 그 젊은 녀석이 친 거짓말인지 뻥인지를 떠올린 것도, 모두 시제로가 발단 같았다. 얼마 전, 투표소에서였다.

점심을 먹고 느긋하게 투표소로 향했다. 투표소는 내가 사는 아파트 단지에 붙어 있는 초등학교였다. 운동장에 길게 늘어진 줄에 붙어 조금씩 앞으로 발을 내밀었다. 어떤 후보를 찍을지 아직 결정을 내리지 못해 생각에 잠겨 있을 때였다.

"시베리아, 좋아하고 있네."

남자 목소리였다. 투표소에서 느닷없이 시베리아가 왜 튀어나온단 말인가. 등 뒤쪽에서 나온 소리였다. 얼른 뒤를 돌아보았다. 내 바로 뒤로는 중년 여자들이었다. 몇 사람 건너 삼십 대 후반쯤일까, 부부로 보이는 남녀가 서 있었다. 아무래도 시베리아의 진원지는 그곳인 듯했다. 나와 시선이 마주친 남자는 슬그머니 고개를 돌렸다. 왠지 낯이 익었다. 아파트 단지에서 본 얼굴일까. 그런데 무슨 시베리아란 말인가. 계속 뒤쪽이 신경 쓰였다. 뭐라 수군대고 있었지만 내용까지는 알아들을 수가 없었다. 그래도 시베리아란 지명이 두어 차례 오가는 걸 용케 잡아냈다. 그러다가 내 귀에 박혀오는 말이 있었다.

"학점이나 잘 주지, 시제로를 줬다니까. 새빠지게 했는데."

나였다. 나를 두고 하는 말이 분명했다. 나는 시베리아와, 그것도 밥 먹듯 거짓말을 해대는 시베리아와 하나로 싸잡히고 말았다. 얼굴이 후끈댔다. '뻥'으로 가득 찬 '시베리아 기행'이 끝났을 때도 그런 소리를 들었던 것 같은 기시감을 전에도 어쩌다 느끼곤 했다. 근데 기시감이 아니었다. 자꾸 뒤통수가 근질근질했다. 뒤를 돌아볼 엄두도 못 냈다. 얼른 투표를 끝내고 자리를 벗어나고 싶을 뿐이었다. 나는 앞쪽에 서 있는 사람 뒤로 바짝 붙었다.

요 며칠, 죄지은 사람처럼 아파트 단지를 지나다닐 때도 주위를 두리번거렸다. 발도 재게 놀렸다. 그런데 그날 뉴스에 대통령 당선자가 또 시베리아란 말을 입에 올렸던 것이다. 그 자리에 오르는 사람마다 써먹는, 이제는 믿지 못할 레퍼토리였다. 혹 시제로도 아침 뉴스를 봤을까.

시베리아를 놓고 그 행각을 벌인 무대는 한 대학의 강단이었다. 문제의 시베리아를 가지고 꼬박 십 년을 채웠다. 한 학기당 백여 명의 수강생이 시베리아란 말을 되뇌었다. 일 년에 두 학기, 그렇게 십 년이면, 어림잡아도 이천여 명 이상이었다. 그중 한 명이 내 주변에 살고 있다. 나를 알아보기까지 했다. 어쩌면 더 있을지도 모른다. 소름이 쭉 돋으며 등짝이 스멀거렸다. 이제 낯을 들고 다니기가 쑥스러움을 넘어 두려웠다.

이천여 명에게 친 거짓말은 이랬다. "남북한 철도가 뚫려 시베리아 횡단열차와 연결될 테니 여러분들은 원대한 포부를 지녀야 합니다." 정말 '원대한' 거짓말이었다. 물론 이 거짓말은 나만 친 게 아니었다. 정권이 바뀔 때마다 들먹였다. 이제 거짓말임을 너무도 잘 안다. 그 이천여 명 중 하나인 시제로는 이런 말들을 덧붙였을 것이다.

"맨날 남북한이 철도를 이어 러시아랑 연결한다고 설쳤는데 되긴 뭐가 돼. 젠장. 시제로가 뭐야. 하여간 선택이 중요해. 감언이설에 놀아나면 안 된다구!"

'시베리아 기행'이라는 강의명을 보고 많은 학생들이 몰려들었다. 인문대, 경상대, 공대, 의대, 예대 학생들이 뒤섞여 있었다. 교수로 있는 선배가 맡다가 내게 물려준 상대평가 교양과목이었다. 처음에 나도 시베리아에 대해 거의 아는 게 없었다. 다만 러시아의 아시아 쪽 땅을 시베리아라고 부르고,

그 경계가 우랄산맥이라는 상식 정도나 머릿속에 남아 있었다. 첫 시간이면 시베리아에 대한 설문조사를 했다. 학생들의 답변을 강의 내용에 반영하고자 했다. 별별 게 다 나왔다. 단연 으뜸은 추위였다. 그다음은 보드카. 시베리안 허스키도 있었다. 그걸 적은 학생은 늑대를 닮은 시베리안 허스키가 끄는 썰매를 타고 설원을 누비는 광경을 떠올리며 수강 신청을 했을지도 몰랐다. 그렇다고 시베리안 허스키를 끼워 넣을 수는 없었다. 동물학을 다루는 강의가 아니잖은가. 뭔가 현실적인 게 필요했다. 시베리아에 매장된 석유와 천연가스, 철광석 같은 천연자원을 꼽는 학생들도 꽤 됐다. 그런 학생들이라면 우리나라의 장래를 믿고 맡겨도 좋지 않을까 싶어 든든했다. 개인 경제, 가정 경제, 국가 경제, 더 나아가 세계 경제에 영향을 미칠 뭔가가 필요하지 않은가, 그런 생각이 들었다. 그렇지만 시베리아의 천연자원을 아우를 수 있는 게 필요했다. 그때 설문지 답변 중 '시베리아 횡단열차'가 눈에 띄었다. 그걸 쓴 학생은 괄호 안에다 이렇게 덧붙였다.

(눈이 펑펑 내리는 겨울에 시베리아 횡단열차를 타고 여행하고 싶어요.)

이거다 싶었다. 9,288킬로미터의 길이를 자랑하는 횡단열차. 광대한 시베리아를 대표할 굵직한 하나가 바로 그거였다. 시베리아 횡단열차에 대해서는 강의 준비를 하며 읽은 논문들 중에 그 내용이 있었다. 시베리아 관련 학회에서도 자주 다루어지던 테마였다. 그때 학생들은 물론, 나도 함께 꿈을 꾸었다. 그런데 '시베리아'라는 이름을 붙인 그 열차가 문제를 일으켰다. 아니, 모스크바와 블라디보스토크 사이 9,288킬로미터를 달리는, 백여 년 전에 개통한 시베리아 횡단열차는 오늘도 말썽 없이 잘 달리고 있다. 문제는 한반도 종단열차였다. 거짓말의 근원지는 바로 그곳이었다. 욕을 먹어도 싸다. 그래도 그 원인을 제공한 것은 시베리아였다. 아니다. 시베리아가 아니다. 바로 나, 그 '뻥'에 부화뇌동한 내가 오롯이 비난의 대상이 되어야 했다.

예상되는 한반도종단열차(Trans Korean Railroad-TKR)와 시베리아횡단열차(Trans Siberian Railroad-TSR)가 연결되었을 때 기대되는 효과와 걸림돌들에 대해 논하시오.

배점이 제일 큰 시험 문항이었다. 위정자의 자리에 오르는 사람마다 내세웠던, 이제는 믿을 수 없는 그 단골 레퍼토리를 나도 스무 학기 동안 읊어댔다. 남북한 철도를 연결해 달리는 한반도 종단열차와 시베리아 횡단열차의 연결은 정말 '상상의 산물'에 불과했다.

'상상의 산물' 하니까 떠오르는 게 있다. 물론 철도 얘기다. 시베리아의 변방, 사얀산맥과 몽골에 접해 있는, 러시아연방에 속한 투바공화국이란 곳이 있다. 정말 오지 중에 오지가 거기다. 내가 옥 광산 일로 머문 하카시아공화국의 수도 아바칸을 지나 다시 사얀산맥 줄기를 넘고 타이가를 지나 먼지가 풀풀대는 초원지대를 통해야 들어갈 수 있는 곳. 그래도 하카시아공화국까지는 기차가 다닌다. 하지만 거기까지다. 투바공화국의 수도 키질로 들어가려면, 옛날에는 말을 타고 드나들었겠지만 지금은 자동차를 타야만 한다(물론 다른 도시에서 비행기도 다닌다). 그런데 키질에 철길이 있었다.

　역시 옥 광산 일을 할 때였다. 키질에 들어갈 일이 있었다. 마중 나온 투바 사람 차를 타고 시내로 들어갈 때, 정말 오지라는 것을 실감했다. 수도라 해도 도시라고 하기는 뭐한 키질. 거기에 비하면 아바칸은 큰 도시였다. 저만치 초원을 따라 지평선이 이어졌다. 뭐, 뻥 뚫린 아름다운 풍경이야 시원했다. 거기다가 시내 한가운데를 꿰뚫는 예니세이강도 아름다웠다. 중심가에 들어가자 몇 층 올라가지 않은 낮은 건물들만 이어졌다. 이층으로 된 호텔에 짐을 놓고 내려왔다. 마중 나온 투바 친구가 우리에게 키질 구경을 시켜주겠다고 기다리고 있었다. 뭐 볼거리가 있을까, 별 기대도 안 하고 따라나섰다. 차는 곧장 시내를 벗어났다. 몇 분 달렸을까, 바로 초원이었다. 자동차는 키질 시내가 보이는 한 언덕으로 올라갔다.

언덕 아래로 강물이 빠르게 흘러갔다. 사람들이 신성시하는 샘터로 들락거렸다. 이런 곳에 뭐 볼 게 있다고 왔을까. 나는 실망감에 휩싸였다. 그때였다. 키질에도 철길이 있다며 가보자는 것이었다. 처음 듣는 소리였다. 다시 철길이란 말이 들렸다. 그는 손으로 언덕 위를 가리켰다. 그럴 리가 없었다. 아바칸에서 교통편을 알아볼 때도 기차가 있다는 말은 아예 듣지 못했다. 키질에 무슨 철길이 있단 말인가. 더구나 평지도 아니고 되똑하게 서 있는 언덕 위로 기차가 다닌다니. 잘못 알아들은 게 분명했다. 혹시 해서 기차역을 뜻하는 '바크잘'이라는 단어를 써가며 되물었다. 그는 고개를 저으며 앞장섰다. 우리는 뒤를 따라 올라갔다.

정말, 철길이 있었다. 그게 왜 거기에 있단 말인가. 뜬금없었다. 침목 위에 놓인 레일이 이십 미터 정도 이어졌다. 시내 한가운데도 아니고 언덕 위에 일자로 놓인 짧은 길이의 철길. 철길이라고 하기에도 뭐한 그 앞에 서 있는 검은 표석이 눈에 띄었다. 다가가 보니 이렇게 쓰여 있었다.

키질-쿠라기노

쿠라기노가 어딘지 물어봤다. 키질에서 몇백 킬로미터 떨어진 곳이라고 했다. 키질에서 그곳까지 철도 연결을 염원하며 설치한 철길이라고 덧붙였다. 그 철길이 완성되면 나중에 몽골을 지나 중국까지 철도를 잇는다는 것이다. 터무니없는 거짓말 같았다. 2011년, 5월에 '뻥'에 불과한 그런 염원을 표석에 새겼다. 십 년이 넘었다. 철길은 그대로였다. 부모를 따라온 아이들이 레일 위에서 양팔을 벌려 중심을 잡으며 뒤뚱뒤뚱 걷고 있었다. 상상의 산물인 키질의 철길은 그런 소박한 놀이기구에 불과했다.

불현듯 내가 '시베리아 기행' 시간에 떠들어대던 한반도 종단열차가 떠올랐다. 나는 쓴웃음을 흘렸다. 몽골, 중국은커녕 같은 러시아 땅 쿠라기노도 너무나 요원했다. 투바 친구의 얼굴을 멍하게 바라보았다. 문득 아바칸의 호텔에서 담배를 얻어 피우던 그 녀석의 얼굴이 그 위로 겹쳐졌다.

'시베리아 기행' 강의를 할 때 내가 이 사실을 알았더라면, "이십여 미터 길이의 철길을 가지고도 그곳 사람들은 희망에 차 열차를 탈 날을 기다리고 있는데, 거기에 비하면 한반도 종단열차야 곧 실현될 손안의 것입니다"라고 다독였을 것이다. 애석하게도 내가 키질의 철길을 볼 때는 '시베리아 기행'이 진즉에 끝난 뒤였다.

2000년 3월부터 시베리아를 읊어대기 시작했다. 가슴 두근대던 밀레니엄, 새천년. 거기에 들뜬 학생들은 시베리아란 말에, 시베리아 횡단열차란 말에 현혹되었다. 그렇게 사기를 치기 쉬울 때가 있었을까. 사회 전체가 들떠서 바람잡이까지 해 줄 때니까.

물론 나도 억울했다. 그보다도 학생들 앞에 서려면 미래에 대한 차디찬 통찰이 필요했다고 뼈저리게 느꼈을 때는 다시 돌아갈 수도 없는 그 '시베리아 기행'을 끝낸 뒤였다.

미래에 대한 차디찬 통찰. 내가 강의를 시작한 그 2000년을 아주 오래전 예견한 선각자가 있었다. 그의 말에 좀 더 귀를 기울여야 했다. 바로 1835년에 예견한 2000년이었다.

지금이야 2050년, 2100년 정도는 쉽게 예측 가능한 시대이다. 그때쯤이면, "지금은 별 쓸모도 없는 철도를 가지고 어둑한 인간들에게 사기 치던 때가 있었다"며 한반도 종단열차와 시베리아 횡단열차 연결을 들먹일 게 분명하다. 하지만 저 미개했던 1835년에 어찌 2000년을 예견할 수 있었을까. 그런데 저 북방, 당시 러시아의 수도 상트-페테르부르크에서 빗발칠 비난을 감수하고 선각자는 용기를 냈다. 대중을 선동하는 행위를 속속 잡아내는 비밀경찰이 도처에 깔려 있고, 말 한마디까지 샅샅이 살피는 검열이 너무 심해 직접 메시지를 내는 게 너무도 힘든 시절이었다. 그 선각자는 어쩔 수 없이, 제일 잡스럽다는 소설이란 장르를 빌릴 수밖에 없었다. 그것도 미친 사람이 쓴 일기 형식의 글로 위장한 채 자신의 예견을 슬금슬금 흘렸다. 그 속에다 천문에 대한 관찰까지 덧붙였다. 그런데 그게 우리가 알고 있는 일식과 월식을 바탕으로 한 천문

관찰이 아니었다. 한번 들여다보면 이렇다.

2000년 4월 일기다. 소설 속 주인공은 제정 러시아의 말단 관리로, 일기 서두에 경사스러운 날이라고 못 박는다. 왜냐하면 임자를 못 찾아 공석으로 있던 스페인 왕위를 계승할 인물을 찾아냈기 때문이다. 헌데 그 임자가 바로 자기란다. 무심코 그런 그의 진술만을 좇아 다음으로 넘어가면 이 선각자의 메시지를 읽어내지 못한다. 얼토당토않은 미친 소리라고 치부할 게 뻔하다. 주인공이 스페인 왕으로 즉위하는 경사스러운 날은 바로 2000년 4월 43일이다. 4월 43일이라니? 그래서일까, 비밀경찰도 검열 기관도 그 글에 대꾸할 가치를 못 느꼈던 모양이다. 어찌 됐든 그 덕분에 나는 알쏭달쏭한 암시로 가득 찬 선각자의 글을 볼 수가 있었다. 나는 4월 43일을 몇 번이나 되뇌었다. 그리고 나는 이런 결론에 다다랐다.

그게 왜 불가능하단 말인가.

지금까지 세계사를 뜯어보면 그런 일들은 수도 없이 일어났다고, 나는 단언한다. 조선, 중국, 일본, 러시아, 미국, 유럽과 중동의 여러 나라들, 그리고 중남미와 아시아, 아프리카의 여러 나라들, 그 밖의 국명도 잘 모르는 나라들의 역사를 들여다보면 4월 43일이 아니라 4월 55일도 가능할 것만 같다. 그리고 그런 날들 중 어디선가 말단 관리가 분명 왕위에 올랐을 것이다.

우리가 숭상하는 진리 아래에서는 절대 있을 수 없는 43일에 대해 덧붙이고 싶다. 모든 게 뒤바뀌고 온갖 거짓말, 음모가 난무하는 세상에 43일이 왜 말이 안 되는가. 그 선각자는 미래에 있을 지구의 자전 속도까지 계산하고 있었던 것 같다. 자기 메시지를 읽고 놀랄 독자들을 위해 맛보기로 꺼내든 4월 43일. 그걸 보고 미쳤다는 독자들이 비웃는 소리를 들었을까. 그것만으론 안 되겠다 싶었는지 이번엔 달까지 확장시킨다.

30월 86일.

일 년이 열두 달인 것처럼 태양계의 행성 순서를 수성, 금성, 지구, 화성, 목성, 토성, 천왕성, 해왕성, 명왕성으로, 그러니까 '수금지화목토천해명'으로 철떡같이 믿어왔다. 그런데 거기서 음모가 일어났다. 명왕성을 제거해버린 것이다. 그래서 지금 태양계는 '수금지화목토천해'가 되어버렸다. 어떤 음모에 의해 30월 86일로 표기되는 날이 올지 모른다. 거대한 음모에 의해.

얼마 전 나는 그런 기사를 보았다. 기사 내용은 지구의 자전과 관계된 것이었다. 미국항공우주국(NASA)은 중국의 한 거대한 댐에 저장한 엄청난 물 때문에 지구의 자전 속도가 느려졌다는 주장을 폈다. 이 댐 때문에 여기저기서 수많은 지진이 일어나고, 또 화산들도 폭발한다는 것이다. NASA의 그런 주장을 놓고 사람들의 반응은 이랬다. "설마?……" 기사를 읽는 순간 나는 곧장 그 선각자의 4월 43일을, 30월 86일을 떠올렸다. 그는 살벌한 시대를 살아내야 했다. 그래서일까. 주인공이 왕이 된 스페인은 바로 정신병동이라며 슬며시 발을 뺀다. 어쨌든 그의 몫은 거기까지였다. 2000년 4월 43일, 30월 86일의 스페인은 정신병동에 다름없다는 비유를 빌린 이 메시지는 지금을 아우르는 것만 같았다.

야만과 무지라고 여겼던 그 시대로부터 발신된 '2000년 4월 43일'과 '30월 86일'이란 선각자의 메시지를 좀 더 숙고했더라면, 내 입으로 '한반도 종단열차'를 절대 발설하지 않았을 것이다. 상투적인 표현이지만 '후회해도 소용없다'.

물론 그때 수업 시간에 이런 내 견해를 밝혔다면, 강의를 듣던 학생들은 나를 사회불안을 조성하는 불순분자 아니면 미친놈으로 몰아갔을 게 틀림없다. 그리고 대번에 학교 게시판에 대자보를 붙여 내쫓았을지도 모른다. 더구나 그 희망찬 밀레니엄 시대에. 그에 비하면 희망을 가득 담은 시베리아 횡단열차와 한반도 종단열차의 연결은 너무도 정상적인 것이었다. 나는 이런 소리까지 덧붙였다. "여러분들이 졸업을 하고 사회에 첫발을 뗄 무렵이면 이루어질 수 있는 게 바로 시베리아 횡단열차와 한반도 종단열차의 연결입니다. 그래서 서울에서, 부산에서 기차로 러시아를 지나 유럽까지 가는 날이 곧 다가올 겁니다."

투표일이 지나고 며칠 동안은 주변을 신경 쓰며 조심스레 아파트 단지를 지나다녔다. 시제로는 한 번도 눈에 띄지 않았다. 일주일 정도 지나자 조금씩 마음을 놓기 시작했다. 어쩌면 다른 단지에 사는지도 몰랐다. 배정된 투표소에는 우리 아파트 단지와 그 옆 단지 주민들이 투표를 하도록 되어 있었다. 다 합하면 주민 수도 상당했다. 거기서 그 친구를 마주칠 확률은 우려했던 것보다는 적었다. 그렇게 여러 날이 지나며 다시 예전으로 돌아가고 있었다.

한 보름쯤 지났을까. 어둑어둑할 무렵 편의점으로 담배를 사러 들어가던 참이었다. 무심코 문을 열려다 옆을 보았다. 파라솔에 시제로가 앉아 있었다. 그는 나를 못 본 것 같았다. 탁자 위에는 캔 커피가 놓여 있었다. 나는 잽싸게 편의점 안으로 몸을 밀어 넣었다. 카운터에서 파라솔 쪽은 보이지 않았다. 담배를 사는 아주 잠깐, 이런 생각을 했다.

그와 나 사이의 오해를 풀어야 하지 않을까. C°라는 학점도 상대평가 과목이라 어쩔 수가 없었다고, 어떻게든지 해명을 할 필요가 있었다. 계산대를 등지고 심호흡을 했다. 편의점 밖으로 나왔을 때 그는 보이지 않았다. 어느 골목으로 들어갔는지 알 수도 없었다.

이제는 거꾸로 내가 시제로를 만나야 했다. 하릴없이 집 주변을 어슬렁거렸다. 빚을 진 느낌이랄까. 해가 질 무렵, 퇴근 시간대에 편의점 근처를 서성이기도 했다. 그 나이면 분명 직장을 다닐 터였다. 하얗게 만개했던 벚꽃이 진 지 오래됐다. 아파트 단지 안의 벚나무는 푸른 잎으로 뒤덮였다. 빨갛고 하얀 꽃을 탐스럽게 피워 올렸던 철쭉도 꽃을 다 털어낸 뒤였다.

아침 뉴스에 나온, 식당에서 틀어놓는 종편 뉴스에도 분명 나왔을 시베리아 횡단열차 소식을 경멸의 눈으로 째려봤을 것만 같은 시제로. 어쨌든 그날은 유독 시베리아가 머릿속에서 계속 얼쩡댔다. 그날 집으로 돌아올 때 동네를 기웃거려도 시제로는 역시 눈에 띄지 않았다. 자정 뉴스 시간에도 아침에 본 내용을 그대로 내보내고 있었다. 무슨 '철의 실크로드'란 말인가. 이번에도 뻔했다. 나는 티브이를 끄며 거짓말이라고 사납게 방점을 찍고 있었다. 우리나라가 출발점이 된다는 그 '철의 비단길'은 **거―짓―말―이―다!**

거짓말은 철도뿐이 아니었다. 작년 여름 뉴스 시간에 시베리아가 보름가량 계속 나왔다. 어떤 음모가 벌어지는 것 같았다. '시베리아 기행' 첫 시간 설문조사 때 안 빠지던 게 추위였다. 나는 시베리아에서 제일 춥다는 곳의 지명을 알려주었다. 베르호얀스크와 오이먀콘이 바로 그곳이다(시험문제에도 냈다). 그런데 지금 베르호얀스크가 말썽을 부리고 있었다.

시베리아 북단 베르호얀스크는 1월 평균이 영하 50도인 곳으로 백여 년 전(나중에 인터넷을 뒤져보니 1892년이었다)에는 영하 67.8도까지 내려간 기록을 보유하고 있다. 오줌을 누면 그 자리에서 얼어붙는 곳, 눈이 하얗게 덮인 대지 위로 순록들이 입김을 뿜으며 어슬렁대는 곳. 겨울을 상징하는 대명사처럼 쓰인 시베리아. 시베리아의 그런 자존심을 지켜주는 베르호얀스크가 섭씨 38도까지 올랐다는 보도가 뉴스를 통해 나왔다. 처음 있는 일이라고 했다.

시베리아가 열을 받았기 때문이다. 추위하면 에헴, 큰기침과 함께 으스대며 나오는 게 시베리아 아닌가. 추위에 관한 그런 융숭한 대접을 받는 터라 시베리아는 늘 냉정한, 때로는 너무도 냉혹하다 할 정도로 차디찬 평정심을 유지했었다. 화가 나도 체면상 점잔을 빼며 폼을 잡았다. 그렇게 속 깊이 꾹꾹 눌러놓았던 것들을 이제 더 참지 못하고 급기야는 버럭 성을 내며 밖으로 뿜어내는 모양이었다.

그래서 냉철한 동장군의 지위를 뽐내던 그 시베리아도 이제 믿을 게 못 된다. 어쩌면 시베리아는 추위를 가지고 누려왔던 지위를 내려놓아야 할 처지에 놓이고 말았다. 화를 몹시 낸 탓에 섭씨 10도 이상 열이 올랐다. 그 정도라면 치명적이었다. 응급조치도 할 수 없었다. 그 결과, 지구가, 우리나라가 심한 상처를 입고 말았다. 거짓말같이 돌변한 시베리아 때문에 우리나라에 정말 난리가 났다. 열대성 저기압이 몰아온 비가 보름 넘게 퍼부었다. 나라가 쑥대밭이 되었다. 먼 친척은 빚까지 내서 오이 농사를 지으려고 하우스 몇 동을 지었다.

그게 폭우에 사라져버렸다. 시베리아를 믿었던 게 탈이었다. 친척의 오이 농사는 막연한 꿈이 되고 말았다.

애당초 그 열차 연결을 놓고 '철의 실크로드'라느니 떠들 때부터 거슬리긴 했다. 뭐랄까, 인위적인 계획의 산물이랄까. 일 년은 정확히 12달, 한 달은 30일, 31일(인위적인 이 계획으로는 어쩔 도리가 없어 28일이니 29일이니 자기 오류를 인정하며 슬쩍 물러날 때도 있다), 하루는 24시간, 한 시간은 60분 따위의 규격화시킨 틀 안에서만 움직일 수 있는 인위적인 산물 같은 '철의 실크로드'. 그 틀에서 조금이라도 어긋난다면. 상상하기도 싫다. 그런데 나도 많은 이들도 거기에 열광했다. 냉철한 통찰이 필요했다. 어떤 해는 30월이 되고, 어떤 달은 86일이 되는 것은 전혀 고려치 못했다.

협잡의 냄새가 가득 풍기는, 또 거기에 줏대 없이 앞장선 내가 붙박이로 출제한 시험문제 속의 '한반도 종단열차와 시베리아 횡단열차의 연결'이란 그 상상의 산물은 어쩌면 먼 훗날 현실이 될지도 모른다. 그리고 더 세월이 흘렀을 때, 썩지 않고 발견되어 후대인이 유물로 전시할지도 모르는 나이키나 아디다스 운동화처럼, 내가 분노에 가득 차 컴퓨터 자판을 세게 두드리며 썼던 낙서가 진열장에 전시될지도 모를 일이다.

"2300년 35월 99일 도시 외곽의 콘크리트 더미에서 오래

된 유물들이 발견되었습니다. 250밀리 운동화들을 비롯해 당시 쓰던 여러 물건들이 나왔습니다. 땅에 묻힌, 당시 집터로 보이는 콘크리트 더미 속에서 발견된 유물은 습기와 햇빛이 차단된 채 철저히 밀폐되어 있었습니다. 그 상태가 좋아 바로 복원됐는데 그 속에 흥미로운 게 있었습니다. 함께 발견된 물건 중 당시 사용한 하얀 종이 속에 뭔지 모를 내용이 적혀 있었습니다. 그 속에 나오는 뻥튀기 기계가 어떤 것인지 몰라도 그 글의 내용을 밝히는 데 중요한 단서가 될 듯합니다. 그 기계는 당시의 생활사뿐 아니라 시베리아를 연구하는 데도 도움이 될 듯합니다."

이런 보도와 함께 다음과 같은 내 주장이 세상에 공개될지도 모른다.

여러분, 뻥이라는 말을 아십니까? 뻥은 바로 "뻥이야!" 하는 외침 뒤에 열에 달궈진 밀폐된 무쇠 용기에 담겼던 쌀알이나 강냉이 같은 딱딱하고 조그만 낱알들이 몸피를 몇 배나 부풀려 튀어나올 때 쓰는 말입니다. 거기서 튀어나온 내용물을 뻥튀기라 부릅니다. 뉴슈가까지 넣고 튀긴 달달한 뻥튀기는 아삭하긴 해도 입에 넣자마자 흐물흐물 녹아버립니다. 뻥튀기에는 허망함 같은 게 배어 있습니다. 그런데 그 뻥튀기 기계는 지금 온 나라에서 유행입니다. 세계 곳곳에서도 마찬가지입니다.

시베리아도 그렇게 불에 달구어져 부풀어 올랐다가 "뻥이야!" 하는 고함과 함께 열에 팽창된 공기 압력에 의해 밖으로 튀어나왔습니다. 뉴슈가 맛을 내주던 게 바로 '시베리아 횡단 열차와 한반도 종단열차 연결' 따위였습니다. '철의 실크로드' 니 어쩌니 하는 말은 뻥튀기 기계에서 터져 나오는 '뻥' 소리 같은 것이었습니다. 허세를 부리며 제 몸피를 잔뜩 부풀린 것과 다름없다는 말입니다. 그래서 이렇게 결론 내렸습니다.

"'철의 실크로드'는 '뻥'이다!"

거기다가 우리 시대를 연구하는 후대 전문가들은 이런 말을 덧붙일 것이다. "이제 공중으로 날아다니는 시대 아닙니까. 우리가 사용하지 않는 철길이라는 게, 저때는 무척 중요했겠죠. 그 당시 쉽게 철길을 연결시킬 수 있는데도 이데올로기와 각국 권력자들이 셈하던 이익에 따라 실현되지 않았던 것으로 볼 수 있습니다. 이런 자료들은 당시 한반도를 둘러싼 정치 상황과 국제관계를 파악하는 데 단초가 되리라고 전문가들은 말합니다. 물론 이 글을 쓴 사람은 '거짓말'이라는 단어와 그 쓰임새를 정확히 알 수 없는 '뻥'이라는 말을 혼용하고 있는데, 그 '거짓말'은 지금 우리가 쓰는 거짓말이라는 뜻과 비슷하게 사용한 것 같습니다. 유추하면 '거짓말'은 정말 있지도 않은 것을 있다고 하는 반면, '뻥'은 있기는 한데 과장되고 호들갑스러운, 요란스러운 정도의 뜻이 아닐까 싶습니다."

이상한 상상, 내 분노가 담긴 미래를 상상하며 시제로를 만나지 않을까 동네를 다니며 살폈다. 부채는 갚아야 하는 것이라 알고 있다. 그래서 이십 년 동안 강사로 떠도는 사이 은행에 쌓인 부채를 청산하기 위해 겨우 마련했던 아파트도 처분하고 이리로 이사 온 것이 아닌가. 시제로에게도 부채를 갚아야만 했다. 더 잃을 것도 없었다.

어느 날이었다. 파라솔 밑에 앉아 있는 시제로와 맞닥뜨렸다. 나를 알아본 그는 몹시 당황했다. 어둠이 내렸어도 편의점에서 뿜어 나오는 불빛에 서로의 어색한 표정을 감출 수가 없었다. 시제로는 파란 플라스틱 의자에서 엉거주춤 일어나 고개를 꾸벅했다. 무척 민망한 표정이었다. 투표소에서 빈정댔던 게 떠올랐는지도 몰랐다. 나는 더 무안했다. 시베리아와 $C°$라는 게 나를 감싸고 있기 때문이었다.

나는 다시 '거짓말'과 '뻥'을 놓고 고민에 빠졌다. 뭐라고 말을 꺼낼까. 거짓말은 아니고 뻥일 뿐이었다고. 아니면 새빨간 거짓말에 나도 놀아났기 때문에 의도치 않게 폐를 끼쳤다고. 그래서 용서를 구한다고. 차마 그 말은 할 수 없었다.

그는 옆 단지에 살고 있었다. 아직도 '꼰대' 습성을 못 버린 나는 그의 직업을 물었다. 그는 머뭇댔다. 문득 그 3학점짜리 시베리아 과목이 $C°$가 되며 평점을 갉아먹은 탓에 취업이 어려워진 것은 아닐까, 하는 생각이 들었다. 학점에 대해선 뭐라고 말을 할까. 상대평가라 나로서도 어쩔 수 없었다. 학기말 채점이 끝나고 점수대로 입력을 하면 해당 학점이 초과되었다고 경고 메시지가 떴다. 하는 수 없이 높은 점수의 학생들부터 줄을 세웠다. 제 점수대에서 버티지 못한 학생들은 미리 정해놓은 퍼센티지에 의해 줄줄이 밀려 내려갔다. 상대평가란 것은 일 년은 12달 같은 거였다. 상대에 의해서 자리매김되는 게 말이 된단 말인가. 나는 일 년이 30달도 될 수 있다는 주장을 펴려 했지만 그 비유는 쓰지 못했다. 몇 차례 교학과에 문제를 제기해도 돌아오는 답은 늘 한결같았다. "교육부 지침이라 어쩔 수 없습니다." 우주의 진리에 어긋나는 게 상대평가라고 항변하고 싶었다. 하지만 나는 언제 잘릴지 모르는 일개 강사였다. 거기다가 4월 43일이니, 일 년이 30개월이라니 떠들면 학생들조차 나를 가만두지 않을 게 자명했다.

　시제로 앞에서 구차스러워 차마 그런 말은 안 했다. 아직도 자기 학교에서 내가 강의를 계속하느냐고 물어왔다. 나는 머뭇대다 여전히 지방대학에서 강의를 하는 중이라고 얼버무렸다. 이건 '뻥'이 아니라 '거짓말'이었다. 더구나 지방에 있는 대학에서 러시아, 시베리아 관련 학과는 '벚꽃 지는 순서'로 폐과되었다. 그 과의 교수들도 생판 낯선 관광학과, 경영학과, 교양학부에 소속되어 그쪽 강의를 해야 하는 판에 내 자리가 아예 없는 건 너무도 당연했다. 구질구질한 사정을 털어놓을 수는 없었다. 그날 우리는 시베리아에 대한 얘기를 했다. 시베리아와 얽힌 그의 사연은 정말 나를 놀리려 꾸며낸 말 같았다.

"교수님, 그때 강의 듣고 정말 블라디보스토크에서 시베리아 횡단열차를 탔어요. 여러 도시 들렀는데 교수님 강의가 도움이 많이 됐습니다."

이건 분명 거짓말이었다. 열차를 탄 것은 사실이지만 많은 도움은 글쎄. 그렇다면 투표소에서 내 등 뒤에 대고 그런 말을 던졌을까. 하여간 우리는 다시 시베리아 얘기를 이어갔다. 비록 C°를 받았지만, 내 강의를 듣고 시베리아에 대한 관심이 높아졌다고 했다. 첫 직장에서 발령받아 나간 곳도 시베리아였다. 나는 계속 그의 말을 들었다. 시베리아 체류는 그리 길지 않았다고 했다.

"벤처 회사였는데, 주위에서 직장 잘 잡았다는 말도 많이 들었어요. 거기서 러시아로 저를 보냈어요. 제가 가 있던 곳은 노보시비르스크예요. 교수님이 도시 풍경이랑 특징을 피피티로 보여주셨잖아요. 한국말 잘하는 러시아인과 함께 지사 업무를 봤어요. 가끔 한국에서 걸려오는 전화를 받는 게 다였지만. 뭔가 이상하다 싶었어요. 그래도 우리 회사 플랜이 어마어마했습니다. 시베리아뿐 아니라 러시아 전역에 와이브로 사업을 독점으로 펼친다고 했거든요. 휴대폰도 천만 대 판다고 내걸었어요. 입사해서 저도 으쓱했다니까요. 회사가 잘

되었다면 정말 앞날이 창창했을 겁니다. 근데 그게 '먹튀'였던 거예요."

그가 그곳에서 머문 것은 두 달 남짓이었다. 나는 얼른 스마트폰으로 그 회사를 검색해보았다. 투자자들은 코스닥에 상장도 안 된 그 벤처 회사의 주식을 사들이고, 대표는 '미래를 여는 인물'이니 '신경영인'이니 칭송을 들으며 방송을 탔다. 그런데 실제 그 회사는 희대의 사기극을 연출한 것이다. 매출 실적을 허위로 발표하고, 만 명이 넘는 사람들을 상대로 2,500억 이상의 사기를 쳤다. 투자자들 중에는 자살한 사람도 꽤 된다는 기사 내용이 이어졌다. 대표는 중국으로 도망가 아직도 잡지 못한 상태였다.

사회적으로 엄청 큰 물의를 일으켰던 사건이었다. 나는 까맣게 몰랐다. 기사를 읽다가 퍼뜩 고개를 드니 그가 잔을 든 채 나를 물끄러미 바라보는 중이었다. 그의 눈길에는 뭐랄까, 약간 경멸의 빛 같은 게 어려 있었다. 사기를 친 주범을 바라보는 시선이랄까. 마치 내가 사기꾼이 된 것 같은 착각이 일었다. 나는 얼른 눈에 힘을 주며 정색을 했다.

"멋지게 당했죠. 제가 그 회사 다닌다는 걸 알던 애들도 절 사기꾼 보듯이 하고. 딱 석 달 다닌 회사였는데. 첫 직장이 그랬어요."

그의 표정이 우그러졌다. 편의점 파라솔 밑에서 들을 얘기가 아니었다. 어디 가서 맥주라도 하자고 내가 그를 일으켜

세웠다. 그렇게 자리를 옮겼다. 그는 짧은 기간 체류하며 겪고 본 시베리아 체험을 늘어놓았다.

"교수님, 제가요, 와이브로 통신망으로 우리나라와 시베리아를 잇는 꿈을 꿨어요, 거기 있을 때. 교수님이 시베리아가 우리에게 기회의 땅이라고, 또 우리 철도와 거기가 연결되면 '철의 실크로드'가 열린다고 강조하셨잖아요. 저, 강의 내용을 하나도 잊지 않고 있어요, 하하. 전 통신망으로 그 실크로드가 열린다고 굳게 믿었거든요."

나도 이제 강의를 하지 않는다고, 그래서 시베리아 가지고 이제 더 공갈을 치지 않는다고 농담조로 밝혔다. 사실이었다. 은근 기대했던 시베리아 옥 광산 일에 대해서는 입을 다물었다. 광산은 시제로의 벤처 회사나 끝은 마찬가지였다. 그는 맥주 첫 시시 잔을 빠르게 비웠다. 두 잔을 더 채웠다.

"근데 교수님, 제가 어떻게 그 벤처 회사에 들어갔는지 아세요? 대표가 우리 학교 선배예요. 저보다 나이도 서너 살 위였고요. 노보시비르스크로 파견 보낼 때 자기가 시베리아 잘 안다고 하더라구요."

순간 목구멍을 넘어가던 맥주가 목에 턱 걸렸다. 사레가 들려 눈물이 핑 돌 정도로 기침을 해댔다. 그는 벌겋게 상기된 내 얼굴을 보며 실실 웃었다. 기분이 싸했다. 그 말을 하는 의도가 뭐고 저 웃음은 대체 뭐란 말인가. 혼란스러웠다. 시베리아를 믿고, 아니 한반도 종단열차와 시베리아 횡단열차가 곧 연결될 거라는 말을 굳게 믿었던 때처럼 시제로의 사연을 곧이곧대로 들었는데, 뭔가 이상했다. 그 벤처 회사에 입사했다는 게 정말일까. 정말 그 회사의 대표가 그의 선배였을까. 그렇다면 사기를 치고 외국으로 내뺀 대표도 내 강의를 들었을까. 그럴 리가 없었다. 그건 너무도 우연이었다. 혹시······

정말 그 회사에 들어간 게 맞냐고 다짐을 받으려다 그만뒀다. 다시 그 회사와 관련된 기사를 검색했다. 대표라는 인물의 나이를 확인하고 싶었다. 아무래도 시제로보다 몇 년 선배는 아닌 듯했다. 시제로의 입에서 나온 시베리아는 나를 놀리려는 작위와 거짓을 빙빙 두르고 있는 것만 같았다.

안주로 시켜 반쯤 남긴 노가리처럼, 시베리아를 그렇게 남겨둔 채 우리는 술집을 빠져나왔다. 헤어지고 나서 집으로 돌아오는 내내 시베리아가 밤하늘에서 맴돌았다. 순간 그 상상의 산물이 튀어나왔다. 한반도를 지나 시베리아를 달리는 기관차는 긴 객차를 달고 곡선으로 미끄러지듯 밤하늘을 가르는 중이었다.

---

* 이 글에서 '선각자'로 지칭되는 사람은 러시아의 문호 니콜라이 고골(1809~1852)이다. 그는 1835년 「광인일기」(또는 「광인의 수기」)라는 작품을 통해 미래에 닥쳐올 혼란을 예견했다. 우리가 진리로 알고 있는 규칙적인 지구의 자전과 공전이 바뀐 세상을 내다보고 있었다. 당시 그의 이런 예언을 보며 사람들은 그를 미쳤다고 했을 게 분명하다.

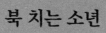

북 치는 소년

그 신문 칼럼이 눈에 띈 건 크리스마스 오전이었다. 무심코 신문을 넘기다가 나는 칼럼 제목 앞에서 멈칫거렸다. '북 치는 소년과 마지막 편지'.* '북 치는 소년'도 그렇고, 이제는 더 이상 없다는, 그래서 비감한 냄새를 풍기는, '마지막'이라는 단어가 들어간 제목에는 뭔가가 숨어 있는 것만 같았다. '마지막'이 비감하게 다가온 것은 순전히 그날 내 기분 때문이었는지도 몰랐다. 나는 보던 신문을 얼른 한쪽으로 밀쳤다. 휴일이라 아무 생각 없이 늦도록 잠옷 차림으로 널브러져 있던 나는 점점 불편해졌다. 감기 기운도 있기는 했다. 가슴도 답답해 왔다.

몇 달 전, 다니던 직장을 그만두었다. 일자리 정보를 들으러 송년회니 망년회니 바삐 찾아다니다가 모처럼 맞은 휴일이었다. 그런 내 처지 때문인지, 감기 때문인지, 그게 아니라면 정말 칼럼 제목이 불편하게 만드는지 헷갈렸다. 어쨌든 계속 '북 치는 소년'이 마음에 걸렸다.

북 치는 소년이 있기는 했다. 아득한 기억 저편에 서 있는, 이름도 떠오르지 않는 북 치는 소년. 칼럼 제목처럼 '마지막'이라는 말을 빌린다면, 그를 마지막으로 본 게 몇십 년 전이었다. 어렴풋이 어른대는 그를 눈앞에서 딱 잘라냈다. 티브이를 보며 한나절을 보냈다. 채널을 돌릴 때 성가대가 캐럴을 불렀다. 「북 치는 소년」도 끼어 있었다. 어제도 그 곡을 몇 차례나 들었다. 12월 초부터 크리스마스 때까지 하루에도 좋든 싫든 몇 번씩이나 듣는 곡 아닌가. 여름 휴가철이면 음악방송에서 수도 없이 듣는 가요 「해변으로 가요」와 마찬가지였다. 작은북 소리에서 따온 '파 라 팜팜팜 파 라 팜팜팜 파'가 절반 넘게 차지하는 캐럴. 언젠가부터 그 경쾌한 리듬이 지나간 자리로 찜찜함 같은 게 남아 있을 때가 몇 차례 있었다. 왜 그런지 그 까닭을 딱 짚어낼 수도 없었다. 그 기분이 또다시 고개를 쳐들고 있었다. 미간을 찌푸린 채 신문을 잡아당겼다. 칼럼 내용은 세밑에 어울리기는 했다. 칼럼 속 '북 치는 소년'은 캐럴에서가 아니라 시에서 따온 것이었다.

내용 없는 아름다움처럼//가난한 아희에게 온/서양나라에서 온/아름다운 크리스마스카드처럼//어린 양들의 등성이에 반짝이는/진눈깨비처럼(김종삼 「북 치는 소년」)

   칼럼 필자는 시구를 인용하며 가난한 아희는 고아였을 것이라 추측했다. 저 먼 서양에서 고아원 원아에게 보낸 크리스마스카드. 헐벗고 굶주린 어린 양들이 받은 카드에 그려진 그림은 어떤 것이었을까. '북 치는 소년'이라는 제목은 그 캐럴처럼 파라팜팜팜 북을 치는 소년이 그려져 있는 카드를 염두에 둔 것일까. 아니면 카드를 받은 아이가 고아원에서 북을 치고 있었기 때문일까. 어느 구절에도 북 치는 소년과 연결시킬 시어는 하나도 없다. 정말 '내용 없는 아름다움'에 지나지 않았을 영어 알파벳이 만들어낸 카드 속 글귀들. 혹 어쩌다 구원의 약속으로 다가들었을지도 모를 일이긴 했다. 고아라는 말이 묵직하게 내려앉았다. 기억 저편에 자리한 고아원. 그것 때문이었을까. 그러고 보면 올겨울은 구세군 자선냄비의 딸랑이는 종소리에 눈길도 안 주고 지나쳤다. 그걸 볼 마음의 틈이 없었다. 시가 불러내는 북 치는 소년. 뭔가 어른대고 있었다. 티브이 채널을 돌려도 오락 프로그램들만 툭툭 튀어나왔다. 사이사이로 북 치는 소년이 불쑥 눈앞에 나타났다가 사라지길 반복했다. 어느새 그 소년은 조금씩 복원되고 있었다. 나는 얼른 앞 베란다의 창고 문을 열었다.
   내 졸업앨범들은 먼지를 뒤집어쓴 채 창고 속에 처박혀 있었다. 묶어놓은 붉은 끈도 허옇게 바랬다. 차마 버리지 못하고 이사할 때마다 창고로 직행하던 것들이었다. 앨범 꾸러미를 끄집어내려 힘을 줬다. 삭은 끈이 툭 끊어졌다. 헤집어도 초등학교 앨범은 보이지 않았다. 살아오며 거의 들춰보지 않은 것들이었다. 바꿀 수 없는 출신 학교처럼 늘 거기에 있을 것 같던 게 막상 보이지 않자 나는 조금 당황했다. 구석구석을 뒤져도 마찬가지였다. 파고드는 한기에 부르르 진저리를 쳤다. 얼른 앨범들을 자리에 대충 밀어 넣고 거실로 뛰어들었다. 버린 것 같지는 않았다. 혹시나 해서 아내에게 물었다. "초등학교 앨범은 누구 줬다고 안 했어요? 막 결혼했을 때도 이상해서 물어보니까 고아원 친구를 줬다나. 난 여태껏 당신 초등학교 앨범 본 적 없어요." 아내의 기억은 정확했다. 나는 누구에게 줬는지 한참 기억을 더듬었다. 북 치는 소년의 이름도 반짝 기억날 듯하다가 이내 스러졌다. 아이들이 그 아이의 이름 대신 부르던 '찔찔이'만 머릿속에서 맴돌았다. 그렇게 한참이 지났을 때였다. 북 치는 소년은 내 입에서 한영호라는 이름으로 튀어나왔다.

영호는 고아원 아이였다. 이름 대신 찔찔이(그때는 고아원에 있던 영호뿐만이 아니라 동네에도 누런 코를 흘리는 애들이 꽤 있었다)로 불렸다. 다리도 살짝 절었다. 처음 말을 꺼낼 때 고개를 외로 꼬고 약간 말을 더듬던, 동네 아이들에게 모자란다고 치부되던 아이. 초등학교 앨범의 행방은 그렇게 풀려갔다. 습기를 잔뜩 머금어 퀴퀴한 냄새를 내뿜는 내 다다미방에서, 별 대수롭지 않게 그에게 건네줬던 게 생각났다. 사라진 앨범의 행방도 그렇게 찾아졌다. 이제는 그 사실마저 까맣게 잊어버릴 만큼 세월은 흘러가버렸다.

그 무렵 영호는 고아원의 또래들이 다 떠나버린 동네를 계속 어슬렁댔다. 외려 구멍가게에 덧달아 만든 문간방에 월세로 들어갔다. 자립을 하라고, 아니 사회에 발을 딛기 전에 적응에 필요한 기간 동안 버티라고, 고아원 나올 때 쥐여준 돈 대부분을 보증금으로 밀어 넣었다고 했다. 이따금씩 소주병을 들고 내 방으로 기어들어 그가 만나고 있는 세상 이야기를 두서없이 늘어놓았다. 그의 빈약한 말밑천이 떨어지면 늘 책꽂이 구석에 꽂힌 초등학교 졸업앨범을 빼서 뒤적이고는 했다. 어쩌다가는 내 중학교, 고등학교 졸업앨범도 빼서 내 얼굴을 찾는다며 부산을 떨기도 했지만 대개 그의 손에 들려 있던 건 초등학교 앨범이었다. 나를 보려고 온 것인지 아니면 앨범을 보러 왔는지 알 수 없을 정도였다. 술기운이 오르면 그걸 빼내 이리저리 뒤적여댔다. 처음에는 나도 그의 손가락이 몇몇 얼굴을 짚으면 함께 봐주곤 했다. 지목한 얼굴들이 그에게 어떤 의미였는지 몰랐다. 그에게 친절하게 다가드는 아이들을 본 적은 거의 없었다. 대부분 '찔찔이'란 말을 섞어

통박을 주거나 "저리 꺼져!"라며 윽박지르던 아이들이기 쉬
웠다.

그날따라 밤이 깊어도 영호는 계속 미적댔다. 눈치를 줘
도 질질 끌며 일어날 생각도 안 했다. 그는 한참 있다 내 쪽으
로 바투 다가앉았다. "으—으, 부—부—부탁이 있는데……"
"뭔데?" "너, 아—알지. 내가 구—국민학교만 나온 걸." 그
걸 모르는 아이들이 있었을까. 중학교가 의무교육이 아니던
시절, 그 누구도 그가 상급학교에 진학하리라고는 생각 안 했
다. 성적도 반에서 진짜 바닥이었다. 나는 한참 머뭇대다 되
받았다. "근데?" "너, 너—언, 으—으 주—중학교도 나오
고, 으—으 고오—고등학교도 나오고. 애—앨범 많잖냐, 응!
이—이거 나 주라." 엄지손톱만 하게, 그것도 사진사가 가져
와 사진 찍을 때 입힌 칙칙한 검은 교복 차림의 흑백 얼굴들
속에 그는 없었다. 그와 같은 고아원 아이들 몇은 앨범에 들
어 있었다. 나는 그와 두 번인가 같은 반을 했었다. 사진을 찍
던 6학년 때도 같은 반이었다. 네 얼굴은 왜 없냐고 물어보자
사진 찍을 무렵 아파서 며칠을 학교에 못 갔다고 했다. 그때
기억 안 나냐며 나를 끌어들였지만 그걸 어찌 알겠는가. 어
이없어 픽 웃음만 흘렸다. "야, 니 얼굴도 없는 앨범은 뭐 하
게." "여—여기 있어!" 그는 앨범에 자기 얼굴이 있다고 우
겼다. 그가 가리킨 사진은 6학년 때 소풍을 갔다가 찍은 단체
사진이었다. 그는 손바닥보다도 작은 단체 사진 속에서 알아

볼 수 없는 얼굴 하나를 짚었다. 나는 앨범을 눈앞으로 가져왔다. 짚은 얼굴이 그인지 알 수 없었다. 내 얼굴도 찾지 못했다. "그게 너라구?" "나—나야, 저—저 옷, 후원자가 보내준 옷 마—맞아!" 그는 확신에 차 있었다. 그가 들이댄 자신의 최종 학력은 대학생이던 나를 쿡 쑤시고 들어왔다. 나는 고개를 끄덕이고 말았다. 고맙다는 말도 없이 그는 앨범을 집더니 냅다 방을 뛰쳐나갔다. 그게 초등학교 앨범의 행방을 둘러싼 전말이었다. 불쑥 코에 익은 냄새가 풍겨왔다. 바닥에서 올라오는 습기를 잔뜩 빨아들인 눅진 다다미에서 나던 짚 썩는 냄새였다.

앨범의 행방을 찾는 일은 그렇게 막을 내렸다. 그게 어쨌단 말인가. 북 치는 소년 영호가 불편하게 만든 걸까. 긴가민가했다. 툭하면 내 몸을 파고들던 으슬으슬한 감기 기운 같던 그 어린 시절 때문일까. 거기에는 바래버린 무채색이 머금은 희끗한 얼룩 같은 것들이 배어 있었다. 무의식 속에 자리 잡고 있던 그때를 북 치는 소년 영호가 불러냈기 때문일까. 아니면 요사이 나를 조이고 있는 실직 상태, 거실 티브이 앞에 쌓인 카드 대금 청구서들 때문일까. 그것들이 뒤엉켰다. 몇 달 전 퇴사할 때를 되돌아보면 억울한 구석이 많았다. 삼 년 정도 다닌 직장이었다. 큰 회사는 아니었지만 실적도 꽤 냈다. 그만둬야 할 사람은 내가 아니라 사장의 친척인 김 부장이었다. 그런데 그 대신 내가 밀려나고 말았다. "수고했어!"

라는 사장의 마지막 말은 내 귀에 영락없는 욕처럼 들려왔다. 마치 "저리 꺼져!" 같았다고나 할까. 직원 대부분이 인척이었던 그 회사를 그렇게 나왔다. 어디 직장을 그만둔 게 그때뿐이었겠는가. 다시 알아보면 된다는 믿음이 있었다. 아무래도 내 안에서 꿈틀대며 마음을 불편하게 만드는 게 그런 것들 때문만은 아닌 듯했다.

그럼 '마지막'이라는 단정 때문일까. 칼럼 필자의 '마지막'이라는 수식어는 발터 벤야민**의 편지를 염두에 둔 모양이었다. 대체 발터 벤야민이 누구란 말인가. 생전 처음 듣는 이름이었다. 다만 죽음을 택해야만 하는 그 벼랑 끝에서, 그것도 모르핀을 삼킨 상태에서 구술시킨 마지막 편지. 그런 상황이라면 비장함의 경지 위에 있을 터였다. 실로 감당키 어려운 '마지막'이라는 단어가 안겨주는 무게. 그 강도의 느낌이라면 벌써 그게 뭔지 알아차렸을 것이다. 어쩌면 그것 때문일까. 나도 몇 자 끄적여 그 '마지막' 비슷한 것을 쓴 때가 있기는 했다.

한겨울이 내 음력 생일이었다. 대개 소한과 대한 사이에 놓인 내 생일. 그해 생일날, 나는 정말 '마지막'이라는 카드를 꺼내 들었다. 큰 계곡을 끼고 꼬불꼬불 경사진 도로를 차로 달렸다. 돈을 빌리러 가는 길이었다. 큰돈을 누가 선뜻 내줄까. 돌아오는 길에 나는 마지막을 되새겼다. 가입한 생명보험을 떠올렸다. 넘어가기 직전인 집을 그 돈이면 막지 않을까.

나는 얼음이 내려앉은 계곡을 낀 가파른 도로 위에서 속력을 높였다. 내리막길이 시작되는 응달에서 부러 액셀까지 힘껏 밟았다. 그런 길에 취약한 내 차였지만 이상하게 움칫거리며 앞으로 나가지 않았다. 나중에 보니 내 오른발은 액셀이 아니라 브레이크 페달을 밟고 있었다. 집에 돌아왔을 때는 자정 무렵이었다. 내 생일이라고 시켜놓은 다 식은 피자 앞에서 아이들이 나를 기다리고 있었다. 그때 그 '마지막'은 마지막이 되지 않았다. 나는 가족들에게 남기려던 그 쪽지를 얼른 손으로 구겨 주머니에 쑤셔 넣었다. 다행히 아무도 보지 못한 모양이었다.

실직을 하고, 카드 대금이 밀리기는 했어도 지금은 그때보다 형편이 나아졌다. 그런 것들이 나를 걱정스럽게 만들고 있기는 했지만, 분명 그 때문에 '마지막'이란 말을 붙일 수는 없었다. 뭔가에 가슴을 탁 부딪쳤을 때 폐부를 찌를 듯이 파고드는 세찬 통증까지는 아니었다. 무언가가 그곳을 꾹꾹 누를 때 찾아드는 뜨끔거림 정도랄까. 그렇다면 그런 게 칼럼 속의 '마지막' 때문도 아니었다.

답을 찾듯 다시 그 칼럼을 읽었다. 내가 추려낸 요지는 이랬다. "잊힌 것, 버려진 것 안에서 돌출하는 깨어남의 장소, 시간은 어떻게 찾을 수 있는 것일까. (……) 이제는 망각에서 일깨워지고 '지금-시간'과 결속되기를 바라는 하나의 '변증법적인 상(像)' (……) 북 치는 소년이 받은 카드처럼."

내가 이해하기엔 너무 어려운 말들이었다. 내 깜냥으로 정리해보면, 애써 꺼진 줄 알았던 기억의 불씨를 호호 불어 되살려서는 현재의 시공간에서 새로운 의미를 부여해 깨어나라는 뜻으로 다가왔다. '북 치는 소년'과 '북 치는 소년이 받은 카드' 사이를 오락가락했다. 그 카드가 뭘까. 물론 내게 북 치는 소년은 영호 말고 없었다. 새로운 의미는커녕 잊고 내버리고 싶은 기억들만 새록새록 되살아났다. 늘 두려움에 가슴을 빌렁대던, 거기다가 자주 허기를 느끼던 그런 기억들. 어쩌면 영영 만나지 못할, 만나더라도 알아보지도 못할, 내 삶에 어떤 도움도 줄 것 같지 않은 영호에게 무슨 새로운 의미를 부여해 '변증법적인 상'을 만들어낸단 말인가. 저물어가는 크리스마스가 아쉬운지 저녁때가 되었는데 또 어디선가 파 라 팜파파 파 라 팜파파 북이 울리고 있었다. 어둠 저편에서도 계속 영호의 북소리가 들려오는 듯했다. 둥―둥―둥! 둥― 둥―둥!

서울 변두리의 낯선 동네로 이사 간 건 초등학교 3학년 때였다. 태어나 줄곧 살던 번화한 시내에서 사방이 논밭인 그리로 이사 간 까닭이야 말할 필요도 없다. 산 중턱의 비탈을 깎아내고 우리 집터를 다듬었다. 마당 한 귀퉁이에서 나무틀에다 찍어낸 흙벽돌로 벽체를 거의 세웠을 때 철거반원들이 들이닥쳐 내 머리통만 한 해머로 죄다 부쉈다. 다시 밤낮을 가리지 않고 벽을 세우고 서까래를 올린 다음, 그 위에 루핑으로 지붕을 덮는 작전을 벌였다. 그렇게 우리 집이 생겨났다. 부슬부슬 흙이 흘러내리는 우리 집 흙벽돌과는 견줄 수도 없는, 붉은빛의 단단한 벽돌로 쌓아 올린 거대한 성채가 맞은편 산 중턱에 들어서고 있었다. 몇 달 뒤 그 성채에 불이 밝혀졌다. 영호를 비롯한 백여 명의 아이들이 살게 될 G 후생원이었다.

영호를 알게 된 건 G 후생원으로 아이들이 들어오고 몇 달 지나서였다. 그때도 난 툭하면 텃세 부리는 동네 애들한테 시달리는 중이었다. 거기다가 동네 아래쪽에 또 다른 고아원이 있었다. 학교 갈 때 꼭 지나야 하는 어두컴컴한 철길 밑 긴 굴다리를 지날 때, 어둠 속에서 내 모자를 누군가 획 벗겨간다거나 아니면 내 머리나 등짝을 누군가 주먹으로 한 대씩 내지르고 가는 일이 자주 일어났다. 콘크리트 벽에 뜨문뜨문 자리한 백열등이 컴컴한 굴다리를 조금 밝혀주긴 했어도 누가 그랬는지 찾을 수 있는 정도는 아니었다. 많은 아이들이 뭉쳐 지나가는 그 좁은 굴다리에서 나는 늘 겁에 질려 재게 걸음을 놀렸다. 길게만 느껴지던 굴다리를 나오면 환한 햇살과 함께 길 건너의 시장이 보였다. 시장 한복판으로 난 길을 쭉 따라 올라가면 학교 정문이었다. 그 길은 늘 어른들이 많아서 그제야 조금 마음을 놓았다. 학교를 오가다가 동네 아이들과 고아원 아이들 사이에 가끔 싸움이 일어나곤 했다. 그 틈으로 끼어들지 못한 건 나뿐 아니라 영호도 마찬가지였다.

가끔 영호를 보면 덩치 때문에 겁부터 났다. 그럴 때는 맞닥뜨리지 않으려고 한참 뒤떨어져 느릿느릿 걸었다. 어느 날 수업이 끝나고 집으로 가려고 그 굴다리를 빠져나왔을 때였다. 동네 아이들이 영호를 둘러싸고 한 대씩 쥐어박는 중이었다. 그는 코피를 흘리며 얼이 빠진 채 주위를 둘레둘레하고 있었다. 우두커니 서서 두리번거리는 큰 덩치의 그를 같은 고아원 아이들도 모른 척 지나쳐 갔다. 대개 고아원 아이를 건드리면 그 고아원의 상급 학년이 나와 복수를 해주고, 그러면 동네 형들이 끼어들어 싸움이 크게 번지곤 했다. 몇 번 그런 일이 있자 고아원 아이들과 동네 아이들은 엔간하면 서로 건드리지 않았다. 나는 영호를 때리는 아이들한테 걸려들까 봐 재빨리 등을 돌렸다. 내 이름을 부르는 소리가 들렸다. 도망가봐야 소용없었다. 동네 아이들은 트집을 잡더니 여지없이 주먹과 발길을 날렸다. 웅성대는 소리가 점점 멀어져갈 때 정신을 차려보니 자리에 남은 건 나와 영호뿐이었다. 그날 나는 그의 실체를 알아버렸다. 덩칫값을 하기는커녕 그 누구도 보호해주지 않는 아이, 그래서 함부로 대해도 될 아이라는 것을 눈치로 때려잡았다. 영호 때문에 괜히 나까지 얻어터진 것만 같았다. 나는 코피가 흐르는 영호 얼굴을 쏘아보았다. 하기야 영호가 없더라도 동네 아이들에게 괴롭힘을 당하는 일은 수도 없이 일어났다. 눈에 안 띄는 게 제일 좋은 방법이었지만 한동네에서 그럴 수는 없었다.

새 운동화를 살 때도 아이들 눈에 도드라져 보일까, 마음이 무거웠다. 검정 고무신 일색이던 동네 아이들의 신발. 나는 뒤꿈치가 까져 도저히 고무신을 신을 수가 없었다. 새 운동화를 신고 나선 날, 아이들은 부러 내 발을 몇 번씩이나 꾹꾹 밟아댔다. 물론 덤으로 다른 꼬투리도 잡았다. 차츰 내 나름대로의 생존 전략을 익혀갔다. 가령 새 신발이 생긴 날이면 저녁을 먹고 한밤중이 되기를 기다렸다. 달도 없는 컴컴한 밤이면 더 좋았다. 툇마루 밑에 가지런히 놓여 있는 운동화를 슬며시 집어 들고 집 아래 논으로 향했다. 새 신발을 논흙 깊숙이 쑤셔 박고 조금 기다리면 운동화의 겉면은 진흙투성이가 되었다. 그 흙을 대충 털어내 물에 헹구면 하얀빛을 발하던 천에 흙물이 들었다. 집에서는 그 까닭을 알 리가 없었다. 누나들은 갖지도 못하는 운동화를 막내라고 큰맘 먹고 사준 건데 새 신발을 벌써 그렇게 만들었다고 혼이 났다. 학교에 갈 때면 아이들은 내 운동화가 새것인지 잘 알아채지 못했다. 어쩌다 아직 새것 티가 가시지 않은 듯하면 재차 논두렁에서 흙을 묻혀 운동화에 남아 있던 윤을 뺐다. 뭐, 영호 신발이야 동네 아이들이 발끝으로 툭툭 차는 신체 부위였을 뿐 그것을 가지고 트집 잡진 않았다. 구제품으로 바다 건너온 헌 구두들이 영호네 고아원 아이들이 주로 신던 신발이었다. 영호도 뒷굽이 바깥쪽으로 비스듬히 닳은 그런 구두를 신고 있었다. 동네 아이들은 구두를 고아라는 표식으로 받아들였는지 질시의 대상으로 삼지는 않았다.

영호와 둘이 남게 되는 일이 몇 차례 되풀이되었다. 계속 그런 곤욕을 당하면 그가 밉상스러워졌다. 덩칫값도 못하는 비겁한 새끼. 내가 그만한 덩치를 지녔다면 그러고 있지는 않을 것이었다. 심리적인 투사라고 할까. 내 눈에 거슬리는 사람은 사실 내 모습을 보여주는 투사체라는 알쏭달쏭한 말을 들은 적이 있다. 그때 내가 그를 밉상스럽게 본 게 그 때문이었는지는 확신할 수 없다. 거기다가 코 밑을 오르락내리락하는 누런 코를 보면 그런 감정은 배가되곤 했다.

새로 올라간 학년에서 영호와 같은 반이 되었다. 영호 정도는 건드려도 괜찮겠다는 마음이 싹텄다. 그 애는 다른 아이들 앞에서는 쑥스러워 쭈뼛대다가도 내게는 친한 척 다가들곤 했다. 그는 더 이상 코를 흘리지 않았다. 그래도 나는 '찔 찔이 새끼'라는 말을 서슴없이 내뱉었다. 어쨌든 내게 먼저 손을 내민 것은 그였다. 어느 날 그가 쉰 김치 냄새에 전 가방에서 꺼내 들이민 게 우표였다. 그 무렵 우표 수집이 유행이었다. 나도 거기에 열을 냈다. 먼 이역에서 온 우표들을 시내에 나갈 때 사 오기도 하고, 또 누나들이 구해다 준 덕에 우표책은 빠르게 채워졌다. 안방 한쪽 벽에 붙여놓은 세계전도 속 국가들이 속속 앨범에 들어와 자리를 잡았다. 미국, 일본, 대만, 인도네시아, 필리핀…… 그날 영호가 건네준 우표는 영국에서 날아온 것이었다. 어쩌면 그에게는 저 서양 나라에서 온, 의미 없는 아름다움이었을지도 모르는 그 영국 우표는 내 우표책으로 들어갔다. "내—내가 또 갖다 주—줄게!" 그래도 앙칼지게 구는 나를 하굣길에 늘 따라붙었다. 우리 집에 몇 번 데려간 적도 있었다. 그는 어쩌다가 신기한 인형들을 가방에서 꺼내 내게 보여주곤 했다. 그건 검지보다 조금 긴 군인 형상의 피규어들이었다. 어린 원생들을 위해 외국에서 보낸 것들이었다. 영호네 고아원 아이 중 몇이 그걸 가지고 있는 걸 보았다. 그가 내게 건넨 건 기관총을 양손에 쥐고 구부정한 자세로 서 있는, 철모를 쓴 군인 피규어였다. 그것 말고도 자디잔 뭔가가 더 있었던 것 같다. 아마도 그런 날 우리 집에 데려오지 않았을까. 그 당시 나는 이상하게 우표나 장난감 모으는 데 열을 올렸다. 그런 데에는 동네 아이들 틈으로 스며들지 못한 것도 한몫했을 터였다.

그즈음 실직을 했던 아버지도 일이 생겼고, 고등학교를 졸업한 누나는 공무원으로 취직했다. 우리 집을 시커멓게 짓누르던 루핑은 빨간 기와로 바뀌었다. 벽도 흙벽돌을 걷어내고 새롭게 쌓았다. 큰 마루가 생겼고, 거기에 벽돌로 벽을 둘러 현관도 만들었다. 무엇보다 자다가 팔로 벽을 툭 건드릴 때마다 벽지 안쪽에서 후두둑 떨어져 내리는 바싹 마른 흙 소리를 듣지 않아 좋았다. 그 소리는 동네 아이들한테 괴롭힘을 당할 때마다 산꼭대기 흙벽돌집에 살고 있는 내가 허물어지며 내는 소리에 다름없었다. 그러면서 나도 성장하고 있었다. 반에서 작은 축에 속하던 나도 조금씩 키가 자랐다. 처음 집을 지을 때 철거반원의 해머에 맥없이 허물어지던 흙벽돌같이 푸슬푸슬 무너져 내리던 나는 새로 쌓은 우리 집 벽같이 좀 단단해졌다. 몇 차례 아이들과 치고받고 난 뒤 나를 건드리는 일도 뜨문뜨문해졌다. 영호도 마찬가지였다. 한물간 전자오락게임처럼, 아이들은 찔찔이, 바보로 소문난 그를 건드리는 데에 흥미를 잃어버렸는지도 몰랐다. 나중에 그가 졸업앨범 속 누군가를 지목하며 웃을 때, 좋지 않은 기억들이 스멀스멀 기어 올라오곤 했다. 어쩌면 영호의 간절한 부탁 때문이 아니라 그런 기억을 소환하는 게 싫어서 앨범을 선뜻 건네주었던 것은 아니었을까. 모를 일이었다. 더구나 그때는 앨범을 뒤져 누구를 찾고 말고 할 필요를 전혀 느끼지 못했다.

탁 내려놓고 쉬자고 했던 크리스마스는 점점 이상하게 흘러가고 있었다. 살아오면서 크리스마스 무렵이면 어쩌다 북치는 소년이 영호와 겹쳐질 때가 있기는 했다. 물론 이름이 잘 떠오르지는 않았지만 캐럴을 들을 때, 구세군의 자선냄비에서 종이 딸랑거릴 때, 북을 치던 그의 모습이 이따금 얼쩡거렸다. 하지만 그것도 너무 오래전의 일이었다. 가족도 잘 챙기지 못하는 일상에 그가 끼어들 틈은 없었다. 졸업앨범을 가져가던 날, 내 앞으로 바짝 다가들던 것처럼, 이번 크리스마스에 느닷없이 찾아든 그는 내게 바투 붙어 떠나질 않았다.

G 후생원에서는 저녁이 되면 나팔 소리가 뿡뿡거렸다. 조율하기 위해 내는 음들은 여럿이 한꺼번에 뀌는 방귀 소리처럼 들려왔다. 논밭이 널려 있던 우리 동네와는 전혀 어울리지 않는 서양에서 온 소리들은 나를 들썩이게 만들었다. 그렇게 후생원 원생들은 거의 매일 나팔들을 불어댔다. 나중에 알았지만 G 후생원은 브라스밴드로 유명했다. 원생들이 연주하던 악기는 트럼펫, 트롬본, 호른, 튜바 같은 관악기들이었다. 절도 있게 팔을 내밀어야 하는 트롬본이 많았던 것 같다. 들기도 버거울 것 같은 악기들을 가슴에 안고 그들은 큰 마당으로 나왔다. 그리곤 힘껏 양 볼을 잔뜩 부풀리며 연습을 했다. 원생들 모두가 악기를 다룬 건 아니었다. 싹수가 있다고 선택된 아이들 중 몇 명만 죽자사자 악기에 매달렸다. 양부모를 잘 만나지 않는다면, 그것만큼 확실한 게 없었다. 진학한 원생들은 중고등학교에 있던 밴드부나 음악반에서 악기를 연주했다. G 후생원의 중고생들은 열심히 악기를 닦고 광을 냈다. 햇살에 반사된 그 금빛은 건너편 산 중턱에 사는 우리 집 창으로 날아들곤 했다. 번쩍이는 자신의 미래를 그렇게 그리고 있었을 것이다. 크리스마스가 가까워지면 캐럴 연주가 이어졌다. 영호는 트롬본을 불고 싶다고 내게 몇 번 말을 했다. 영호의 그 말은 불가능한 것이라 여겨졌다. 그런데 그가 악대에 들어갔다. 그와 좀 더 가까워진 건 그 때문인지도 몰랐다. 번

쩍대는 커다란 금관악기들이 늘어선 악대. 그건 우리 동네 아이들이 범접할 수 없는 멋진 문화의 상징 같았다. 그 속에 영호가 서 있었다.

가을도 깊어가던 어느 날이었다. "나—나, 아—악대 들어간다. 사—사감 서—선생님이 그—그랬어." 영호는 흥분해 있었다. "웃기네, 네가 무슨 악대에 껴?" "지—진짜다. 너, 보—보러 와도 돼." "야, 뻥 구라 치지 마! 니깐 게 무슨 악대냐." 영호가 사는 G 후생원에 가본 적이 없었다. 동네 아이들도 마찬가지였다. 아무리 설쳐대는 동네 아이들도 백여 명의 원생들이 우글거리는 그리로 들어갈 엄두는 내지 못했다. 나와 영호처럼, 동네 아이들 중 몇몇은 고아원 아이들과 어울려 놀기는 했다. 그래도 초록색의 큰 철문이 양쪽으로 매달려 있는, 빨간 벽돌로 테를 두른 높은 문설주가 동네 아이들과 고아원 아이들을 갈라놓는 경계선이었다. 그런데 그 경계를 넘어 들어오라니. 그가 악대에 들어갔다는 것도, 또 구경 오라는 것도 정말 '뻥 구라'로 들렸다. 영호가 그 말을 한 뒤, 악대의 조악한 연주 소리가 동네를 메우기 시작했다. 박자는 물론 멜로디도 엉망인 서툰 연주였다. 그렇게 매일 G 후생원에서 요란한 악기 소리가 울려 퍼졌다. 늘 빠끔 열려 있던 초록색 철문도 아예 양옆으로 활짝 펼쳐졌다. 캐럴인지 뭔지 알아먹을 수 없는 곡들이 왁자하게 연주되었다. 나는 슬금슬금 그리로 다가갔다. 정렬한 원생들은 허연 입김을 내뿜으며 자기가 맡은 악기에 열중했다. 심벌즈를 챙챙 울렸고, 음악 시간에 쓰던 탬버린을 열심히 흔들었다. 실로폰의 딩동댕 소리도 섞여 있었다. 지휘를 하던 고등학생이 뭐라 소리를 지르면 연주는 멈췄다가 다시 시작하곤 했다. 엉망이 되어버린 곡들을 중고등학생들이 부는 트럼펫이나 트롬본들이 제자리로 돌려놓았다. 정말 그가 악대 속에 있었다. 북 치는 소년, 영호. 그가 친 것은 캐럴 「북 치는 소년」에서 '파 라 팜팜팜', 빠르고도 정교하게 울리는 그런 작은 북이 아니었다. 그의 손에는 굵은 북채가 들려 있었다. 꼭 다문 입술, 지휘자를 바라보는 동그랗게 뜬 눈. 수업 시간에도 그런 그의 얼굴을 본 기억이 없었다. 엄숙한 표정으로 영호는 의자 위에 놓인 큰 북을 둥둥거렸다. 아마도 그가 세상에 태어나서 진지한 자세로 임했던 유일한 일이 아니었을까. 연습 도중 물색없이 둥둥 소리가 울렸다.

크리스마스가 가까워졌을 때 G 후생원의 가장 큰 행사인 '후원의 날'이 열렸다. G 후생원은 외국에 본부를 두고 있는 기독교 계통의 구호단체 소속이었다. 그래서인지 서양 사람들도 보였다. 양복을 차려입은 어른들이 들락거렸다. 연주도 나아져 듣고 나면 원곡 제목 정도는 짐작할 수 있을 정도가 된 듯했다. 그날은 나 말고도 동네 애들까지 구경꾼 틈에 섞였다. 동네 어른들 몇도 구경을 왔다. 원생 전체가 새 옷으로 갖춰 입은 채 대오를 갖추어 앉아 있었다. 중고생은 교복 차림으로, 초등학생은 잘 입지 않던 새 옷차림으로 악대 속에서 있거나, 일렬로 배치한 긴 나무 의자에 앉아 있었다. 후원자들은 악대 앞쪽의 의자에 앉아 흐뭇한 표정을 지었다.

영호는 '후원의 날'이 있기 전부터 들떠 있었다. 그가 더듬대며 두서없이 지껄인 말을 간추리면 그날 자기 후원자도 온다는 것이었다. 고아원 아이들마다 후원자가 다 있는 것은 아니었다. 어떻게 찔찔이 영호에게 후원자가 생긴 것인지 몰랐지만 허풍만은 아닌 듯싶었다. 그가 건네는 외국 우표를 보고 내가 어디서 주운 것 아니냐고 물으면 펄쩍 뛰며 후원자가 보낸 것이라 우겼다. 그는 어쩌다가 '양부모'라는 말도 했다. 그렇다면 연주를 들으려고 앉아 있는 서양 사람 중 하나가 그의 후원자일지도 몰랐다. 영호뿐 아니었다. 많은 아이들은 선택받기를 원하며 두근대는 가슴으로 그 자리에 나왔을 터였다.

G 후생원 특유의, 일자로 싹둑 잘라놓은 앞머리를 하고 빨간 바탕 체크무늬 양복저고리 앞섶을 단정하게 여민 영호가 긴장한 얼굴로 북 앞에서 크게 숨을 고르는 게 보였다. 외국의 양부모가 보내줬다던 양복저고리는 팔이 한참 짧아 맨살이 훤히 드러났다. 원장의 인사말과 내빈 소개가 지루하게 이어졌다. 모두 허연 입김을 허공에 뿜어댔다. 드디어 연주가 시작됐다. 연주곡은 캐럴 메들리였다. 악대에는 고등학생에서 초등학교 저학년까지 섞여 있었다. 고등학생의 지휘에 맞춰 중고등학생들의 금관악기로 연주가 멋지게 출발했다. 몇 곡이 끝나자 이번에는 모두가 하는 합주였다. 연습을 많이 했

다고 해도, 또 처음보다 많이 좋아졌다고 해도 긴장을 한 탓인지 악기들이 뒤엉키며 이상한 소리를 냈다. 아이들은 간절한 눈빛으로 원장과 사감, 그리고 후원자들이 있는 쪽을 바라보며 실수를 거듭했다. 자기 존재를 알리고 싶은 심벌즈는 아무 데서나 쾅쾅 소리를 냈고, 탬버린은 뜬금없이 챙챙거렸다. 그것을 제압하듯 둥둥 큰 북소리가 이어졌다. 영호였다. 연주곡은 이미 손쓸 수가 없게 되었다. 트럼펫은 트럼펫대로, 트롬본은 트롬본대로, 호른은 호른대로, 그리고 큰북은 큰북대로 소리를 냈다. 둥—둥—둥—둥! 북 치는 소년 영호는 후원자들을 향해 자기만의 소리를 그렇게 전하고 있었다. 그렇게 '후원의 날'은 끝났다.

며칠 뒤면 겨울방학이었다. 영호의 입에서 양부모라는 말이 다시 튀어나왔다. "나—나, 어쩌면 야—양부모한테 가—갈지 모른다." 더듬대며 양부모를 꺼낸 영호의 표정은 큰일을 해낸 사람처럼 당당해 보였다. 그 양부모의 '양'이라는 말이 '양(養)'이라는 뜻인지 '양(洋)'이라는 뜻인지 지금 생각해도 알쏭달쏭한 것이었다. 자랑으로 늘어놓는 후원자는 분명 우리나라 사람이었다. 그런데 정말 미국인지 영국인지에서 온 크리스마스카드를 내보이며 양부모를 들먹일 때는 헷갈렸다.

영호의 멋진 체크무늬 양복은 소매가 점점 짧아져 결국 입을 수 없게 되었다. 그 옷은 원생 중 어린아이의 몫이 되어버렸다. 6학년에 올라갔을 때 나와 같은 반이었던 영호네 고아원 아이는 정말 미국인지 영국인지 서양 나라로 떠났다. 하얀 얼굴에 유난히 초롱초롱한 까만 눈동자를 가진, 어떤 옷을 입어도 해사해 보이던 아이였다. 담임은 종례 시간에 그 아이에게 격려의 박수를 치라고 했다. 우리는 부러운 시선으로 교탁에 선 그 애를 향해 힘차게 박수를 쳤다. 영호도 잔뜩 풀이 죽은 얼굴로 박수를 치고 있었다. 영호는 초등학교를 졸업할 때까지 악대에서 큰북을 울렸다. 제법 박자에 맞춰 북채를 움직였다. 거기까지였다. 내가 중학교에 올라갔을 때 그의 북소리는 들리지 않았다. 그가 서 있던 큰북 뒤에는 저학년이었던 다른 아이가 북채를 잡고 있었다.

북 치는 소년은 거기까지였다. '북 치는 소년'이니 '마지막'이니, 하루 종일 나를 붙잡고 늘어지던 것들도 거기까지면 충분했다. 망각 속에서 불러낸, 아니 불쑥 찾아든 영호에 대한 기억은 여전히 사위지 않고 불꽃들을 날름거렸다. 거기서 생겨난 다른 '변증법적인 상'들은 다시 '정(正)-반(反)-합(合)'을 이루며 꼬리를 물었다.

중학교에 올라갔을 때는 이미 열을 내 모았던 우표나 전쟁영화에서 본 피규어들은 시들해졌다. 우표를 모으던 앨범도 사촌 동생에게 줘버렸다. 어쩌다 G 후생원 정문 언저리를 큰 싸리비로 쓸고 있는 영호를 보았다. 잔일을 도우며 지내는 것 같았다. 알은체를 했지만 나눌 얘기도 없었다.

영호가 내 방을 들락거린 건 앞에서도 밝혔듯이 내가 대학에 들어가고서였다. 영호와 동갑인 아이들은 진작 G 후생원을 떠났다. 악기를 잘 불어 특기생으로 음대에 진학한 아이들도 있었다. 하지만 대부분 그냥 사회로 방출되어버렸다. 영호는 어떤 까닭인지 다른 아이들보다 이삼 년을 더 머물렀다. 그러다 아예 동네에 주저앉았다. 성인이 된 동네 아이들은 더이상 영호를 괴롭히진 않았지만 여전히 찔찔이라고 불러댔다. 내가 영호였다면 뒤도 안 돌아보고 떠났을 것이다. 내가 고등학교 다닐 때 집안 형편이 좀 나아져 따로 들락거릴 수 있는 내 방을 집 바깥벽에 덧붙여 만들었다. 방이라고 해봐야 그 흔한 새마을 보일러도 놓지 않은, 다다미를 깔아놓은 게 전부였지만 나만의 독립 공간이었다. 그때 왜 영호를 받아들였을까.

내가 영호를 받아들인 다른 이유는 없었다. 이제 우표도 피규어도 그리고 내가 닿을 수 없었던 저 서양이란 것에 대한 '내용 없는 아름다움' 같은 환상도 남지 않았다. 대학에 입학하고서 수없이 듣던 민중이란 게 영호일지도 모른다는 생각이 들기도 했다. 함께 가야만 한다던 민중. 각지고 골이 깊게 팬 노동자들의 얼굴과 그들의 불끈 쥔 주먹이 도드라진 이른바 '민중 판화'가 학교 곳곳에 붙어 있던 시절이었다. 그 판화속 얼굴들이 영호의 얼굴로 바뀌어 바로 앞에 앉아 있는 것만 같았다.

어울릴 사람이 없던 그가 찾아오는 횟수가 잦아졌다. 내 대

학 생활에 대해 물어보다가 부러운 눈으로 책꽂이에 꽂힌 교
재들을 말없이 바라볼 때면 나는 아무 말도 못했다. 그럴 때
면 얼른 영호의 일상을 물어보는 것으로 화제를 돌렸다. 고아
원을 나왔어도 가끔 일을 도우려고 그곳을 들락거리는 모양
이었다. 차마 내색은 못해도 자주 방문을 불쑥 열고 들어오는
그가 점점 귀찮아졌다. 내 기분이 참지 못할 정도의 임계점에
도달할 때도 많아졌다. 그래 봐야 웃음기 가신 입을 꼭 다물
고 쌀쌀맞은 표정을 지어 보이는 게 다였다. 영호는 고아원을
떠나 사회로 나간 아이들의 소식을 간간이 전했다. 그들이 돈
을 버는 직장은 '시다'로 일하는 주물공장이나 쇠를 깎는 철
공소, 또 별 기술 없이도 일할 수 있는 세차장 같은 곳이었다.
번쩍이던 악기를 특출나게 다루지 못했거나, 입양되지 않은
아이들이 갈 수 있는 곳이 대개 그랬다. 그중 몇몇은 추석이
나 설날이 되면 자기가 자란 그곳으로 찾아들기도 했다. 영호
가 몸을 가누지 못할 정도로 잔뜩 술에 취해 내 방문을 벌컥
열어젖힌 때가 두어 번 있었다.

"죽—죽었대! 대—대영이가!" 다다미 위에 펄썩 주저앉으
며 말한 대영이가 누군지 나도 잘 몰랐다. 대영이란 아이는
철공소에서 일하다가 선반에 손가락 두 개가 잘렸나 보았다.
보상금 대신 몇 푼 받은 돈으로 영호에게 술도 샀다고 덧붙였
다. 그 대영이가 추석을 앞두고 여관방에서 자살했다는 게 영
호가 더듬대며 전한 죽음의 전말이었다. 두어 차례 그런 소식

을 취기에 실어 내게 쏟아놓았다. 한 아이는 초등학교 때 나와 같은 반이었다. 그들의 죽음에 질려서 그랬는지 아니면 자신도 들어가야 할 사회에 대한 두려움 때문에 그랬는지 그럴 때 그는 더 심하게 말을 더듬었다.

모진 세상으로부터 그를 끌어올려줄 동아줄 같던 트롬본이니 트럼펫 같은 악기를 부는 대신 영호는 다른 것을 불기 시작했다. 내 방에 찾아오기 시작한 지 두어 달 지났을까, 그는 유리공장에 취직을 했다. 초등학교 가는 길에 있는 굴다리 근처의 공터에 큰 유리공장이 들어섰다. 그는 고온에서 액체가 된 유리를 긴 쇠 파이프 끝에 묻혀 허공으로 향하게 한 뒤 반대쪽 구멍에다 대고 숨을 힘껏 불어넣었다. 그러면 유리 액체는 풍선처럼 부풀었다. 그것을 틀에 넣어 찍어냈다. 그렇듯 일찍이 트롬본을 열심히 불었다면 아마 다른 삶을 살고 있을 것이다. 긴 쇠 파이프를 불고 있는 그를 오가다가 몇 번 보았다. 그의 팔뚝에는 벌겋게 덴 상처가 끊일 날이 없었다. 졸업앨범을 내게서 가져갈 때도 열심히 불었다. 퇴근해 저녁을 먹고 나면 자주 내 방으로 기어들곤 했다. 대개 밤 아홉시 언저리였다. 어쩌다가 기름이 밴 누런 종이봉투를 들고 왔다. 그 봉투를 찢으면 버스 종점 근처에 생긴 '종점치킨'에서 튀긴 통닭이 들어 있었다. 아마도 월급날이었을 것이었다.

졸업앨범을 가져간 뒤 그는 넘지 않던 선을 함부로 넘나들었다. 그 선이란 게 동네와 G 후생원을 가르던 그 초록 철문 정도는 아니어도 대학생이던 나와 유리공장에 다니는, 그것도 초등학교만 졸업한 영호 사이에 암묵적으로 그어진 경계 같은 것이었다. 내가 과제 때문에 이 책 저 책 뒤적이며 머리를 두 손으로 감쌀 때도 그는 아랑곳하지 않고 말을 막 붙여 댔다. 그전 같았으면 나를 방해하지 않으려고 구석에 앉아 앨범을 뒤지며 혼자 소주잔을 홀짝거리다가 슬그머니 사라졌을 것이다. 그런데 그 선 자체가 희미해지고 말았다. 그는 유리공장에서 있었던 시시콜콜한 일들을 지껄여댔다. "우—우리, 자—작업조에 기—김씨 아저씨가 있는데, 차—참 좋은 아—아저씨야!" 김씨 아저씨가 왜 좋은지 그 까닭도 알 수 없었다. 사람 좋다는 평가만을 내리고 또 다른 이야기로 건너뛰었다. 그런 식이었다. 그렇다고 차마 그에게 대놓고 선을 긋지는 못하고 미적댔다. 나는 점점 질려가고 있었다. 시험 때가 되자 나는 아예 자정 무렵 귀가했다. 게다가 그 학기가 끝나면 나는 바로 군에 입대하기로 되어 있었다.

밤 뉴스에서 성탄절 행사를 하는 큰 교회를 비추었다. 몇 시간이 지나면 나는 일자리를 알아보러 지방에 내려가야만 했다. 몇 차례 허탕을 친 끝이었다. 가슴이 또 답답해 왔다. 이제는 일 년 뒤에나 보고 들을 수 있다는 여자 앵커의 멘트에 뒤이어 웅장한 브라스밴드의 캐럴 연주가 나왔다. 화면에 비친 다른 교회에서는 파 라 팜파파파 라팜팜팜, 파 라 팜파파 라팜팜팜, 하고 있었다. 그 북소리 사이로 영호의 북소리가 둥둥 울려오는 것만 같았다. 파 라 팜파파파, 둥—둥—둥, 파 라 팜파파파, 둥—둥—둥…… 그날 북 치는 소리는 그렇게 밤늦도록 들려왔다. 그 속에서 자동으로 '정-반-합'이 되풀이되었다. 멈추지 못한 채 나는 끌려갔다. 성당의 벽화 속에서 볼 수 있는 나팔 부는 천사처럼 긴 쇠 파이프를 치켜들어 불고 있는 영호도 스쳐 갔다. 북소리도 환청처럼 들려왔다. 나팔 소리도 들어 있었다. 그러다가 다른 게 찾아왔다. 내 귀에 울려온 것은 북소리도 천사의 나팔 소리도 아니었다. 내 얼굴이 후끈 달아올랐다. 아, 그게 '정'과 '반'의 과정을 거쳐 나온 '합'이라면 너무나도 저속했다.

그날, 영호가 정말로 뜬금없는 말을 늘어놓았을 때, 급기야는 그가 돈 게 분명하다고 확신했다. "내—내 말, 드—들어 봐! 그—그렇담 왜—왜 내게 도—돈도 더 주고, 왜—에 느—늦게까지 데리고 이—있었냐구?" 영호는 자기 말이 틀림없다는 근거를 대기 위해 나름 논리를 세우고 있었다.

영호는 자기가 G 후생원 원장의 친자식일지 모른다는 되지도 않는 말을 했다. 처음에는 어이가 없어 웃어넘겼다. 어떻게 성(姓)도 다른 원장과 영호가 부자지간이란 말인가. 더구나 동창인 원장 아들은 처음부터 우리와는 격이 달랐다. 늘 단정한 옷차림에 반듯한 행동을 하는 모범생이라 함부로 말도 못 붙였다. 학년 전체가 모인 운동장 앞 연단에서 그가 교장이 주는 상장을 받던 장면도 기억이 났다. 광대뼈가 튀어나온 각진 얼굴 위로 들린 코를 단 영호와는 어디에서도 비슷한 구석을 찾을 수가 없었다. 영호는 계속 뻗댔다. "너—너두 내—내 말 아—안 믿지? 그—그치만 트—틀림, 어—없어!"

그가 원장 아들이라고 확신한 연유는 이랬다. 냄새 때문이었다. 쉬는 날, 원장 사택 근처를 지날 때였다. 그를 본 원장은 사택으로 불러들였다. 그리고 점심을 같이했다. 그때 영호의 코를 자극하며 솔솔 냄새를 피우던 찌개(무슨 찌개인지 영호는 자세히 알지 못했다)가 문제를 일으키고 말았다. 영호는 그날 밥을 먹는 둥 마는 둥 바삐 그 자리를 빠져나왔다고 했다. 며칠 끙끙대며 영호가 찾아낸 냄새의 정체는 이랬다. 초등학생 때, 그날도 낙엽을 쓸어 담은 리어카를 끌고 원장 사택 근처를 지나는데 원장 사모님이 그를 불렀다고 했다. 몇 년을 살아도 처음 들어가본 원장 사택에서 저녁까지 먹게 되었다. 마루에 쪼그리고 앉아 머뭇대는데 밥상이 나왔고, 상 한가운데 찌개가 놓여 있었다. 같은 냄새였다고 했다.

"그때 맡은 냄새랑 며칠 전 맡은 냄새랑 같겠지. 원장 사모님이 끓인 거라며."

영호는 살아오며 그런 냄새는 그 어디서도 맡아보지 못했다고 했다. 그는 '동물의 왕국'에서 맹수들이 오줌을 찔끔찔끔 지리며 자기 영역을 표시하듯, 겨우 두 번 맡은 냄새를 가지고 자기 영역을 주장하고 있었다. 나도 집에서 자주 끓이던 텁텁한 청국장 냄새를 늘 달고 다녔다. 그것은 내 영역이었다. 영호에게도 자기 냄새가 있었다. 고아원에서 지겹도록 먹던 수제비를 끓일 때 올라오는 날내 나는 밀가루 냄새랄까. 그런데 원장집 찌개 냄새를 자기 것이라 우겨대는 데에는 기가 막혔다.

 지금 생각해보면 나도 그런 때가 있기는 했다. 언젠가 모스크바로 첫 출장을 갔을 때, 안내하던 친구가 크레믈린 근처의 중심가에 자리한 식당으로 나를 데리고 갔다. '바쿠'라는 식당이었다. 고소한 냄새를 풍기던 양고기가 군침을 돌게 했다. 벌건 불 위에서 기름을 쫙쫙 빼던 양고기로 요리한 음식이 러시아에 처음 가본 나에게 깊이 남았다. 그 음식 냄새는 내게 러시아를 대표했다. 나는 한동안 그 식당에서 먹은 요리를 러시아의 대표 음식이라고 떠벌렸다. 나중에 알고 보니 그때 먹은 음식은 러시아의 전통 요리가 아니고 중앙아시아 요리 중 하나였다. 바쿠는 아제르바이젠의 수도였다. 영호가 우겼던 것도 비슷한 게 아니었을까. 원생들 중 특별히 초대받아 원장집 식사 자리에서 맡은 냄새. 그것은 가정집 식탁에서 자주 피어오르는 그런 냄새 중 하나였을 거다. 고아원의 단체 급식에서는 맡아보지 못한, 조그만 냄비 속에서 찌개가 바글바글 끓을 때 솟아오르던 냄새가 영호의 후각을 자극한 나머지, 그게 자기 것이 분명하다는 데까지 이르게 된 것은 아닐까. 영호는 자기도 언젠가 여느 가정집 아이였다는 것을 강조하듯 계속 억지를 부렸다.

"너—너 모—모르면 가—가만 이—있어!" 원장 부부가 자기 부모라는 근거라며 그는 계속 냄새를 물고 늘어졌다. 그 냄새의 근원은 아주 오래전으로 거슬러 올라갔다. 그의 말을 빌리면 G 후생원에 맡겨지기 훨씬 전 맡은 냄새였다. 그때라면 두세 살 때쯤 아니었을까. 어쩌면 자기 집에서 끓이던 흔한 된장찌개나 김치찌개 냄새를 원장집의 그것과 동일시하는지도 몰랐다. 남들보다 더 오래 G 후생원에 머물 수 있었던 것도 사회 적응이 힘들까 봐 그들이 베푼 호의에 지나지 않았을 것이었다. 용돈을 더 받았다는 것도 일을 시키면 대충하다가 내빼는 애들과 달리 굼떠도 우직했던 덕분 아니었을까. 그가 말할 때마다 나는 좀 더 조리에 맞는 그런 답을 내놓았다.

다음 날도 영호는 또다시 냄새를 붙잡고 늘어졌다. 이제 내 몸에도 밴 것 같은 그 냄새에서 빠져나와야만 했다. 그런데 결과는 정반대로 얽혀들고 말았다. "내—내가 제—제일 자—잘 알아! 애—애기 때, 마—맡은 냄새라구!" 그는 극도로 흥분했다. 눈도 희번덕거렸다. 딴사람이 된 그가 불쑥 무서워졌다. 나를 노려보는 그의 표정 때문만은 아니었다. 그 안에 도사리고 있는, 꽁꽁 감추고 한 번도 내놓지 않은 의뭉한 그 무엇을 보고 말았다는 느낌을 지울 수가 없었다. 아무리 무의식 속에 자리했던 냄새라 쳐도, 갓난아이였을 때 맡은 그걸 다시 꺼낼 수 있는 능력을 가진 사람이 몇이나 될까. 정말 애기 때 냄새까지 기억해낸다면, 그간 나와 있었던 크고 작은 일들은 어떻게 그의 마음속에 자리할까. 문득 그가 동네 아이들이며 내게 당한 것들 모두를 꼭꼭 숨겨두었다가 어느 날 느닷없이 꺼내 혹 들이밀지 모른다는 생각이 치밀었다. 어쩌면 내가 속으로 민중이니 어쩌니 하며 그를 의무감 비슷한 것으로 대할 때 내 속마음을 읽어냈을 수도 있었다. "웃기지 말라구! 니가 뭘 알아?"라며 비웃었는지도 몰랐다. 그러고도 천연덕스레 내 방을 드나든 것은 아닐까. 갑자기 오싹해졌다. 그러자 여태 속으로 민중 어쩌고 하며 그에게 붙인 수식어들이 우르르 떨어져 나갔다. 물론 애기 때 기억을 한다고 해서 민중이 아니라는 논리는 갖다 붙일 수 없는 것이었다. 원장 부부가 자기 친부모라고 내 앞에서 떼를 쓰는 그의 말을 더 들을 필요도, 또 나와는 무관한 그의 사정들을 억지로 받아주며 상대해줄 필요도 더 이상 없었다. 또 그를 감당할 수 없을 것이라는 무서움도 덮쳐왔다. 그래도 그렇게까지 내 입에서 험한 말이 튀어 나갈 줄은 나도 몰랐다.

"저리 꺼져! 병신 새끼, 육갑하네! 이젠 다시 오지도 마, 새끼야! 이게 받아주니까……"

느닷없는 내 반응에 영호는 아연한 표정을 지었다. 아이들이 그에게 재수 없다며 자주 쓰던 "저리 꺼져"라는 매몰찬 고함 다음에 더 심한 말이 뒤따랐다. 약간 몸이 불편했던 영호

에게 '병신'이란 말을 입에 올려보기는 처음이었다. 사태를
눈치챈 영호는 방구석에 앉아 눈을 치뜨고 나를 올려보았다.
흡사 민중 판화 속 얼굴처럼 눈을 부릅뜬 채 자리에서 벌떡
일어났다. 그러고는 어둠 속으로 사라져갔다. 제대를 하고 동
네에서 그의 소식을 묻자 한 친구는 퉁명스럽게 대답했다.

"걔, 안 보인 지 꽤 됐어. 그 찔찔이 찾아 뭐 하게?"

밤이 되도록 나는 점점 엉겨 붙는 영호를 떨쳐내려 몇 차례
나 원점인 그 칼럼 제목으로 돌아갔다. '북 치는 소년'과 '마
지막'이라는 것에 대응되는 것들이 '정-반-합'을 거쳐도 마
찬가지였다. 이제 '북 치는 소년'은 영호 위에서만 얼쩡거렸
다. 마지막이라는 말도 구부정하게 어깨를 숙이고 풀이 죽어
어둠 속으로 스며들던 그의 마지막 모습에 달라붙었다. 거기
서 지금 나를 깨우는 그 '변증법적인 상'은 대체 뭘까. 내 앞
에서 주춤주춤 머뭇대던 영호가 '정'이었을까, 그렇다면 '반'
은 뭐란 말인가. 눈을 치뜨고 나를 노려보던 영호였나. 또 그
렇다면 '합'은…… 다시 후원자들 앞에서 온 힘을 다해 북을
치던 영호 모습이 떠올랐다. 어쩌면 그날 영호가 우겨댄 그
냄새라는 게 벤야민이 죽음을 앞둔 시점에 자기 처지를 알리
려 구술시켰다는, 그런 마지막 편지 같은 건 아니었을까. '후
원의 밤' 행사 때 간절한 눈빛으로 북을 울릴 때처럼 그 냄새
를 붙들고 늘어졌던 것은 아닐까. 내 빈약한 변증법적 사유

속에서 칼럼 제목은 그렇게 귀결되는 중이었다. 북소리도 나 팔 소리도 더 이상 들려오지 않았다. 크리스마스가 그렇게 지 나가고 있었다. 다음 날 일찍 지방으로 내려가려면 얼른 잠 자리에 들어야 했지만 어둠 속에서 계속 뒤척였다. "저리 꺼 져!"라는 말도 또렷이 들려오는 것만 같았다. 나는 뜨끔대는 가슴을 어루만지며 힘겹게 잠을 청하고 있었다.

---

* 「북 치는 소년과 마지막 편지」, 정홍수 칼럼, 한겨레, 2019년 12월 25일.
** 유대계 독일 사상가(1892~1940). 나치에게 쫓겨 망명 도중 자살. 여기서 '마 지막 편지'는 나치 치하에서 경제적 궁핍에 시달리던 벤야민이 자살 직전 자기 를 도와주던 아도르노에게 보내려던 편지를 염두에 둔 것.

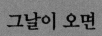

그날이 오면

1. 자원(資源)에 대해

자원, 얼마나 희망차고 위대한 말인가. 듣기만 해도 괜스레 든든하고 또 배가 불러오는 단어. 온 나라가 자원 확보를 위해 개발에 나서고, 심지어는 자원외교란 말도 나오지 않았는가. 자원이란 말을 처음 들었던 건 징병검사 때, 그리고 머리를 박박 밀고 훈련소에 들어가서였다. 물론 중고등학교 사회 시간에 인적자원이니 물적자원이니 읊조렸지만 내가 직접 자원에 포함된다는 말이 생소했다. 훈련소에서 내가 그 범주에 포함되는 게 희망차고 위대하지는 않았지만 그렇게 한때나마 국가의 자원으로 있기도 했다. 그 뒤 사회에 나와서는 늘 자원이란 말 앞에 어깨가 움츠러들었다. 자원이란 인간 생활 및 경제 생산에 이용되는 원료로서의 광물, 산림, 수산물 따위를 일컫거나 인간 생활 및 경제 생산에 이용되는 노동력이나 기술 따위를 통틀어 이르는 말 아닌가. 자원의 관점으로 나를 본다면, 정말 하찮을 게다. 그래서일까, 자원은 나를 앞에 놓고 큰소리를 치며 으스대고 있다. '우리는 사람들에게, 이 사회에, 이 나라에, 더 나아가 인류에, 지구에 유용하게 쓰인다. 넌 대체 뭐냐?' 처음에 그런 울림이 있을 때마다 나는 주춤거리며 '자원은 위대하다'라고 웅얼거릴 뿐이었다. 갈수록 자원은 더욱 '창대(昌大)'해질 것이라고, 더욱 세력을 넓혀서 번창할 것이라고, 너 따위는 까불지 말라고, 으름장을 놓으며 소리를 지른다. 창—창! 챙—챙! 탕—탕! 퍽—퍽! 그 소리에 나는 얼른 눈을 치켜뜨며 말을 바꾼다.

자원은 때려 부수어야 한다!

나는 베란다로 나갈까 말까 문 앞에서 망설였다. 조용했다. 그 적막이 더 수상했다. 자원은 몸을 숨기고 있다가 갑자기 콰—앙 하며 나를 덮칠 것만 같았다. 불을 붙이지 않은 담배 한 개비를 손가락에 건 채 유리에 알루미늄을 덧댄 현관문에 귀를 바짝 갖다 대었다. 새벽 여섯시부터 자원의 움직임들이 있었다. 오전 여섯시를 '새벽'이라 하면 자원은 펄펄 뛸 것이다. 하지만 내게는 늘 그 시간이 새벽이다.

어쨌든 '아침' 여섯시다. 너무도 조용하다. 나는 슬슬 현관문을 열었다. 눈앞으로 '창대자원'이라 세로로 쓴 간판이 다가왔다. 그 뒤 멀리로 새롭게 조성된 신도시의 아파트들. 신도시 안에서도 다시 구도심과 신도심으로 나뉜다. 그 신도시의 구도심이 되어버린 한 아파트에서 십여 년 살다가 이리로 이사 오며 나는 자원에 대해 새로운 인식을 하게 되었다. '창대자원'의 힘이랄까. 자원은 쉴 새 없이 꿈틀대며 또 다른 자원을 잉태한다. 나는 담배 연기를 뿜어내며 오랫동안 살았던 아파트 단지 쪽을 퀭한 눈으로 바라보았다. 그곳을 바라보며 거기서 살던 예전이 좋았다거나, 아니면 이전의 경제 상태를 회복해 다시 그리로 돌아가고 싶다는 희망을 품은 게 아니었다. 그 아파트 단지에서 쏟아져 나오는 자원들 중 일부는 바로 눈앞의 '창대자원'으로 실려 올지도 모른다는 그런 생각을 하고 있었다.

잠에서 깨어나 문밖으로 나가면 찬란한 아침 해와 함께 '창대자원'의 간판이 떡 버티고 있다. **'창대자원, 철거 전문, 고철, 비철, 파지'** 창대자원의 주인 남자는 이층 발코니에서 담배를 피워 물며 째려보는 나를 흘끗 올려본다. 민소매의 셔츠 밖 그의 팔 위로 툭 튀어나온 새카만 알통이 도드라졌다. 가까이서 보면 검게 탄 팔 위로 닻 모양의 푸르죽죽한 문신도 있다. 작은 키에 다부진 몸집이 꼭 어려서 보던 만화영화의 뽀빠이를 연상시킨다. 그는 내가 보든 말든 아랑곳없이 다시 고철을, 비철을, 양철로 빙 두른 울타리 쪽으로 냅다 집어 던졌다. 챙—챙, 창—창, 퍽—퍽. 철거 전문을 내세운 그는 나를, 우리 셋집을 철거라도 하듯 쇠망치를 세게 내려친다. 땅—땅—땅—땅! 옆에 있는 창대자원 여자는 꼭 링 위에 오르는 레슬링 선수같이 떡 벌어진 어깨에 잔뜩 힘을 넣고 남자의 일을 돕는다. 어깨를 앞뒤로 씰룩이며, 어디 할 테면 해봐라 하는 식이다. 그 어깨에 무거운 자원들이 얹혀 트럭에 실리기도 한다. 그들 손에서 자원은 고철, 알루미늄, 유리, 파지 같은 주특기별로 분류된 칸막이 사이로 던져진다. 두 사람은 죽겠다는 눈빛으로 내려다보는 나는 안중에도 없다. 정말 이제 더 이상은 안 된다.

"이건 아니지, 놔둬봐! 저 자식 가만 안 둬! 안하무인이잖아. 지금이 어떤 세상인데 저따위로 사냐 말이야!" 창대자원으로 내달리려 계단 아래로 뛰어 내려가려는 나를 아내가 꽉 붙들었다. "흥분만 한다고 뭐가 돼요?" "그럼 저걸 두고 봐야 돼? 왜 주택가에서 저런 소리를 새벽부터 저녁까지 들어야 하냐구!"

지금 사는 집은 이 도시의 원도심에 위치하고 있다. 살던 아파트가 날아갔다. 내 깜냥으로 경제활동을 해보았지만 힘이 부족했다. 어쩌면 내가 이 사회의 자원으로서 효용가치가 신통치 않아서일지도 모른다. 이 근방에 집을 구하러 다닐 때만 해도 잔뜩 부풀어 있었다. 그런 설렘은 자원이 주는 경건

함에서 비롯되었다고나 할까. 그래, 이제 더욱 부지런히 움직여야지. 저 사람들도 살자고 바삐 움직이는데. 이제 새 출발이다. 방을 보러 골목골목을 드나들 때 곳곳에서 파지, 고철, 플라스틱 통, 헌 옷 등을 싣고 바삐 움직이는 리어카들을 만났다. 각오가 새로웠다. 셋집을 정할 때 문 앞에 바짝 위치한 '창대자원'은 눈에 들어오지도 않았다. 그게 눈에 띄었을 때는 '나도 저곳 소리에 맞춰 부지런히 움직이자' 정도로 받아들였다. 그런데 이사한 지 열흘이 좀 넘었을까. 그리로 모이는 자원들은 점점 '창대'해졌다. 하루만 지나면 산을 이루는 자원들. 알고 보니 근처에 있던 고물상 두 곳이 문을 닫았다는 것이다. 신봉하던 자원의 가치가 점차 떨어져서인지, 아니면 귀를 찢는 굉음과 먼지 등으로 괴로워하던 주변 주민들의 원성 때문인지 모를 일이었다. 갈 곳을 잃은 리어카와 트럭들은 창대자원으로 몰려들었다. 창대자원은 여섯시 조금 못 되어 문을 열었다. 그렇지만 밤새 모인 자원들은 다섯시부터 몰려들어 줄을 잇는다. 보통 리어카 대여섯 대가 미리 와 좁은 골목에 순서대로 자리를 잡는다. 얼른 리어카를 비우고 다시 자원을 채굴하러 가야 했기 때문이다. 문 열기를 기다리며 골목에서 떠드는 소리에 잠을 깬다. 줄에 엉성하게 묶인 자원들이 바닥으로 떨어지며 요란한 소리를 낸다. 캔이 아스팔트 위로 떼구르르 구르는 소리, 유리병이 몸을 부딪치는 쨍쨍 소리. 그런 소리가 그 시각에 골목을 메운다. 그것도 창문을 열고 자야 하는 한여름이다. 머릿속을 온통 엉클어놓는 자원들이 그렇게 아침을 깨우고 나를 깨우고, 식구들을 깨우곤 했다. 매일 그랬다. 뜨겁게 달아오르는 태양마저 부지런했다. 저 소리들을 부지런히 하루를 시작하라는 신호로 받아들이자고, 속에서 올라오는 무언가를 억지로 꾹꾹 눌렀다.

어느 날, 창대자원으로 몰려든 리어카들과 트럭을 보다가 나는 갑자기 내 뒤통수를 손바닥으로 쳤다. 아아, 정말 그걸까. 자원의 가치를 평가절하해왔던, 내 주제도 모른 채 오만하게 자원을 무시해왔던 결과 같았다. 내 그런 태도 때문이었을까. 잔뜩 뿔이 난 채 창대자원으로 빼곡히 집결한 자원들은 결의를 다지며 우렁우렁 저리 외쳐대는 것만 같다.

서울 탑골공원 뒤에 고물상이 있었다. 어느 여름날, 그 근처에서 여든을 넘긴 노파가 파지를 잔뜩 올린 카트를 밀고 가다가 중심을 잃고 넘어지는 것을 보았다. 나는 얼른 노파를 일으켜 세웠다. 길가로 흩어진 납작하게 눌린 종이 박스, 신문지, 생활광고지 따위를 주섬주섬 모아 카트에 다시 실었다. 방향이 같아 내가 카트를 끌었다. 노파가 향한 곳은 고물상이었다. 이상했다. 고물상으로 가는 게 이상한 것이 아니고 거기에 고물상이 있다는 것이 낯설었다. 도심 아닌가. 순대와 돼지머리가 커다란 솥 위에서 삶아지며 냄새를 풍기는 음식점들이 줄지어 있는 틈을 비집고 고물상이 박혀 있었다. 그러고 보니 그 고물상도 무슨 '자원'이라 써 붙였던 것 같다. 나는 절룩이는 노파 대신 카트를 밀고 고물상으로 들어서 무게를 달았다. 파지가 가득 실린 카트를 땅바닥에 설치된 저울 위에 올렸다. 웬만한 트럭이 올라서도 될 정도의 커다란 철판으로 된 저울이었다. 짐이 실린 상태와 짐을 내린 카트의 무게를 쟀다. 노파는 천 원짜리 두 장을 받았다. 하루 종일 주웠다는 종이와 맞바꾼 두 장의 지폐. 그 뒤 나는 신문지와 박스 등을 모아 일정량이 되면 끈으로 꽁꽁 묶어 아파트 안의 재활용품을 모으는 곳에 내놓지 않고 부러 차에 싣고 나갔다가 그런 걸 줍는 노인들을 만나면 주곤 했다. 그게 자기 주제도 모른 채 자원의 가치를 무시한, 나라의 자원도 되지 못하는 주제에 범한 괘씸한 행동이었다고 반성했다. 어찌 자원이 파지만 있겠는가. 이번 이사를 위해 짐 정리를 하며 거의 수명을 다한 텔레비전, 세탁기, 꽤 값이 나갈 신주로 된 물건들 따위, 그리고 둘 곳이 없는 몇백 권의 책들을 그냥 넘겼다. 아마 내게서 자원이 되지 못한 그것들을 리어카에 싣는다면 꼭꼭 채워 열 대 분량도 넘을 것이었다. 아파트 매매 계약서를 쓴 날부터 비워줄 날까지 시간이 별로 없었다. 아파트 입구에 붙여놓은 '헌 옷, 고물, 헌책 수거'라고 인쇄된 스티커를 보고 전화를 걸었다. 고물상에서 온 사내는 값이 별로 안 나간다며, 대신 고물상에서 필요 없는 것이라도 치워주겠다 했다. 나도 그랬다. 그게 몇 푼 되겠느냐. 차라리 그 시간에 다른 일을 하는 편이 낫지. 내놓은 책들은 트럭 적재함에 막 내던져졌다. 아, 저건 비싼 책인데. 아, 저건 절판되어 구하기도 힘든 책인데. 나는 아쉬워하며 트럭 옆에서 그런 말을 흘렸다. 그때 짐을 싣던 사내는 심드렁하게 한마디 내뱉었다. "우리는 그딴 거 몰라요. 권수로 따지지 않고, 근수로 따집니다." 근수를 무시하고 권수만 알던 나는 그렇게 자원의 가치와 실체를 모른 채 창대자원과 바짝 마주한 13번지 이 집으로 들어오고 말았다.

처음에 자원이란 간판을 볼 때, 거대한 사업을 떠올렸고, 그 울타리 안에 중요한 자재들과 기계를 보유한 그런 회사인 줄 알았다. 그건 고물상이었다. 구도심 곳곳에 자리한 자원들. 대개 철판으로 울타리를 두른 공터에 세로로 된 간판을 길게 달고 있다. 이제는 차를 타고 가다 보면 정말 자원의 간판만 눈에 들어온다. 대성자원, 삼삼자원, 금성자원 등.

다시 짚고 넘어가야겠다. 형편이 어려워 신도시 아파트 단지에서 살다가 구도심의 주택가 월세로 밀려났다는 구질구질한 얘기를 하려는 것은 아니다. 이것은 어디까지나 자원 얘기다. 하기야 내가 십여 년 살던 아파트 단지도 이제는 이십 년도 넘은 곳이니 '신(新)'이니 '새'니 하는 접두어를 붙이기는 민망스러웠다. 어쨌든 거기서 벗어났다. 주택가 골목 곳곳을 누비며 자원을 모으는 노인들을 하루에도 수없이 맞닥뜨리는 곳, 칠이 군데군데 허물처럼 벗겨져 있고 비바람이라도 불면

페인트칠 조각이 길바닥에 부서져 내리는 그런 흉물스러운 건물에 '인력'이라는 간판 밑으로 새벽부터 품을 팔려는 사람들이 모여들어 두런두런 아침잠을 깨우는 그런 곳, '구(舊)' 또는 '원(原)'자가 붙는 구도심, 원도심이라 부르는 곳으로 이사를 온 것이었다.

이제 골목마다 휘젓고 다니는 노인들도 무서웠다. 노인들은 새벽부터 나오는데, 개중에는 밤을 새운 이들도 있을지 몰랐다. 파지와 고철, 헌 옷가지들을 리어카에 한가득 싣고 다섯시도 되지 않아 골목에 앉아 소리를 냈다. 우리가 사는 13번지 뒤의 이층집 할머니는 집주인이다. 아들도 외제차를 끌고 다닌다. 그런데도 그 할머니는 어디서 구했는지 야쿠르트 배달용인 조그만 리어카를 끌며 파지나 공병 따위를 줍는다. 너나없이 모두가 자원 수집에 열을 내는 것이다. 가끔 술에 취해 밤늦게 들어오다 보면 여지없이 골목 곳곳에서 자원의 움직임들을 포착할 수 있었다. 골목 으슥한 곳곳에 놓인 자원들. 못쓰게 된 알루미늄 빨랫대나 빈 캔, 어쩌다 운 좋으면 구형 티브이나 고장 난 냉장고 따위가 어둠 속에서 웅크리고 누군가를 기다렸다. 리어카들은 홀쭉해진 배를 채우려 그것들을 게걸스레 먹어치운다. 싯누런 녹을 뒤집어쓴 고철, 반짝대는 알루미늄, 플라스틱 통 등 좀 덩치가 큰 것부터 캔, 쇠 파이프 조각 같은 자잘한 것들까지 메뉴를 가리지 않고 닥치는 대로 마구 집어먹으며 배를 퉁퉁 불린다. 가끔씩은 듣지도 보지도 못한 기괴하게 생긴 물건들도 그 위에 실린다. 퓨전이란 말을 단 새로운 음식 이름처럼, 뭔가 이름을 붙여야 하는데 용도를 몰라 가늠할 수가 없다.

요란하게 삐걱대는 창대자원의 문이 열리면 잠자던 나는 소스라치게 놀라 눈을 뜬다. 웅성웅성 사람들 소리가 들려온다. 그래도 자리에서 뒤척이며 미적거린다. 그사이 아주 잠깐 까무룩 잠이 들 때도 있다. 그렇게라도 모자란 수면 시간을 보충해야 했다. 끼익, 탕탕. 드디어 창대자원이 하루를 맞는다. 한참 전부터 기다리던 리어카들은 순서대로 무게를 재고 철판으로 된 담장에 마구 물건들을 집어 던진다. 와당탕, 탕탕, 챙챙. 계속 이어지는 자원들의 힘찬 함성. 아마도 이 지구 상에서 쇠가 내는 모든 소리는 거기서 다 들을 수 있다고 난 장담한다. 싱크대의 개수대, 전기밥솥의 내솥, 찌그러진 냄비, 녹슨 앵글들, 공사장에서 버린 철근 조각들, 휘어져 못쓰게 된 스테인리스 빨래건조대, 하다못해 세탁소에서 나오는 철사로 된 옷걸이 묶음도 있다. 그것들 모두 제가끔 다른 소리를 낸다. 트럭에 싣고 오는 쇠들은 좀 더 육중하고 깊은 소리를 낸다. 떵―떵―떵! 어떤 공장에서 뜯어낸 무쇠로 된 보일러. 큰 건물 철거 때 나왔을 철골. 나라 곳곳에 신장개업이라는 말들이 수없이 탄생한다. 그러다 곧 폐업이라는 말과 함께 일 년도 못 되어 문을 닫는 가게들에서 뜯겨 나온 자원들은 창대자원으로 향한다. 한정된 자리에 좀 더 빼곡하게 쌓으려고 창대자원의 남자가 고철 더미로 올라가 삐죽삐죽 튀어나온 쇠들을 다시 정돈하며 집어 던지는 그 소리는 정말 머릿속을 득득 긁다가는 배 속까지 훑는다. 그 소리는 '창대'하게 동네에 울려 퍼진다. 소용없는 줄 알면서도 괴로워 양손으로 귀를 꽉 틀어막는다.

'창대'라는 기개에 넘치는 말을 이루려면 쉬지 말아야 한다. 창대자원의 강점은 휴일이 없다는 것이다. 일요일도, 국경일도 없었다. 창대자원 여자가 교회에 다닌다는 말을 일층에 사는 집주인 여자에게 들었다. 일요일을 기다려도 소용없었다. 창대자원의 여자가 교회에 가는 두 시간 동안 남자 혼자 일한다. 집어 던지고, 두드리고, 해체하고. 아직 이사 와서 명절을 쇠지 않았으니 그때도 문을 열지는 모를 일이다. 어쨌든 창대자원은 단 한 번도 문을 닫지 않고 나에게, 우리 식구에게, 일층과 지하의 사람들에게, 더 나아가 인근 주택들에 거주하는 사람들에게 자원의 소중함과 중요성을 한시도 쉬지 않고 일깨웠다. 그럴수록 이 나라의 '자원'으로 새롭게 태어나고자 하는 나, 그리고 하루 종일 학원에서 목을 써야 하는 직업을 가진 아내, 또 미래의 중요한 자원이 되려는 대학생과 고등학생인 첫째, 둘째 아이 모두 점점 망가져갔다.

창대자원의 문이 닫힌 시각, 집 주변이 주택가로서 본연의 모습과 정상적 기능을 시작할 때, 휴—우 안도의 한숨과 함께 몇 시간 지나면 다시 시작될 소리를 들을 생각에 퓨—우 절망의 한숨을 함께 뿜어낸다. 술기운이 오르면 나는 베란다로 나가 힘껏 가슴을 펴고는 창대자원을 노려본다. 그러다 고개를 쳐들어 밤하늘을 보며 주먹을 불끈 쥔다. 나도 창대해지리라. 비록 창대자원 앞에서 귀를 틀어막으며 이제 그만하라고 찌그러진 모습으로 애원을 하고 있지만, 나는 창대해지리라. 나도 버젓이 사회에 유용한 자원이 되어 창대해지리라. 당당히 이곳을 벗어나리라.

2. '감시는 암보다 더 해롭다'

13번지(물론 ○○7길 따위의 새 주소가 대문에 붙어 있다)에 자리한 이 집에는 세 가구가 산다. 지하, 일층, 이층. 그리고 담 밖으로 차 두 대가 겨우 지나다닐 육칠 미터 도로에 맞닿아 창대자원이 있다.

13번지의 구성원은 이렇다. 일층은 부부와 딸 하나, 지하에는 중년 여자와 서른 가까워 보이는 아들이 있다. 그리고 이층은 우리다. 나와 아내 그리고 사내아이들 둘. 담장 안에 아홉 명이 살고 있으니 만만찮은 숫자다. 창대자원을 상대하기에는 그렇단 말이다. 본격적으로 창대자원에서 굉음들이 쉬지 않고 들려오기 시작했을 때 나는 이해를 못했다. 왜 아무도 따지지 않고 내다만 보는지 알 수 없었다. 이사해서 한 달쯤 지났을까, 창대자원의 그 뻔뻔한 소리들을 견디다 못해 따지려고 13번지가 다 같이 쓰는 대문으로 다가갔다. 이층 베란다에서 툴툴거리던 내 목소리를 분명 들었을 것이다. 마당에서 빨래를 널다가 지하 여자는 고개를 까딱하고는 지하로 내려갔다. 주인 부부는 마당에 흙을 부어 만든 텃밭에 심은 고추와 방울토마토, 상추, 치커리 따위에 물을 주다 내게 슬쩍 인사를 보낼 뿐이었다. 13번지가 창대자원을 대하는 방식은 그랬다. 창대자원 쪽을 노려보다가 나 혼자 열을 내는 게 머쓱해서 도로 올라온 게 몇 차례였다. 하루하루 나와 가족들은 시들어갔고, 창대자원은 더욱더 번창하고 있었다.

내 눈에 비친 이 동네의 자원 수집 연령은 다양했다. 주로는 노인층이었다. 그리고 전문성을 띠고 트럭에다 자원을 수집해오는 층은 사오십대였다. 그런데 어쩌다 삼십대, 심지어는 이십대도 있었다. 집에서 모은 파지나 공병, 아니면 못쓰게 된 가전제품을 가지고 휴일 같은 때 창대자원으로 몰려들었다. 어떨 때는 가족 단위다. 식구들을 태운 자가용 트렁크에 자원을 실은 채 그대로 무게를 잰 다음 자원을 내려놓고 다시 재는 식이다. 그들도 소음의 진원지임은 말할 것도 없다. 그런 가족들을 볼 때마다 자원을 홀대했던 나를 돌이켜보았다.

보통 남들이 일하는 낮에는 제대로 내 일을 할 수도 없었다. 출판사를 운영하는 친구가 일이 몰릴 때 보내주는 원고를 교정하는 게 다였지만 그래도 엄연한 일이었다. 컴퓨터를 켜놓고 일을 시작할라치면 창대자원이 날뛰는 소리에 화면 속 활자들은 우수수 부서져 내렸다. 그런 날이면 할 수 없이 며칠 동안 야심한 밤을 틈타 교정을 끝냈다. 그렇게 날이 밝아도 제대로 된 잠은 상상할 수 없으니 퀭한 눈이 되기 일쑤였다.

낮이면 창대자원을 살피는 게 중요한 일과가 되었다. 방이나 거실에서 내다보면 창대자원은 한눈에 들어왔다. 베란다에다 늘어놓은 꽃에다가 물을 주며 바라보면 더욱 세세히 관찰할 수 있었다. 5월 초, 이사 온 지 얼마 되지 않아 채송화, 맨드라미, 제라늄, 바이올렛들을 사다 심었다. 또 스티로폼 박스에 방울토마토, 고추 등을 심어 발코니를 따라 쭉 늘어놓았다. 안 쓰는 항아리에는 부레옥잠을 띄우고 연도 심었다. 그동안 하고 싶어도 해보지 못했던 것들이었다. 비록 월세지만 아파트에서 벗어나 주택으로 이사 온 보상이라 생각했다. 거름을 사 오고 인근 야산에서 퍼 온 흙을 섞어 스티로폼 박스를 채웠다. 그런데 언제부터인가, 아침에 물을 줄 때 식물들의 몸짓을 읽을 수 없었다. 짙게 피어오르는 빨간색과 노란색, 주황색, 은은한 보라색의 꽃들을 창대자원의 날카로운 쇳소리가 뗑겅뗑겅 무참하게 베어버렸다. 날이 갈수록 정성껏 키워온 꽃들을 건성건성 대했다. 이제 꽃들이 있는 곳은 창대자원을 감시하고, 그들의 파렴치하고 뻔뻔한 몸짓과 고성들을 동영상으로 기록하는 장소가 되어버렸다. 그래도 13번지 사람들 중 누군가 나서겠지, 하며 때를 기다렸다. 제일 나중에 이사 온 우리가 중뿔나게 나서기도 그랬다.

집주인이 대문 앞에 네댓 명은 앉을 평상을 짜던 어느 일요
일이었다. 휴대용 가스레인지와 원형구이판, 그리고 소주 몇
병과 비닐에 담긴 삼겹살이 평상 위에 놓여 있었다. 같이 한
잔하자며, 13번지 사람들이 처음으로 한자리에 모였다. 지하
와 주인집도 처음으로 자리를 했나 보았다. 몇 달 같이 살았
지만 가깝게 지내지는 않았던 모양이다. 비어 있던 이층으로
우리가 이사 오며 마치 부속 하나가 빠져 작동 못하던 기계가
그것을 끼워놓자 돌아가기 시작하는 것 같았다. "이제 파지
랑 병 같은 건 계단 아래 여기다가 놔두세요. 모아서 가끔씩
삼겹살 먹게요." 그러니까 집집이 모은 파지나 공병, 그 밖에
자원이 될 것들을 일층으로 오르는 계단 밑에 모았다가 창대
자원으로 가져가면 삼겹살을 먹을 수 있는 재화가 된다는 말
이었다. 그렇게 바꾼 것인지도 모를 삼겹살을 주인 여자와 지
하 여자가 굽고 있었다.

그날 나와 주인 남자는 소주를 다섯 병이나 비웠다. 그날
알게 된 사연들이 꽤 많았다. 일층 주인 부부는 일주일에 나
흘을 아파트에 서는 장터를 다니며 떡볶이와 어묵, 순대, 튀
김, 슬러시 등을 팔았다. 월세 계약서를 쓸 때 아내와 주인 여
자가 계약을 했기에 주인 여자가 아내보다 다섯 살이나 어리
다는 것은 알았다. 주인 남자는 나이가 들어 보였다. 알고 보

니 나보다 한 살 아래였다. 지하 여자는 나와 동갑으로 십여 년 전 이혼하고 수원에서 살다가 이리로 온 지 반년 남짓 되었다는 것이다. 수원에서는 교회에 다녀 아는 사람도 많았는데, 이 동네에서는 아직 나갈 교회를 찾지 못해 집에 틀어박혀 지낸다는 말도 덧붙였다. 결혼을 일찍 했는지 같이 사는 막내아들은 벌써 서른이 넘었다. 우리도 이런저런 사연을 꺼내놓았다. 물론 이사 온 게 우리 경제력 탓이 아니라, 고등학교에 다니는 작은아이의 학교가 걸어 다닐 정도로 가까워서라고 못 박았다. 아주 틀린 말은 아니었다. 버스로 서너 정거장 거리에 작은애 학교가 있었다.

"그런데 이삿짐 보니 책이 아주 많던데요. 공부 많이 하셨나 봅니다. 우린 가방끈이 짧아서, 겨우 고등학교 마쳤어요."

나는 주인 남자의 말에 얼굴이 굳어졌다. 무슨 뜻으로 한 말일까. 내세울 일이 아니었다. 책이 많으면 뭐 하는가. '권수'는 알아도 '근수'를 모르는데. 아주 잡아떼기도 뭐해 주로 집에서 일을 해야 하는 내 사정을 슬쩍 흘렸다. 헌데 이사 오고 통 일을 손에 잡지 못했다고, 그게 다 저 창대자원 때문이라고 화살을 돌렸다. 그사이에도 창대자원은 계속 소리를 냈다. 자원들의 횡포였다. 너희들은 희희덕대지만 우리는 지금도 땀을 흘리는 중이야. 그러니까 이깟 소음쯤은 즐겁게 들어넘겨. 그런 투로 귀를 후벼 파는 창대자원의 소리에 나는 다시 날카로워졌다.

"근데 저 소리를 어떻게 견딥니까? 이사 와서 다른 거는 다 맘에 듭니다. 정말 저 소리만 없으면 살 것 같습니다. 어떻게 해봅시다. 창대자원에 항의라도 좀 해봅시다. 정말 미치겠어요. 애들도 잠을 설치곤 합니다. 더구나 작은애는 수험생입니다."

나는 평상에서 내려와 슬리퍼를 발에 꿰었다. 앞장서서 대문 쪽으로 다가섰다. 당장이라도 창대자원과 담판을 짓자는 심사였다. 우리가 이사 오자마자 주인 부부는 고물상 소음 때문에 힘들다는 말을 슬쩍 흘렸다. 파지 모으는 소음 정도는 괜찮다며 나는 사람 좋은 척했지만 그때는 잠복해 있던 자원들이 본격적으로 움직이기 전이었다. 그런데 이젠 그게 아니지 않은가. 그런데도 주인 남자는 기회가 되면 말해보겠다며 슬그머니 집으로 들어갔다. 창대자원을 놓고 열을 내던 지하 여자도 마찬가지였다. 그렇게 첫 회합은 끝났다. 창대자원에 대항할 어떤 대책도 없이 비틀대며 계단을 올랐다. 탕탕! 쾅쾅! 쟁쟁! 부지런한 창대자원. "자원도 아닌 게, 낮술이나 먹고 어찌 자원이 되려고 하니." 그 소음들 속에 그런 빈정거림이 배어 있는 것만 같았다.

13호 구성원들은 그날 이후 마주치면 인사를 하고 서로의 안부를 묻는 정도의 사이는 되었다. 물론 창대자원에 대한 말은 더 없었다. 사람들이 좋아서일까. 아무리 그래도…… 의심이 피어올랐다. 자원의 틈새에서 나는 점차 13호 구성원들을 '자원의 차원'으로 살피기 시작했다.

지하 여자는 자원으로서의 역할을 별반 못하는 듯했다. 대문 앞에 놓인 평상 위에서 매실차나 우엉차를 마시며 시간을 죽였다. 어떨 때는 삼베 주머니에 현미를 넣고 만든 찜질팩을 전자레인지에 데워서는 평상 위에 벌렁 누운 채 배 위에 올려놓고 있다. 그럴 때면 나도 민망해서 밑으로 내려가지 못했다. 아내도 지하 여자에게 배웠다며 찜질팩을 만들었다. 지하 여자는 찜질을 할 때 창대자원에서 우레가 쳐도 못 들은 척 눈을 감고 명상 중이다. 그 어찌 자원이라 하겠는가. 나와 같은 나이면 대부분의 여자들은 바삐 일을 한다. 살림이 그리 넉넉지도 않아 보인다. 더구나 월세로 살고 있지 않은가. 아내 말로는 지하 여자가 늘 여기저기 쑤신다고 했는데, 주인집이 장사를 마치고 들어올 때 도와주는 것을 보면 그런 것 같지도 않았다. 무쇠로 된 가스버너, 또 물건이 가득 담긴 함지박을 번쩍번쩍 들어 올린다. 물론 주인집이 팔다 남은 순대, 튀김, 떡볶이 같은 것을 지하 여자가 일차적으로 차지한다. 그래도 남는 것은 자기가 선심 쓰듯 직접 우리 집으로 가져온다. 그녀의 서른 넘은 아들은 낮에 나갔다가 밤늦게 들어온다. 피자집에서 일한다는 것을 보니 그는 일단 자원으로 분류할 수 있다. 지하 여자는 새카만 털을 가진 고양이를 키우고 있는데, 대문을 열고 이 집 사람들이 드나드는 것을 지하에 돌출된 창을 통해 몰래 그 고양이처럼 감시하는 것만 같다. 그녀가 지하의 창문에서 조금 떨어져 바라보는 각도면 나나 아내의 손에 뭐가 쥐어져 있는지 대번 알아차릴 수 있을 것이다. 나갔다 들어올 때, 대문이 딸깍거리면 지하의 고양이가 얼른 창틀로 뛰어오른다. 그러면 지하 여자는 '새미' 하고 고양이 이름을 부르며 창가로 다가와 나를 올려다본다. 나는 얼른 고양이 걸음으로 숨죽이며 계단을 오른다. 지하로부터 올라오는 그 두 시선이 무척 닮아 있음을 느낀다. 나는 그들과 눈이 마주쳤다 싶으면 얼른 고개를 돌린다. 반사적으로 나도 모르게 곁눈질로 가늠하면 그녀의 시선이 계속 나에게 닿아 있음을 근질근질 느낀다. 나는 얼른 그녀의 시야가 닿지 않는 사정거리 밖으로 황황히 이동한다. 아내가 재활용품을 버리려 계단을 내려와 대문 앞에 서면 평상이나 마당에 있던 지하 여자는 페트병이며 캔 따위를 넣은 큰 비닐봉투를 얼른 스캔한다. 쓰레기봉투도 마찬가지다. 아이스크림 포장지를 보며 한마디 던진다. "아니 그 집 누가 그걸 좋아해요, 우리 애도 그거 무지 좋아하는데. 근데 요즘 ○○ 콘이 더 맛있는 거 같아." 또 음식물쓰레기 봉투의 내용물을 눈여겨보며 한마디 던진다. "수박, 소망마트에서 샀어요? 세일한다고 가보니 맛이 하나도 없어." 소망마트는 열흘 전쯤 집 근처에 문을 연 큰 슈퍼였다. 아내는 그럴 때마다 피식 웃으며 대꾸를 하지 않았어도 그런 환경들이 좀 낯설다고 했다. 그런 아내의 말투는 내가 제대로 된 자원이 되지 못한 현실을 일깨운다. 또 어떤 날은 음식물 쓰레기봉투에 제때에 먹지 않아 못쓰게 된 느타리버섯이나 바나나를 넣은 것을 보고는 그런 것 있으면 같이 먹지 남겨서 버리면 아깝지 않느냐며 음식물 쓰레기 봉투를 힐끗댄다. 그 아깝다는 말은 재활용이라는 측면에서 기왕 버릴 것이면 미리 '자원으로 활용하자'라는 말인지, 아니면 미리 '상납'하라는 것인지 아리송했다. 어쨌든 지하 여자가 우리를 감시하는 것만 같아 불쾌한 것은 어쩔 수 없었다. 불쑥 화가 치밀었다.

일층 주인집 거실 창으로도 내가 계단에 오르는 모습이 대각선으로 잡힐 것이다. 밤이 되면 불 켜진 주인집 거실이 환하게 보인다. 일층 처마 밑에 달아놓은 센서등과, 촉수도 상당히 높은 전구 때문에 내 손에 쥔 것들이 낱낱이 눈에 뜨일 것이다. 주인 부부는 장사를 나갔다가 밤 아홉시쯤 들어온다. 경제활동을 하는, 경제 생산에 어느 정도 기여하는 자원들이다. 그 집은 대개 현관문을 열어놓고 있다. 장사를 마치고 돌아와 늦은 저녁을 먹고 나면 평상에서 지하 여자와 두런거리는 게 거의 일과이다. 나와 아내는 몇 번 그 곁을 지나쳤다. 아내가 끝나고 돌아오는 시간과 맞아떨어졌다. 이 사회의 자원, 즉 인적자원인 이들과 달리 별반 사회에 도움이 되지 못하는, 자원이 아닌 나는 주눅이 들어 몇 번 저 쉿소리들에 대해 말을 할까 하다가 입을 다물곤 했다. 일을 나가지 않는 날, 창대자원이 왕성한 힘을 뽐내는 시간이면 주인 부부는 슬쩍 차를 몰고 나간다. 주로 근처에 사는 동생네로 가거나 아니면 스크린 골프장에 간다고 했다. 그리고 한 달에 두세 번은 필드, 진짜 골프장에 가는 모양이었다.

드디어 일층의 현관을 거치면 우리 집이 있는 이층으로 오르는 계단이 나온다. 그제야 그들의 시야에서 벗어났다는 안도감이 든다. 그렇게 계단참을 돌아 이층 내 집 현관에 선다. 이번에는 창대자원 부부가 빤히 나를 올려다본다. 나는 얼른 시선을 거둬들인다. 대체 무엇 때문에 그렇게 눈치를 본단 말인가. 당당해지자. 외려 저들이 남의 생활을 짓밟아놓고 있지 않은가.

날이 갈수록 점점 의심이 깊어갔다. 어떤 꿍꿍이를 어렴풋이 감지했다고나 할까. 저들 사이에 암묵적인 약속이 있었던 게 아닐까. 집 보러 올 때만 조용히 하기로. 두번째 다시 방을 보러 왔을 때도 조용히 파지만 내려놓고 있지 않았는가. 돌이켜보니 아내가 전날 집주인에게 전화하고 다음 날 나와 함께 왔던 게 분명했다. 정말 감쪽같이 속은 것은 아닌지. 나는 얼른 공인중개사 사무실에서 작성한 임대 계약서를 꺼내 꼼꼼히 살펴봤다. 분명 이곳이 2종 주거지역이고, 또 소음도 보통이라 명시되어 있었다. 보통의 소음 정도야 크게 신경 쓸 바가 아니다. 파지 정도를 내려놓는 그런 소음은 도리어 삶의 활력소가 될 것이라는 각오도 했다. 그런데 집 안에서 전화 통화도 못할 정도이니 그 보통이란 의미는 고쳐져야만 했다. 순간 어떤 생각이 나를 스쳤다. 소음을 감내하는 13번지 주인집과 창대자원 사이에 어떤 관계가 있는 것은 아닐까. 그럴 리가. 집값 떨어지고, 또 세놓기도 힘들 텐데 누가 그 꼴을 본단 말인가. 그렇지만 지금까지 본 저들의 관계는 얼굴을 붉히는 그런 사이가 아니다. 분명 주인 남자가 말했다. 자기가 소음 문제를 조정해보겠다고. 그러나 바뀐 건 아무것도 없다. 아니 오히려 더 심해진다. 지하 여자는 밤늦게 들어오는 아들이 아침잠을 못 잔다며 투덜댔지만, 창대자원 여자와 골목에서 수군덕대는 모습이 내 시선에 몇 차례나 포착되었다. 소음에 대해 항의하는 것일까. 아무래도 지하 여자의 얼굴을 보면 그게 아니다. 지켜본 바로는 지하 여자의 약간 비굴하고 과장된 웃음소리나 표정이 수상쩍다. 창대자원의 굉음은 여전하다.

동네도 마찬가지다. 근처의 고물상 몇 군데가 문을 닫았다는 소리를 해준 동네 슈퍼 아저씨도 처음에 담배를 사러 갔을 때 13번지로 이사 온 사람이냐며 먼저 알은체를 했다. 나와 우리 식구만 모르는 것들이 많다. 불쑥 나는 우리가 감시 당하고 있는 것은 아닐까, 그런 추측이 일었다. 아, 감시는 정말 암보다 해롭다. 이 말은 얼마 전 신문에서 읽은 칼럼의 제목이다. 칼럼에서는 '국가가 개인을 감시하고'였지만 13번지 일대에서는 '개인은 개인끼리 감시하고, 감시당하고'였다. 나도 감시를 시작하자. 나도 창대자원이 빤히 보이는 안방과 작은아이 방을 번갈아 들락거리며 13번지를, 창대자원을 더욱 세밀히 살피기 시작했다. 간간이 사진도 찍어놓았다. 언제 쇠를 때려 부수는 소리가 그칠까, 그리고 어떤 자원들이 사정없이 나를 흔들어놓을까. 방에 숨어 스마트폰 카메라로 창대자원의 방자한 짓들을 녹화했다. 창대자원에서 날아온 시커먼 쇳가루와 먼지가 가득한 방충망이 화질을 떨어뜨렸지만 나는 그 증거들을 몰래몰래 찍어댔다. 급기야는 베란다에 나가 화사하게 피어오른 꽃 옆에서 당당히 그 모습을 담았다. 탕—탕—탕. 쇳조각을 하나하나 약 올리듯 던지는 창대자원 남자의 모습들, 자원을 수거해 갈 집게 차가 우리 집을 울리며 거대한 쇠 팔을 휘젓는 모습들. 집게 차가 쇠를 가져갈 때면 나는 정말로 머리를 벽에 쿵쿵 찧고는 베란다로 달려 나갔다. 이미 스마트폰에 내장된 메모리 용량이 꽉 차 몇 차례나 컴퓨터에다 동영상들을 옮겼다. 모니터 바탕화면에 있는 '창대자원'이란 폴더 속에다 저 자원들이 광포하게 날뛰는 꼴들을 낱낱이 모았다. 그렇게 때를 기다렸다.

3. 타도하자, 창대자원! 끝장내자, 창대자원!

우리의 건강한 삶을 갉아먹는 저 자원들의 횡포를 더는 못 견딘다. 드디어 나는 움직이기로 했다. 인터넷 포털에 들어가 '자원'을 검색하니 탐탁찮았다. '관광자원'이니 '자원봉사자' 같은 내용이 우선 떠오른다. 그러다가 '자원 고갈' 같은 섬뜩한 내용도 보인다. 13번지를 중심으로 한 지도에 자원들의 위치와 전화번호들이 줄줄이 뜬다. 고물상이란 솔직한 상호도 하나 있다. 그러면 그렇지, 자원은 무슨 놈의 자원, 고물상이지. 고물상이란 단어로 검색하니 줄줄이 나온다. 우리처럼 어둠 속에서 숨죽이며 소음을 견디다가 더 이상 치미는 화를 다스리지 못할 때 썼을 법한 하소연들이 이어진다. 나도 그들의 표현들 속으로 빨려 들어간다. 이런 표현들이다. '씹어 먹어도 시원찮을', '지금이라도 뛰어가 때려죽이고 싶은' 고물상. 나도 주먹을 불끈 쥐어본다. 그런데 그런 정보들을 보면서 차츰 나와 아내의 얼굴은 사색이 되어갔다. 답이 없었다. 자원들의 방자한 움직임을 제재할 방법이 없는 것이다.

나는 자원의 무서운 힘과 그들이 왕성하게 번식하도록 내버려두는 이 나라의 아량에 놀랐다. 그리고 절망했다. 육백 평 이하의 고물상은 허가도 신고도 필요 없이 마음대로 차릴 수 있고, 법적인 규제도 없었다. 창대자원의 울타리 안을 가늠해봐도 그 이름만큼은 창대하지 않았다. 고작 이백 평 남짓이었다. 계속 잠을 설친데다 절망적인 상황에 눈앞이 하얗게 변했다. 계약서에 남은 일 년 팔 개월을 어찌 채운단 말인가. 탕탕, 퍽퍽, 창창, 쟁쟁, 펑펑. 숨이 막혀 왔다. 귀를 막으며 벽에 머리를 수차례 처박았다.

이미 전국적 현상이 되어버린 자원들의 밤낮 없는 행보. 대한민국의 자원들은 그렇게 음지에서도 쉬지 않고 일을 한다. '철거 전문, 고철, 비철, 파지'라고 쓴 획일적인 간판들. 언젠가 고물값이 치솟았을 때 정말 자원들이 많이 생겼다. 이제 거기에 종사하는 사람들은 셀 수 없이 많다. 예전에는 길에서 자원 수집을 하는 사람들이 지금 같지는 않았다. 살기가 팍팍하니 어쩔 수 없다. 그래도 창대자원만 떠올리면 나는 고개를 절레절레 흔들었다. 이제 거리를 다니거나 조금 한적한 주택가 골목을 지나칠 때면 그런 간판만 눈에 들어왔다. '다모아 자원', '철거 전문·고철·비철·파지'. 나는 그 곁에서 숨죽이고 웅크린 채 먼지를 잔뜩 뒤집어쓴 주택들을 애처로운 눈길로 바라보았다. 물론 자원들이 다 그런 것은 아니다. 13번지에서 오 분가량 떨어진 곳에 '홍제자원'이 있다. 나는 몇 차례 홍제자원을 살폈다. 창대자원만큼 소리를 내지 않는다. 문을 여닫는 시간도 딱 정해져 있고, 일요일은 쉰다. 홍제자원에서는 들어온 자원들을 하나하나 해체하고 자르고 두들겨대지 않는다. 다시 말하면 홍제자원 정도의 소음은 견딜 수 있다는 말이다. 더구나 홍제자원은 길모퉁이에 있지만 창대자원은 주택들 한가운데에 박혀 있다.

집게 차 후진 경보음이 다시 울린다. 기사의 운전 솜씨도 대단하다. 좁은 골목에서 조금만 삐끗하면 우리 13번지나 창대자원의 담장을 박을 텐데 용케 들어간다. 거의 이틀에 한 번꼴로 오니 익숙해진 때문일까. 그만큼 창대자원이 번창하고 있다는 말이다. 이삼 분 뒤 자원들이 요란하게 트럭에 실린다. '씹어 먹어도 시원찮을', '뛰어가 때려죽이고 싶은' 충

동을 느낀다. 나는 베란다에서 팔짱을 끼고 눈을 부릅뜬 채
그 광경을 지켜본다.

우선 13번지 울타리 안에서 세입자들끼리라도 단합해야 했
다, 창대자원을 타도하기 위해서. 어느 날 오전이었다. 주인
집은 진작 장사를 나갔다. 오후부터 학원에서 수업을 하는 아
내가 지하 여자를 불러냈다. 나는 우선 집주인을 성토했다.
비싼 월세 받으면서 세입자를 보호하지 않는 그들의 우유부
단함에 목소리를 크게 높였다. 그래봤자 격앙된 내 말은 골목
과 마당을 꽉꽉 메운 자원들의 함성에 파묻히고 말았다. 그래
도 나는 결의를 다졌다. 탕—탕—탕, 챙—챙—챙, 우리가 주
인을, 텅—텅—텅, 앞세웁, 쨍그랑, 시다. 그렇잖으면, 띵—
띵, 월세를 못, 타르륵—창, 내겠다고, 와당탕탕, 버팁시다!
지하 여자는 열을 내는 나를 바라보며 이따금 눈만 끔벅였다.

주인집도 수상하다고 느낀 게 한두 번이 아니었다. 간혹 장
사를 나가지 않는 날이면 평상에서 부침개 따위를 부쳐 창
대자원 여자한테 "형님, 이거 잡숴봐"라며 접시를 내미는 것
도 몇 차례 보았다. 우리가 이사 오자마자 우리 앞에서는 가
끔 애처로운 표정을 지으며 창대자원의 소음 때문에 죽겠다
는 소리를 했던 주인 부부였다. 그깟 파지 모으는 고물상 소
음이 얼마나 대단하다고. 그때만 해도 나는 점잖게, 넓은 마

음을 지닌 듯, '어찌합니까, 같이 살아야죠' 따위의 말을 흘렸다. 정말 이사 와서 며칠 지나지 않았을 때였다. 정말 주인 부부가 그 견디지 못할, 그때까지 아직 본격적으로 시작되지 않은 자원의 움직임을 어물쩍 눙치려 했던 말인가.

우리 아이들은 그런 내 말에 질겁했다. "아빠, 정말 그러실 수 있어요? 우리가 죽을 것 같은데 뭘 같이 살아요. 좀 정직해지세요." 정말 나는 바보 같다. 지적으로 한참 모자라는 바보. '근수'는 모르고 '권수'만 아는 천치. 처음에 내 눈에는 자원의 남자가 착한 사람으로 보였다. 게다가 그는 한쪽 귀가 안 들린다 했다. 나중에 생각하니 당연했다. 온종일 저 쇳소리를 끌어안고 지내는데 귀가 어떻게 성할 수 있을까. 그때만 해도 그걸 몰랐다. 내가 "그래도 사람들은 좋지 않습니까", 하자 지하 여자는 먹이를 채는 고양이 눈을 하고 나를 뚫어져라 바라보았다. "저 사람들이 좋다구요? 천만에요. 내가 이사 온 지 반년이 다 되어가는데 저 인간들이 한 짓을 보면 전혀 착한 사람들이 아니라니까요. 우리가 초인종 달아놓은 것을 다 부숴버리고, 아들 차도 쇠꼬챙이 같은 걸로 긁어놓아 돈 들여 도색을 다시 했다니까요. 저 인간들이 분명해요. 내가 시끄럽다고 따지고 난 뒤 며칠 있다가 그런 일이 있었으니까." 지하 여자는 주인 부부에 편승해 '창대자원이 나쁘다'고 강조했다. 지금은 대체 뭐란 말인가. 우리가 오고 나서 저들 사이에 어떤 거래 같은 게 있었던 것만 같았다. 그렇지 않다면 어떻게 저리 돌변할 수 있을까.

곰곰 상황을 정리해봐도 도무지 감이 오질 않았다. 정말 이상했다. 지하 여자에게 창대자원 여자와 까르륵 웃어대며 무슨 얘길 그리 자주 주고받느냐고 묻고 싶었지만 참았다. 아군을 잃을 수는 없었다. 지하 여자는 내 말을 들으며 어쩌다 고개를 끄덕였을 뿐, 주인을 앞세우자는 내 의견에는 입을 꼭 다물었다.

쨍강쨍강, 챙, 탕—탕—탕, 드—르—르륵. 물론 그런 소리의 진원지는 처음에 내가 착하다고 여겼던 창대자원의 남자다. 자원이 들어오지 않는 때에는 쌓아놓은 것들을 두드리고 분해한다. 마치 가만두면 군기가 빠질까 봐 훈련이라도 시키듯 쌓아놓은 자원들을 끄집어낸다. 전기드라이버 소리가 드르륵 요란하게 나서 또 무슨 소리인가 싶어 창으로 내다보면 고장 난 휴대용 가스레인지의 불 조절용 플라스틱 손잡이를 떼어낸다. 쇠로 된 부분을 망치로 사정없이 두들겨 납작하게 만든다. 그다음 플라스틱은 플라스틱이 쌓인 칸으로, 쇠 부분은 납작하게 찌부러져 쇠들이 집결한 칸으로 들어간다. 타—앙. 그렇게 한시도 가만있지 않고 집어 던진다. 기계톱으로 요란하게 쇠를 절단한다. 위—이—이—잉! 매캐한 냄새를 뿜어 올리며 산소용접봉 불꽃으로 무쇠로 된 보일러 통 따위를 절개한다. 한쪽을 열어젖힌 다음 비어 있는 공간에 다른 고철을 채워 넣어야 부피가 줄어들어 집게 차가 왔을 때 많이 실을 수 있어 그런 것 같았다. 한마디로 수납을 잘하는 것이다. 그 빈 무쇠 보일러 통을 채우며 쇠들은 다시 소리를 지른다. 잔뜩 군기가 든 높고 날카로운 소리를. 타—앙 타—앙.

그는 착한 사람이 아니라고, 이미 오래전에 정정했다. 대체 주택가 한가운데에서 '자원'을 내세우며 저런 행패를 자행하고 있다니. 이제 캔 따위를 찰캉 던지는 소리만 들어도 잠에서 화들짝 깼다. 문도 열기 전 골목에 자리해 웅성대는 무시무시한 노인네들. 창대자원 부부야 말할 것도 없다. 13번지 주변의 집들도 이상했다. 정말 '도통한' 사람들만 산다고 여겼다. 그게 아니었다. 나는 관찰과 정보 수집을 통해 그 까닭을 알았다. 옆집 주인은 창대자원 남자와 초등학교 선후배 사이였다. 또 한 집 건너 있는 삼층짜리 태영주택의 일층은 창대자원에서 실려 나온 자원들을 다시 사들이는, 창대자원보다 훨씬 창대한 고물상을 운영하고 있었다. 다만 13번지 구성원들의 속내는 여전히 깜깜했다.

그러던 어느 일요일 아침, 일이 터졌다. 아침 일곱시가 조금 넘었을까, 방에서 석유 냄새가 코를 찔렀다. 방 안으로 시커먼 연기가 빠르게 밀려들고 있었다. 잠결에 창대자원에서 산소용접봉으로 쇠를 자르는 소리를 듣기는 했다. 치—지—지—직, 치—지—지—직!

맨발로 발코니 쪽으로 뛰어나갔다. 나가보니 창대자원의

남자가 용접봉으로 자르던 보일러 통에서 불길이 치솟았다. 나는 얼른 아내와 아이들을 깨우고, 스마트폰으로 그 기막힌 광경을 촬영했다. 통 안에 남아 있던 석유에 용접봉의 불꽃이 튀자 불이 붙은 것 같았다. 겁이 없는 창대자원의 남자는 기름에 붙은 불을 끄려 보일러 통에다가 물을 부었다. 다시 불길이 활활 솟구쳐 올랐다. 옆으로는 파지가 산을 이루고 있었다. 냄새에 뛰어나온 13번지 사람들은 창대자원으로 몰려갔다. "이제 하다 하다 유독가스까지 배출합니까? 저 종이 더미에 불이 붙으면 이 근처는 불바다가 되는 게 뻔한데 겁이 없는 거요, 뭐요?" 내 목소리는 한껏 격앙되어 있었다. 그제야 13번지 주인 여자가 한마디 거들고 나섰다. "아저씨, 좋은 게 좋다고 했는데, 이게 뭐예요? 얼마나 놀랐다구요." "내, 미안하게 됐시다." 창대자원 남자는 그 헌 보일러 통의 불길 위에 곧 자원으로 분해될 알루미늄 새시 문을 올려 공기를 차단했다. 불길이 통 안에 갇혔다. 곧바로 불길이 닿는 새시 문의 유리가 열기에 터져 사방으로 튀었다. 나와 아내, 그리고 놀라 뛰어나온 13번지 사람들은 얼른 한쪽으로 물러났다. 근데 그게 전부였다. 일층 주인 부부도, 지하 여자와 아들도 뒤돌아서서 대문 쪽으로 발을 떼기 시작했다. 난 가만있을 수가 없었다. "뭐요? 미안하게 됐시다, 그걸 말이라고 합니까?" 그때 불법으로 설치한 창대자원의 사무실(창대자원 남자는 가끔 거기서 잠을 잔다)에서 주인 여자가 나오며 내게 대들었다. 내가 베란다에서 동영상을 찍으면, 영업방해죄로 고발하겠다며 으름장을 놓던 여자였으니 나와 사이가 좋을 리가 없었다. "고물상이야 어느 정도 시끄러운 게 당연하지. 그것도 모르고 이사 왔나. 어디 맘대로 해봐. 영업방해죄로 집어넣을 테니." 더 말을 섞다가는 멱살이라도 잡힐 것 같아 나는 씩씩 숨을 몰아쉬며 물러섰다.

13번지 사람들이 평상 옆에 죄 모여 있었다. 우리 아이들도 함께였다. 창대자원 타도를 위한 대책 회의를 열자고 나는 주인집을 강하게 몰아세웠다. 나는 이런 말도 했다. "나도 한 집안의 가장이올시다. 내 가정의 안정과 평온을 지킬 의무가 있다 이 말입니다. 벌써 몇 달째 저 고물상 때문에 시달리는 거 잘 알잖아요. 뭐, 날 영업방해죄로 집어넣는다고. 그 말들었죠? 집주인으로서 세입자를 보호할 의무가 있는 것 아닙니까? 내일이라도 구청에 민원 내러 같이 갑시다." 주인 부부는 한참을 머뭇댔다. 내 눈이 활활 탔다. "하기야 고물상이 맘대로 하라 했으니까." 이글거리는 내 눈을 보고는 어물쩍 넘어갈 수 없겠다 싶었는지 그리 대꾸했다. 함께 구청에 들어갈 시간을 정했다. 그때까지 촬영한 동영상과 사진을 USB에 담았다. 타도하자, 창대자원! 끝장내자, 창대자원! 내 가슴은 불탔다. 창대자원 보일러 통에서 뿜어져 나와 내 몸에 후끈 전해지던 열기보다 더 뜨거운 게 내 가슴을, 내 머리를 뒤덮었다.

4. '쌩까다'

구청의 민원실로 향하며 입을 다물고 있는 주인 남자에게 나는 한껏 목청을 높여 떠들었다. "저 고물상이 있으면 집값도 떨어집니다. 또 누가 세 들어옵니까. 이참에 그쪽도 잘된 일이지요. 저 사람들 먹고사는 게 좀 걸리지만 우리도 살아야 할 것 아닙니까. 내 머리 위쪽은 누가 강제로 뜯어낸 것처럼 늘 멍하고 감각이 없을 정도예요. 창대자원의 소음 때문에 견뎌낼 수가 있어야지." 주인 남자는 운전대를 잡고 앞을 바라본 채 심드렁하게 한마디 툭 던졌다. "근데 쉽지는 않을 겁니다." 나는 인터넷을 떠도는 고물상에 대한 수많은 기사를 본 터라 그게 무슨 말인지 알았다. 가슴이 먹먹해지더니 뜨끔뜨끔 저며왔다. "할 수 없잖습니까. 해보는 데까지 해보는 겁니다. 그래야 저들도 조금은……" 벌써 맥이 빠지고 있었다. 구청의 담당 주무관에게 동영상과 주소, 이름, 전화번호를 남기고 돌아왔다.

다음 날 구청으로부터 연락이 왔다. 조치를 취하는 절차에 들어갔다고 했다. 무엇보다 13번지와 창대자원이 있는 인근은 2종 주거지역이라 고물상이 들어올 수 없다며 좀 참고 기다리라는 것이었다. 나는 "감사합니다"를 연발했다. 조속한 조치가 취해지도록 애써달라고 정말 '간곡히' 부탁을 했다. 이제 너희도 끝이다. 주무관은 몇 달 걸린다고 덧붙였다. 그다음 이야기는 잘 들리지 않았다. 쾅—쾅. 성이 난 창대자원이 사납게 포효하고 있었다. 집게 차가 쇠를 집어 적재함에 싣는 소리였다. 나는 창문을 모두 닫았다. "넉 달씩이나요?" "다 행정적인 절차가 있는 법입니다." 나는 다시 창문을 열어젖히고 주무관에게 전화기를 통해 창대자원의 거창한 소음을 들려주었다. "저 소음 들리시죠?"

전화를 끊고 나는 베란다로 나와 담배를 피워 문 채 창대자원을 내려다보았다. 적재함에 고철을 가득 실은 집게 차가 빠져나간다. 창대자원 여자는 보이지 않고, 남자가 다시 뭔가를 꺼내 분해하고 있었다. 그 전동드릴 소리가 다시 귀를 후벼 팠다. 그래, 실컷 해봐라. 언제까지 하나.

기온이 삼십오 도 가까이 치솟은 한낮이다. 숨도 쉬기 힘든 땡볕 아래에서 해체 작업에 여념이 없는 창대자원의 남자를 보며 문득 그가 수행을 하고 있다는 생각까지 들었다. 한 시도 쉬지 않는, 정말 이 나라의 바람직한 자원상(像)이다. 표창장을 주어도 모자랄 정도로 오로지 묵묵하게 입을 꽉 다문 채 자기 일만 한다. 그가 나를 힐끗 올려다보았다. 그때 리어카에 자원을 가득 실은 노파가 창대자원으로 들어섰다. 언젠가 잠깐 창대자원에 사람이 없을 때 나한테 물 한잔 달라던 노파였다. 그때만 해도 '같이 살려고' 했을 때라 얼른 페트병에다 물을 담아 주었다. 노파는 근수가 잘못되었다고 창대자원 여자와 실랑이를 벌인다. 나는 물끄러미 그 광경을 지켜보다 고개를 돌렸다. 이제 부딪힐 일도 없다. 어차피 시간이 지나면…… 언제 그날이 올까. 그날이 오면……

장사를 끝내고 온 주인 남자에게 구청 주무관의 말을 전했다. 주인 남자는 그제야 사정을 털어놓았다. 그날 알게 된 사실인즉, 창대자원이 원래 13번지의 주인이었다는 것이다. 그것도 13번지의 전 주인이 창대자원에게 늘 시끄럽다고 딴죽을 걸고 사사건건 트집을 잡았기에 급기야는 융자를 잔뜩 얻어 13번지 집을 샀다고 했다. 자원이 막강한 힘을 발휘하며 몸값이 절정에 다다를 때였다. 창대자원은 인근에다 또 다른 창대자원 2호점, 3호점을 열었다. 얼마 안 가 곧 자원의 가치가 곤두박질치기 시작했다. 창대자원 부부가 13번지 집을 사며 빌린 융자액과 2, 3호점을 내며 빌린 돈을 감당 못하다가 급기야는 새벽에 도주(주인 남자는 간단한 짐만 꾸렸다고 했다)하려는 걸 붙잡았다고 했다. 그때 창대자원 부부는 지하에 살았는데, 새벽부터 달그락거리며 문에 짐이 부딪히는 소리를 이층 세입자가 듣고서 알려왔다는 것이었다. 나는 뭔가 이상하다고 느꼈다. 주인 남자는 어떻게 창대자원의 사정을 그리 세세하게 알고 있을까. "그때 우리가 일층에 전세로 살고 있었으니 창대자원 일은 잘 알지요." 세 들어 살다가 전세보증금이 날아갈까 봐 경매에 들어가려는 이 집을 하는 수 없이 떠안았다는 것이다. 자기네도 아직 창대자원으로부터 이천만원 정도 받을 돈이 있다고 했다. 소송을 하려 했지만 쉽지 않아 포기했다는 말도 이어졌다. "남은 돈은 갚겠다고 했으니 기다려야죠. 뭐, 별수 있나요." 돈을 받기 위해 주인 부부는 창대자원에게 큰소리를 내지 못한 것일까. 그래도 석연찮아 보이는 뭔가가 있었다.

주인 남자는 내가 구청 주무관의 말을 전할 때 이제 창대자원과는 '쌩까면' 그뿐이라 했다. 나는 고등학교에 다니는 작은아이에게 '쌩까다'의 뜻을 물었다. "그건 절교하거나 아님 그냥 무시해버리는 거예요." 며칠 지나자 13번지 담장 안에서 지하 여자와 주인 부부는 나와 아내에게, 그리고 인사를 하는 우리 애들에게 '쌩까는' 행동을 취했다. 그러다가 또 갑자기 알은척을 한다. 그리고 다시 '쌩깐다'. 하루하루 종잡을 수 없는 상황이 13번지 안에서 벌어지고 있었다. 나는 다시 며칠 동안 벌어진 일들을 정리해봤다.

7월 20일: 창대자원에서 불을 내고, 유독가스가 13번지를 뒤덮은 다음 날로 구청에다 민원을 넣었다. 창대자원의 저 악행을 근절시켜달라고. 그리고 나와 아내를 포함한 13번지 사람들이 밤에 치킨을 시켜놓고 맥주와 소주를 마시며 창대자원에 어떻게 대항할지 의논했다. 물론 제일 믿을 만한 것은 공권력이었다.

7월 21일: 우리 민원을 접수한 구청의 주무관이 전화를 해왔다. 애초 민원을 넣을 때 주인 남자가 난감해하며 머뭇대기에 내 이름과 전화번호를 알려주었다. 소음과 공해 문제는 환경 담당이 그날 중으로 조사를 나갈 것이고, 창대자원의 위치가 2종 주거지역에 있기 때문에 불법 건축물을 뜯어내라는 명령과 함께 고물상이 있기 전의 원상태로 돌려놓으라는 행정명령 절차에 들어갈 것이라고 했다. 그래도 이행을 안 하면 고발 조치한다는 말을 들었다. 철거 명령은 몇몇 부서에서 나누어 절차를 밟는다고 했다. 나는 그 말을 주인 남자에게 전했다. 그는 창대자원과 '쌩까면 된다'며 결의를 다졌다.

7월 22일: 하루 종일 창대자원의 자원들이 우리 13번지를 향해 시위를 벌였다. 쾨―당, 꽝―당, 텅―텅. 그날 들은 소리들을 옮기려면 내가 알고 있는 의성어를 다 동원해도 모자랐다. 차르륵, 타르륵, 드르륵. 몇 시간 동안 정말 난폭한 자원들의 시위 장면을 나는 베란다에서 동영상으로 찍었다. 나를 발견한 창대자원 남자의 고함 소리. "야, 공무원 나왔다 갔어. 뭐, 우릴 쫓아내? 웃기지 마. 내일부터는 더 일찍 열 거야. 그리고 그 집 지하하고 니네 집 창고가 불법인 거 알지? 내가 고발해서 다 뜯어낼 거야. 이것들이 사람을 우습게 알고. 야, 니가 배웠으면 얼마나 배웠어. 배우면 뭘 해. 없이 사는 사람들 등이나 치지. 얼마나 똑똑한가 보자. 우리같이 하루 벌어 하루 먹는 사람을 괴롭혀? 내일 아침부터 두고 봐, 몇 시에 문 여나."

7월 23일: 다섯시 반경 창대자원의 육중한 문이 야단스레 삐걱대며 서둘러 아침을 맞이했다. 부지런한 태양은 벌써 우리 현관으로 뜨거운 열기를 불어 넣고 있었다. 연일 삼십 도가 넘는 폭염. 그 폭염과 함께 13번지의 상징이 된 창대자원의 그 요란한 소리들. 정말 세 시간 정도 그 쇳소리가 이어졌다. 주인집도 쉬는 날이었다. 그런데 나와 마주한 주인 남자가 모른 척 집으로 들어간다. 아마 잠을 설친 탓이겠지, 나는 그렇게 치부하고 말았다. 쇳소리를 피해 그리고 아내의 출근과 함께 집을 나설 때는 평상에 있던 주인 여자와 지하 여자가 우리를 보고 슬그머니 고개를 돌린 채 '쌩깠다'. 평소였다면, 그러니까 민원을 넣기 전까지만 해도 '잘 다녀오라'든가 '이따 저녁에 산책 갑시다' 따위의 말을 했을 것이다. 그런데 모른 척하는 것이다. 창대자원 남자의 말이 떠올라 13번지 등기부등본을 다시 꺼내 꼼꼼히 읽었다. 일층과 이층은 슬라브조의 주거시설로 되어 있다. 이제 보니 창고로 되어 있는 지하를 불법으로 세놓은 것이다. 우리 집 짐을 잔뜩 넣어둔 계단참의 창고도 불법인 게 분명했다. 아뿔싸, 창대자원이 그것을 물고 늘어지는 것 아닌가.

7월 24일: 창대자원의 소리는 역시 우렁우렁하다. 다섯시 삼십분. 희망에 찬, 저 위대한 소리들. 국가에 보탬이 되고 인류에 유익한 저 행보에 동참하지 않는 버러지 같은 인간들은 괴롭겠지만, 근면과 성실로 무장한 저 자원들을 움직이는 사람들에게는 힘이 솟는 행진곡 같은 소리일 터였다. 그런 믿음으로 자원들은 씩씩한 행진을 시작한다. 그런데 경찰에 창대자원을 신고할 일이 벌어졌다. 창대자원 남자는 쇳소리를 피해 도서관으로 가는 내 작은아이에게 욕을 퍼부으며 달려들었다. 아이가 그를 째려봤다는 게 이유였다. 피가 머리 위로 치솟았다. 순찰차가 도착했다. 경찰은 자기네가 어찌할 상황이 아니라며 창대자원에게 주의를 주고 돌아갔다. 그날 경찰이 해준 역할은 오전 여덟시 삼십분에 문을 열라는 내 강력한 항의를 전달한 것이다.

전날 '쌩까던' 주인 남자가 나를 보자고 했다. 이번에는 몇 시간 동안 내가 '쌩깠다'. 우리 아이가 창대자원 남자에게 당하는 것을 멀찌감치 떨어져 바라만 보고 있던 인간 아닌가. 저녁에 아내에게 좀 보자고 주인 여자가 전화했다. 어쨌든 집주인 아닌가. 그날 우리 부부가 주인으로부터 들은 이야기는 지하를 살기 좋게 리모델링한 사람은 바로 창대자원의 부부라는 말이었다. 그러니까 불법으로 지하를 개조를 한 게, 또 우리가 쓰는 창고를 만든 게 전부 창대자원 부부였다. 근데 그걸 물고 늘어지니 집주인인 자기네도 어쩔 줄 모르겠다고 고개를 숙였다. 나는 뭔가 해법이 있을 거라며 집으로 올라왔다. 씩씩대던 지하 여자는 당장 어디로 나가냐며 아내에게 침을 튀기며 소리를 질렀다.

7월 27일: 건축 담당 공무원에게 13번지 지하에 대해 문의했다. 현재 집주인에게 벌금과 철거하라는 명령이 떨어질 것인데, 사람이 살지 않으면 큰 문제는 없을 거라는 것, 그리고 아직 공소시효가 지나지 않았다면 원인 제공자, 즉 창대자원 주인을 고발할 수 있다는 답변을 들었다. 나는 주인 남자에게 걱정 말라며, 이참에 창대자원을 정리 못한다면 계속 '코가 꿰어' 살 거라는 점을 강조했다. 지하 여자도 떼어놓았던 주민등록등본을 가지고 올라와 자기 주소가 지하로 되어 있지 않으니, 자기네가 일층에 산다고 우리가 입을 맞춰주면 그렇게 할 것이라는 다짐을 했다. 우리는 주민등록상의 주소를 이층으로 분명히 했다. 주인 여자가 쪼르르 창대자원에 달려가 자꾸 그러면 이 집을 불법으로 개조한 창대자원 부부를 자기네도 고발할 수 있다는 말을 전했다. 이날은 13번지 사람들이 서로 '쌩까지' 않았다.

7월 29일: 구청에서 환경 담당이 나왔다 갔다. 도시건축과 담당이 증거 확보를 위한 사진 촬영을 할 것이고, 2종 주거지역(더구나 창대자원으로부터 백 미터도 안 되는 위치에 유치원이 있다)에 고물상이 영업할 수 없다는 법에 따라 창대자원이 들어오기 전 상태대로 원상 복귀하라는 행정명령을 내릴 것이라는 말을 들었다. 햐—아, 꾹꾹 눌렸던 숨통이 트여왔다. 나는 주인집과 지하에게 창대자원이 날뛸 테니 낮에는 피해 있으라 전했다. 그런데 그날 밤 주인집과 지하 여자가 퇴근하는 아내를 보고 다시 '쌩까기' 시작했다. 나는 부르르 진저리를 쳤다.

7월 31일: 창대자원은 여전히 건재하다. 아니 그렇지 않다.

창대자원의 문이 열려도 남자가 보이질 않는다. 그때 주인 남자가 평상에서 나를 부른다. 내려가니 지하 여자는 창대자원 남자가 쓰러져 출근도 못한다고, 그게 다 우리가 준 스트레스 때문이라고 못 박았다. 친척이 죽어 상갓집에 갔다가 술 먹고 쓰러져 정신을 못 차린다며 창대자원 여자와 지하 여자가 하는 말을 들었었다. 거기다 계속 이어지는 삼복의 폭염 아래서 쉬지 않고 일을 하는데 쓰러지지 않는 게 이상할 정도였다. 나는 기가 막혀 지하 여자를 빤히 쳐다봤다.

주인 부부는 한술 더 떴다. 모든 것을 우리 뜻대로 하란다. 공무원이 나오면 "살림하는 게 빤한 지하를 어떻게 창고로 속일 수 있겠나"며, 또 "공무원이 속아 넘어가겠느냐"고 했다. 만약의 경우 창대자원이 고발하면 지하는 쫓아낼 수 없으니 벌금을 내고 계약 기간 동안 살게 하겠다는 것이다. 그런데 우리 짐을 넣은 창고는 부수겠다고 한다. 분명 우리 계약서에는 그 시설 일체가 포함되었다. 그게 없었다면 이리로 이사 오지 않았을 터였다. 괘씸했다. 그러니까 '당신네가 참지, 왜 들쑤셔서 이 꼴로 만들어', 그런 뜻이었다. 그동안 13번지를 위해 수집한 정보와 수습 방안을 말할까 하다 그만두었다. "맘대로 하쇼. 당신들이 벌금 내든 말든 난 상관 안 하니까 맘대로 해보쇼. 나도 짐 못 빼. 계약에 있는 대로 할 테니 어디 두고 보쇼." 내 어투도 창대자원 남자의 그것을 닮아 있었다. 달라진 내 어투에 실린 통고가 주인네를 놀라게 했나 보았다. 그들의 낯빛이 어두워졌다. 난 한마디 더 덧붙였다. "당신 말대로 이제 쌩깝시다!" 그때 지하 여자가 뛰어들어오더니 나와 아내를 향해 삿대질을 해댔다. "가만있으면 됐는데 당신네가 전부 이렇게 만든 거 아니야? 배웠다는 사람들이 그냥 빠져주면 될 일이지, 왜 위세를 부려 들쑤셔놔." "아니, 그럼 고물상 소리는 우리 집이 제일 시끄럽게 들리는데 어떻게 살아요?" 아내가 항변했다. 내가 나설 차례였다. 나는 거칠게 쏘아붙였다. "아니 배우고 안 배우고가 무슨 상관이요? 사람이 죽겠는데. 그럼 안 배우면 막 불법 저지르고, 남이야 죽는다고 해도 제 잇속만 챙겨도 된단 말입니까?" "뭘 그렇게 잘난 척해요? 주인집이랑 난 못 배워서 몰라요. 남이 죽든지 말든지." "뭐요, 모른다구요? 진짜 말해볼까요? 입 다물고 있으니까, 정말. 아주머니도 다 알고 들어온 것 아닙니까? 13번지 등기가 12월 12일인가 났는데 등기도 나기 전에 계약하고 세를 살았다면 지하가 싸고 넓기 때문 아닙니까? 그러니까 불법시설에 알고도 들어온 건 아주머니 맞잖아요. 어디다 화살을 돌립니까? 정 그러면 부동산중개인이 책임질 일이지, 어디다가 책임을 돌려요! 지하도 불법시설이고 고물상도 불법이라 이 말이요." 나는 씩씩대며 다시 '쌩까자'는 말을 뱉었다.

8월 1일: 여덟시 삼십분에 창대자원이 다시 문을 열었다. 모든 게 전과 다름없었다. 폭염에도 자원들의 행진은 멈출 줄 모른다. 다시 줄지은 리어카 주인들의 소리. "어찌 자기들만 산대. 지금이 몇 신데 문을 못 열게 해. 못된 것들!" "노인들이 이렇게 쭈그리고 앉아 있는 거 보면 짠하지 않나?" 아침 다섯시 좀 넘으면 참새 소리와 함께 우리 방 안으로 사정없이 쳐들어오던 귀에 익은 음성들. 얼굴을 안 봐도 누군지 다 안다. 우리와 지하는 서로 '쌩깠다'. 가끔씩 창밖에서 지하 여자와 창대자원 여자가 같이 웃으며 말하는 소리가 들려온다. 주인 부부는 어정쩡하게 우리를 대한다. 물론 말을 섞지 않았다. 집세를 내야 하는 날이다. 그 돈을 내고 이 집에서 살 수는 없다. 그렇다고 내가 물러날 수도 없다. 그래도 집세를 냈다. 평상에서 두런거리는 지하 여자와 주인 부부의 대화로 미루어 두 집이 함께 장어구이를 먹고 온 모양이다. 분명 우리가 낸 월세를 가지고 보신을 했을 터였다.

8월 2일: 일요일이다. 역시 창대자원은 문을 열었다. 주인 부부는 골프가방을 들고 집을 나섰다. 그런데 한 시간가량 소리들이 나더니 창대자원의 문이 닫히는 소리가 났다. 갑자기 찾아온 정적. 나는 그 고요 속에서 한가로이 보내는 휴일을 맞았다. 그런데 두 시간이나 지났을까. 창대자원 트럭의 엔진 소리가 들린다. 창문으로 내다보니 창대자원 부부와 지하 여자가 함께 내리는 것이 아닌가. 지하 여자의 손에는 선물 박스 같은 게 들려 있었다. 목사님, 어쩌고 하는 것을 보니 함께 교회에 다녀오는 게 틀림없었다. 아마도 교회에서 서로의 안

녕을 위해 간절히 기도했겠지. 고물상을 보존케 해달라고. 지하를 보존케 해달라고. 나도 기도한다. 어서 저 소리에서 해방시켜달라고. 대문으로 들어서던 지하 여자와 눈이 마주쳤다. 얼른 지하로 숨어든다. 다시 창대자원에서 나는 자원의 소리가 일요일을 들쑤시고 있다.

나는 계단에 서서 내 손에 쥔 칼을 바라본다. 저 창대자원을 향할, 그리고 13번지의 주인과 지하를 향할 번득이는 칼날을. 창대자원만 13번지 지하의 비밀을 아는 것도 아니다. 나는 더 정확히 알고 있다. 그렇지만 분명히 짚자. 이 모든 원인은 창대자원이다. 어디, 너희만 자원이냐. 나도 당당한 자원이다. 창대자원을 타도할 강력한 자원이란 말이다. 이제 '근수'를 알아채기 시작한 자원이란 말이다.

평상에서 식용유 냄새가 올라왔다. 주인 여자가 마당에서 딴 호박과 부추로 평상에서 부침개를 부치는 모양이었다. 잠시 뒤 13번지 대문이 열리더니 "형님, 잡숴봐"라며 창대자원 여자에게 종이 접시를 내미는 주인 여자의 목소리가 들려왔다. 또 한 시간쯤 지나자 창대자원 여자는 수박과 참외를 사 들고 13번지 대문을 두드렸다. 지하 여자의 호호 웃는 소리가 들린다. 다시 이층의 우리를 뺀 13번지 사람들과 창대자원이 하나로 뭉쳐 돌기 시작했다.

5. 그날이 오면

나는 구청에서 알려준 기간을 가늠했다. 창대자원이 버틴다는 가정 아래 모든 절차가 끝나려면 넉 달 가까이 걸릴 것이다. 그리고 그때까지도 버틴다면 경찰에 고발이 들어갈 것인데 그게 집행되는 정확한 날도 아직 모를 일이다. 그 기간이라는 게 가슴을 꽉 짓눌렀다. 어찌 되었든 나는 '그날'을 기다린다.

이사 오기 전 아파트에 살 때 위층, 407호는 무지 시끄러웠다. 초등학교에 다니는 남매가 있었는데 사내아이가 장난이 심했다. 밤에도 벽에 대고 공을 차고, 늘 쿵쿵 뛰어다니고 거기다가 개까지 길렀다. 부부 말고 할머니가 같이 살았는데 다리 한쪽이 불편해서 늘 뒤뚱뒤뚱 거구를 움직였다. 그 소리가 대단했다. 다—다—다—당. 보폭이 잘면 사내아이다. 쿵—쿵——쿵—쿵, 이건 균형이 맞지 않는 다리를 움직이는 할머니 소리다. 쿵—쿵—쿵, 이건 그 집 부부가 내는 소리다. 거기다가 툭하면 마늘 빻는 소리. 그렇지만 이웃이라 어쩌지 못하고 엘리베이터에서 만나면 인사를 하며 지나쳤다. 간혹 그쪽에서 먼저 선수를 치기도 했다. "애 좀 야단치세요. 애가 늘 뛴다니까." "뭘—요, 자랄 땐 다 그렇죠. 저도 사내애만 둘 키웁니다." 나는 속에 없는 말로 얼버무리곤 했다. 어느 날 407호 할머니가 먼저 말을 걸었다. 12월 21일, 겨울방학 하자마자 남매가 일 년 동안 미국으로 어학연수를 간다는 것이었다. 애들 아버지가 미국지점으로 발령이 나서 그렇게 되었다고 했다. "그러니까 그동안만 참아줘요. 이거 미안해서." "무슨 말씀을요. 아닙니다!" 잔뜩 신이 난 내 목소리는 높아졌다. 나는 그날을 기다렸다. 12월 21일. 가슴을 졸였다. 21일이 왔다. 그런데 어찌 된 일인가. 소리는 계속되지 않는가. 뭔가 잘못된 걸까. 그것도 하루 이틀이 아니었다. 그렇다면 미국 간다는 말은 괜한 것이었나. 아니면 계획이 변경된 걸까. 변경되었다면 언제 가는 걸까. 아예 가지 못하게 된 것일까. 나는 맥이 풀렸다. 아예 21일에 대해 듣지 않은 것만도 못했다. 다―다―다―당, 왕―왕―왕, 다―다―다―당, 쿵―쿵. 나는 그 소리의 진원지 쪽을 절망에 찬 눈으로 올려다보았다. 그런데 정말 한 달인가 만에 그날이 왔다.

나는 창대자원이 타도되는 그날을 손꼽았다. 그날이 오면, 그날이 오면. 그렇게 며칠이 흘렀다. 13번지 안에는 여전히 묘한 기류가 감돌았다. 창대자원은 계고장을 받았는지 이번에는 이층을 올려다보며 흘끔흘끔 눈치를 본다. 며칠 전부터 그 집 아들까지 나와 함께 일을 한다. 창대자원 아들은 골목에서 나와 마주치자, "배울 만큼 배운 분들이 이렇게 사는 사람들 형편 좀 봐주시죠"라며 어색한 웃음을 짓는다. 이렇게 사는 사람들이라니, 나도 하루 벌어 하루 살기가 빡빡하다. 창대자원 아들은 외제차 '푸조'를 끌고 다닌다. 내 차는 십여 년을 탄 국산 소형차다. 흔들리면 안 된다. 애처롭게 표정 짓는 저들의 얼굴에 절대 현혹되면 안 된다. 저들은 자원을 통해, 아니 자원을 빌미로 자기들의 배만 채우고 있다. 나는 집에서 제대로 일을 할 수가 없다. 아내도 마찬가지다. 대학생인 큰아이도 학교도서관으로, 아니면 알바를 하러 집을 빠져나간다. 한창 입시를 준비해야 하는 작은아이는 시립도서관이 문을 닫는 공휴일이라도 되면 소리를 질러댄다. "아, 먼저 아파트로 돌아갈 수 없어요?" 그건 불가능한 소리다. 이 나라의 유용한 자원이 되지 못한 내 탓이다. 월세 내고 아이들 학비라도 내려면 케이블방송에서 쉬지 않고 내보내는 고금리의 대부 광고를 눈여겨보아야 하는 처지이다.

쉬지 않고 들락거리는 리어카, 트럭. 자원 수집을 하는 노인들이 우리 이층을 원망스레 바라본다. 문 닫으면 저 리어카들은 어디로 가나. 어두운 얼굴로 들어온 나는 뜬금없이 그런 소리를 했다. "저 노인들, 홍제자원으로 가면 되겠지? 근데 거기도 주택가라 뜯길지도 몰라. 다른 시에서는 저런 고물상들을 주택가에서 조금 떨어진 곳에 열도록 부지 같은 걸 제공했다는데." "아빠, 왜 그러세요, 정말! 저 사람들이 언제 우리 사정 봐줬어요? 죽든 말든 몰라요. 최소한의 우리 생존권이에요. 이중적인 말 마세요." 아이들의 힐난. 다시 쇠를 메치는 우당탕탕 소리. 그래, 잠깐 또 그놈의 감상에 빠졌다. 정신 차리자. 정말로, 타도해야 한다. 저 창대자원을. 나를 일깨우는 쇳소리들을 들으며 나는 흐트러졌던 전열을 다시 가다듬는다.

　그렇게 8월 15일 광복절이 왔다. 창대자원은 변함없이 문을 열었다. 주인 부부와 지하 여자가 함께 차를 타고 집을 나섰다. 나는 창대자원의 소리에 맞서려고 텔레비전의 소리를 크게 높여놓았다. 어디선가 광복절을 맞아 심훈의 시를 낭송했다. "그날이 오면, 그날이 오면은, 삼각산이 두둥실……" 그래, 해방이다. 저 창대자원의 횡포에서 해방되리라. 나는 아랫배에 힘을 잔뜩 넣고 크게 숨을 들이마셨다. 그날이 오면, 그래 그날이 오면, 나도 창대해지리라. 그날이 오는 순간을 그리는 그때였다. 내 비장한 표정을 뚫고 다른 가사가 실린 멜로디가 입 밖으로 튀어나왔다. "그날이 오면, 그날이 오면, 내 형제 그리운 얼굴들, 그 아픈 추억도, 아아— 짧았던 내 젊음도 헛된 꿈이 아니었으리, 그날이 오면, 그날이 오면."
　대학을 다니던 이십대에 곧잘 부르던 노래였다. 시위를 준비하며 학생회에서 틀어대던 낯익은 멜로디와 가사. 그때 자주 듣고 부르던 노래가 「그날이 오면」이었다. 하필 창대자원을 타도해야 할 이 시점에 대체 그 노래가 왜 튀어나온단 말인가. 이십여 년을 잊고 살던 노래 아닌가. 그때 무엇을 위해, 누구를 위해 그 노래를 불렀는가. 마음이 편치 않았다. 얼른 마음을 다잡았다. 살아야 한다. 우리 가족도 살아야 한다. 머릿속이 어지러워지기 시작했다.

　해방을 기념하며 온 나라가 떠들썩했다. 창대자원은 우렁
차게 쇳소리를, 힘찬 망치 소리를, 그리고 전기톱 소리를 냈
다. 마치 광복을 기념하는 불꽃놀이라도 하듯 산소용접봉으
로 노란 불꽃을 창대자원의 마당에 마구 튀겨댔다. 13번지 이
층에 사는 우리는 해방의 기분을 누리기는커녕 저 창대자원
의 압제에 쩔쩔맸다. 광복절 하루가 그렇게 저물었다. 나는
어둠에 잠긴 13번지와 창대자원을 물끄러미 내려다보았다.
이십여 년 전 난 왜 「그날이 오면」을 되뇌었을까. 영원히, 아
니 우리의 계약 기간이 끝나는 날까지, 어쩌면 '그날'이 오지
않을지도 모른다는 생각이 들었다. 그때까지는 규제할 방도
가 없다는 공무원들의 판에 박힌 답변이 '그날' 위에서 서성
댔다. 어둠 속에서 삐죽삐죽 날카롭게 솟은 자원들의 실루엣
이 눈앞에서 어른거렸다. 저 위대한 자원들의 용트림 소리가
다가오는 새벽을 뒤흔들 것이었다. 이 나라의 자원이 되는 데
이 퍼센트 부족한 나는 어둠 너머 검푸른 하늘을 퀭한 눈으로
바라보았다. 모든 것이 편치 않던 광복절이 그렇게 지나가고
있었다.

축약시대

P의 삶은 축약되어야만 했다. 그 일이 내 앞에 놓여 있었다. 구깃구깃해진 누런 서류 봉투에서 비어져 나온 P의 탄원서가 빠끔히 나를 바라보았다. 어디부터 손을 댈지 난감할 따름이었다. 엮이지 말았어야 했다. 내 이름만 눈에 띄지 않았으면, 내 역량 밖이라고 거절했을지도 몰랐다. 주제넘은 짓이었다. 나는 지그시 눈을 감았다. 그럴수록 P의 사연보다, '안다'와 '언더'라는 말만 꾸역꾸역 기어 나왔다. 얼마 전 국제전화를 통해 들려온 P의 목소리를, 그것도 삼십여 년 만에 듣는 순간 나는 먼저 그 말들을 떠올리고 말았던 것이다. 잊고 있던 그 말들에 대한 궁금증이 다시 고개를 쳐들고 있었다.

'안다'와 '언더'가 섞갈리기 시작한 때는 오래전이었다. 모 일간지 문화센터 소설창작반에서 P를 만나고 얼마 지나지 않아서였다. 나는 P가 살고 있던 조그만 소도시 C시에서 한겨울을 나며 돈을 벌려고 내려갔었다. 일이 드문 겨울이란 게 맘에 걸렸지만 공짜로 머물 방도 있다는 말에 혹했다. 제대를 하고 복학도 하지 않은 채 한참이나 집에서 빈둥대던 나는 얼른 짐을 쌌다. 돈을 번다는 명목도 한몫했지만 이런저런 경험을 쌓으며 세상을 배워보자는 어쭙잖은 생각도 있었다. P는 그때 C시에서 조그만 타일 도매상을 했다. 내가 머문 곳은 P의 가게에서 걸어서 십여 분 거리에 있는 그의 어머니 집이었다. 생전 처음 가보는 C시에서 나를 처음 반긴 것은 다름 아닌 '안다'였다.

"안다! 음…… 안다! 으—음!"

나는 흠칫했다. 바로 방문 앞에서 P의 어머니가 느닷없이 쩌렁쩌렁한 목소리로 떠들어대는 것 아닌가. 나에 대해 다 알고 있다는, C시까지 기어 내려온 내 꼬락서니를 이미 꿰뚫고 있다는 그런 투랄까. 느닷없는 그 기세에 눌려 나는 어쩔 줄을 모르고 방 한구석에 웅크렸다. 담뱃불 자국들이 바퀴벌레처럼 노란 비닐 장판 위에 군데군데 눌어붙어 있었다. 내 낯빛도 그 장판 빛깔로 바뀌었다. 숨죽인 채 뜨문뜨문한 장판 위 자국들을 눈길로 좇으며 가게 문을 닫으러 간 P가 오기만을 기다렸다. 이미 아들로부터 내 신상에 대해 들었겠지. 몇

달을 머물 집이었다. 알아들을 수 없는 말들이 이어지다, 또 '안다'가 또렷이 들려왔다. 처음 온 사람을 그런 식으로 맞이하는 인심이 사나워 보였다. 나는 점점 주눅이 들어갔다. 여기서 머물 수 있을까. 아직 짐도 풀지 않았다. 도로 올라갈까, 그런 마음이 훅 솟았다.

'안다'는 마당에서도 계속됐다. 알아먹을 수 없는 그녀의 말 중 유독 그것만 귀를 후비고 들어왔다. 얼마쯤 지났을까, '안다'는 이미 내려앉은 어둠을 뚫고 조금씩 멀어져 부엌 쪽으로 옮겨갔다. '안다'와 뒤섞인 다른 말들이 부엌 안에서 수런댔다. 그녀는 혼잣말로 계속 구시렁거렸다. 뭔가 짚이는 게 있었다. P와 소설창작반에 다닐 때 읽은 작품 속의 어떤 외침이 또렷하게 스쳐 갔다. 필독 작품이었던 이범선의 「오발탄」에 나온 "가자! 가자!"였다. 거기서 되풀이되던 '가자!'의 뜻은 명확했다. 두고 온 북녘 고향으로 돌아가자며, 정신을 놓아버린 노파가 시도 때도 없이 내지르는 소리였다. 그 '가자!'처럼 '안다'도 정신병의 산물이 아닐지 의심이 일었다. 그곳에서 머물러야 할 석 달이 까마득해졌다. 갑자기 돈을 버는 것도 세상 경험을 쌓는 것도 자신이 없어졌다.

P가 올 때까지 '안다'는 멀리서 계속 들려왔다. 가게 문을 닫고 온 P를 따라 식당에서 저녁을 먹을 때, 나는 원망을 실은 눈으로 빤히 그를 올려보았다. 미리 귀띔이라도 있었다면, 아예 내려올 생각도 안 했겠지. "노인네가 좀 정상은 아니야.

그래도 너 지내는 데 별 불편은 없을 거야. 그러니까 이 형이 널 내려오라 하지 않았겠니." 아버지가 오래전에 세상을 뜨고 일흔을 앞둔 어머니 혼자 산다는 말이 이어졌다. 「오발탄」의 '가자!'처럼 확실하지는 않아도, '안다!'는 나를 마땅찮아 하는 표현일지 몰랐다. 앞으로 식사는 내가 알아서 해결하겠다고 선을 그었다. 더 폐를 끼치기도 싫었다. 무엇보다 P의 어머니와 마주하기가 꺼림칙했다.

걱정한 대로 겨울이라 타일 일은 많지 않았다. 처음 며칠 동안은 일이 아예 없었다. 그렇다고 좁아터진 P의 가게에 비집고 앉아 있기도 뭐했다. 주머니 사정도 좋지 않아 음악을 들으며 방에서 빈둥댔다. P의 가게 구석에서 먼지를 허옇게 뒤집어쓰고 있던 카세트라디오를 가져다 놓은 덕에, 언제 올지 모를 일을 기다리는 어수선한 내 시간을 채울 수 있었다. 라디오에서 흘러나오는 음악과 멘트, 그리고 거기에 뒤섞이는 '안다'에 조금씩 익숙해져갔다.

시간이 지나며 그 말은 분명 어떤 기능을 하고 있다고, 나는 어렴풋이 감지하기 시작했다. 이를테면 '안다'라는 외침은 혼잣말의 시작을 알리는 것이었다. 또 중간중간 말이 끊겼다가 다시 이어질 때도 그게 먼저 튀어나왔다. 문장의 시작을 알리는 일종의 신호랄까. 당신 말을 경청하라고 주의를 환기시키는 역할을 하는 듯했다.

헌데 한번 시작한 독백 속에서 '안다'는 여러 변이형을 만

들어냈다. 가만히 들어보면 '안다'는 '언더'라고 들려오기도 했다. 그 '언더'는 '안다'에 익숙해진 내 귀에 거슬렸다. 그게 무슨 뜻이란 말인가. 우리말에 '언더'는 없다. 기괴스러웠다. 혹 영어 단어 'under'가 아닐까. 그 뜻은 기껏 '아래에' 아니면 '속에'였다. 그런 뜻의 '언더'는 그녀의 독백 내용과 절대 붙을 수 없었다. 나는 방바닥에 뺨을 대고 모로 누워 이런저런 추리를 해봤다. 왜 촌로인 그녀의 입에서 영어 단어가 튀어나온단 말인가. 그럴 리가 없었다. 그렇다면 '안다'라는 발음을 할 때 힘에 부친 혀가 무너져 내리며 얼버무린 소리가 '언더' 아닐까. 그럴 만도 했다. 쉴 새 없이 입속을 오르내리며 고된 노동에 시달리는 혀는 혹사를 당하고 있었다. 주저앉을 만도 했다.

그렇게 단정한 '안다'와 '언더' 말고 이따금 놀라운 게 끼어들었다. 그것은 바로 혀가 말려 내는 소리 '원더'였다. '안다', '언더', '원더'. 나는 하나씩 발음해보았다. 세 발음 중 가장 세게 혀의 노동을 요하는 게 '원더'였다. 우리말 어디에도 '원더'는 없지 않은가. 내가 아는 '원더'는 영어 단어 'wonder'뿐이었다. 의미의 개연성으로 볼 때 그녀가 쓸 수 있는 범주의 것이 전혀 아니었다. 이거다, 확신했던 내 해석은 슬그머니 꼬리를 내렸다. 다시 '안다'를 빼고 '언더'나 '원더'는 불가해한 말이 되고 말았다. 도무지 알아먹을 수 없는 그것들은 내 머릿속에서 제멋대로 날뛰었다. 그녀가 갖고 있던 어휘는 실로 많았다. 내가 온 뒤 처음 구사하는 '오란다', '오런더'가 튀어나올 때는 그만 머리를 흔들며 귀를 틀어막기까지 했다. 어쨌든 빈도수로 볼 때 '안다'와 '언더'가 그녀의 입에서 가장 많이 튀어나왔다. 그녀의 이상한 말들은, 내가 서투르게 일을 한 탓에 타일 위에 지저분하게 남아 있던 모르타르 흔적처럼 찜찜하게 내 귓가에 묻어 있었다.

꽁꽁 얼어붙어 있던 집 앞 흙길이 질펀하게 녹아 신발을 진흙투성이로 만들던 2월 말, 나는 짐을 싸 C시를 떠났다. 끝내 그 '안다'와 '언더'의 뜻을 놓치고 말았다. 사회에서 '안다' 비슷한 '물론 알지', '다 알고 있어' 따위의 확신에 찬 말을 들을 때, 간간이 그녀가 스쳐 갔다. 떠나온 뒤 나는 몇 차례 P에게 전화를 했었다. 어느 날 타일 가게의 전화는 없는 번호라는 안내가 이어졌다. 몇 차례 더 해봐도 마찬가지였다. 1986년 말쯤이었다. P와 연락이 끊어진 게 그때였다. 몇 년 전 C시에 갈 일이 있어 그의 가게가 있던 곳을 찾아갔다. 어디인지 잘 가늠도 할 수 없었다. 가게 자리로 기억하는 곳에는 대형마트가 들어서 있었다. 내가 머물렀던 P의 어머니 집 일대는 아파트 단지로 변했다. 기억 저만치 자리한 '안다'도 '언더'도 비죽비죽한 고층 아파트들 사이로 아스라이 멀어져갔다. 정말 그때 그녀는 모든 걸 다 '안다'고 자신하고 있었을까. '언더'는 또 뭐였을까. 나는 헛헛하게 돌아섰다. 그게 P와 얽힌 사연 전부였다.

P는 이미 몇십 년 전 기억 저편의 사람이었다. 지린성으로부터 전해지던 P의 목소리. 내게 국제전화가 올 일은 없었다. 처음에는 보이스피싱이 분명하다고 단정했다. 외국에서 걸려온 번호는 여러 차례 내 핸드폰에 부재중 전화로 남아 있었다. 부재를 알리는 횟수가 두 자리를 넘어섰을 때 뭔가 이상하다고 느꼈다. 국가를 알아보니 중국에서 걸려온 전화였다. 그렇다면 그건 너무 구식이었다. 국내전화로 둔갑시킨 번호로 보이스피싱을 하던 것도 한물간 지 오래였다. 혹시 내가 사용하는 전화번호를 전에 한국에 왔던 중국 교포가 사용했던 것은 아닐까. 그 번호가 뜨며 벨이 울릴 때마다 적의에 차서 핸드폰을 노려보았다. 어느 날 다시 같은 번호의 전화가 왔다. 받기로 결심했다. "여—보—세—요?" 의심이 싹 가신 게 아니어서 머뭇대는 그 네 음절은 목에 턱턱 걸렸다. "혹 G씨 전화 아닌가요?" 나는 주춤했다. "그—그런—데요?" "이—잉, 나 P야! P······ 자세한 건 나중에 얘기할게."

통화는 금방 끝났다. 곧 한국에 나오니 그때 만나자는 게 요지였다. 느닷없었다. 짧은 대화만으로는 그의 근황을 전혀 알 수 없었다. 대체 왜 중국에 있는지 궁금하기도 했다. 그 순간 이상하게도 나는 '안다'와 '언더'를 떠올렸다. 그러자 그 말들이 환청처럼 내 귓가를 윙윙 맴돌았다. 어쩌면 P하고의 관계 속에 그 말들만 남아 있다는 느낌이 들기도 했다. 얼른 정신을 차린 나는 빠르게 머리를 굴리기 시작했다. 왜 보자고 하는가. 만나자는 꿍꿍이가 뭘까. 내게 알릴 '자세한' 것은 뭘까. 은근 수상쩍었다. 돈 이야기일까. 그렇다면 나와 거리가 멀었다. 오랜만에 걸려온 전화에는 대개 부탁 비슷한 게 숨어 있었다. 몇 차례 곤란한 일을 겪기도 했다. 나는 얼른 고개를 저었다. 그럴 리가. 그래도 꺼림칙한 기분은 어쩔 수 없었다. 반가움보다 그런 계산을 내세우는 자신이 영 마뜩잖았다. 그 와중에 동창 녀석이 또 장난질 같은 괴상한 문자를 보내왔다. "야, 너 낄끼빠빠!" 은근 부아가 돋았다. '낄끼빠빠', 네 글자는 방정맞게 몸을 흔들어대며 낄낄댔다.

SNS를 통해 보내진 동창 녀석의 그 말은 나를 향하고 있을 터였다. 녀석은 툭하면 젊은 애들이나 쓸 그런 말들을 수집해서 보내는 재미에 푹 빠져 있었다. 그런 그의 행동이 마치 시대에 뒤처지지 않는다고 버둥대며 억지를 쓰는 것 같은, 어설픈 욕망의 반영 같아 씁쓸했다. 동창 모임에서도 촐랑대며 괴상한 줄임말들을 떠벌렸다. 축약된 그런 말들은 처음에 여럿을 어리둥절하게 만들었다. 그의 행동에 쓴웃음을 짓다 보면 모임은 그냥 건성건성 흘러갔다. 어쩐지 그가 쓰는 축약어들을 들을 때마다 짝퉁 같다는 느낌을 지울 수가 없었다.

'낄끼빠빠'. 나는 인터넷을 뒤졌다. '낄 때 끼고 빠질 때 빠져라'란다. 어디에서 낄 때 끼고 빠질 때 빠지란 말인가. 나는 신경질적으로 인터넷에서 본 말을 곧장 녀석에게 날렸다. "할말하않!" '할 말은 많은데 하지 않겠다'였다. 답이 배로 왔다. "안물안궁, 복세편살!" '나는 다시 인터넷을 뒤졌다. '안 물어봤고 안 궁금하다'는 조롱 같은 말. 미친놈이었다. 괴상한 가면을 뒤집어쓰고 설쳐대는 말들. 헌데 '복세편살'은 또 뭐란 말인가. 사자성어 같기도 했다. 혹 불교의 자비로운 수많은 보살들 중 하나를 일컫는 게 아닐까. 비약 같지만 '편살'이라는 어감에 불쑥 그렇게 넘겨짚었다. 얼른 그 보살을 검색했다. 그 보살은 '복잡한 세상 편하게 살자!'였다. 문득 그 뜻이 불교에서 회자되는 보살의 가르침과 다를 게 없다고 여겨졌다. 뒷맛이 썼다. 경제를 앞세우는 이 시대, 그에 따라 경제적으로 축약된 말들.

'복세편살'을 떠올리며 나는 픽 웃고 말았다. 맞는 말이긴 했다. P의 전화에 지나치게 신경을 썼나 보았다. 그러자 조금 전 괴상한 말들을 비집고 '안다'와 '언더'가 다시 끼어들었다. 그 어감은 동창이 보내온 그것들보다는 훨씬 점잖았다. 어쩌면 그게 줄임말이 아니었을까. 동창이 보내온 괴상한 축약어들 덕분에 나는 다시 제법 그럴듯한 추리를 하고 있었다. 제대로 된 어떤 말이었는데 점점 줄어들다가 끝내는 앙상한 외마디로 남고 만 '안다'와 '언더'가 아닐까. '원더'도 그렇게 다가왔다. 그래봐야 원뜻은 유추할 수 없는 깜깜한 것이었다. P의 어머니는 어떻게 되었을까. 국경을 넘어온 그의 목소리가 사라져갔을 때 그 생각도 잠깐 스쳤다. 세월을 따져보면 이미 세상을 떴을 공산이 컸다.

P를 만난 것은 국제전화가 걸려오고 두 주쯤 지나서였다. 한국에 나왔다며 바로 만나자고 했을 때, 나는 우물쭈물했다. 통화 속의 '자세한 것'이 자꾸 마음에 걸렸다. 의심에 가득 찬 속내를 애써 숨기며 약속 장소로 나갔다. 중국에서 날아온 황사에 온 도시가 꽁꽁 입을 틀어막고 있었다. 느닷없이 밀려온 황사처럼 불쑥 찾아온 P. 충무로역 입구에서 계단 아래를 뚫어져라 바라보았다. 알아볼 수 있을까. 그 '안다'와 변형된 다른 말들도 황사 속에서 뿌옇게 둥둥 떠다녔다. 우려와는 달리 나는 지하철역 계단을 올라오는 P를 금방 알아보았다. 거무스레한 낯빛의 넓적한 얼굴, 반백이 된 짧은 스포츠형의 머리. 예전이나 별반 차이가 없었다. 그의 어머니를 떠올렸다. 나는 처음 봤을 때도 P의 어머니인 줄 대번에 알아차렸었다. 세월이 지나쳐간 P의 얼굴과 내 기억 속에 저장된 그의 어머니 얼굴은 너무도 흡사했다. 들어갈 곳을 찾다가 골목에 보이는 치킨집으로 갔다. 그가 말하기로 한 '자세한' 것을 기다렸다.

"야, 정말 반갑다. 죽지 않으니 이렇게 보는구나."

그 말이 그의 나이와 어울리지 않아 픽 웃어버렸다. P는 나보다 여섯 살 위였다. 물론 죽음이야 늘 곁에 있는 것이었다. P는 대수롭지 않은 듯 그 말을 대놓고 꺼냈다.

"근데, 웬 중국? 그것도 지린성엔 왜?"

"갈 땐 죽으려고 갔지. 한국에서 떠돌 때 길림성에서 온 조선족들을 좀 알았어. 나중에 가진 돈 탈탈 털어보니 거기가 죽을 장소로 알맞다는 생각이 들어서 그리로 간 거지. 맘대로 안 되더라. 그래서 널 이렇게 보는 거야."

불쑥 그가 내 전화번호를 어떻게 알았는지 의문이 피어올랐다. P는 인터넷에서 내 책을 봤다고 했다. 출판사에다 사정을 말하고 전화번호를 알아냈다는 것이다. 나는 고개를 끄덕이며 어머니는 잘 계신지 물었다. "돌아가신 지 한참 됐지." 나는 어두운 표정을 지었다. 예의상 그래야 했다. 가족과 관련된 그간의 상황은 간단히 정리되었다. 이혼을 하고 줄곧 떠돌이 생활을 했던 모양이었다. 그의 말대로 '죽으려고' 지린성에 갔다가 중국 교포를 만나 재혼을 하고 딸까지 두었다. 그는 핸드폰에 저장된 새로운 가족의 얼굴들을 보여주었다. C시에 있던, 한때 내가 형수라고 불렀던 여자와 아이들이 생각났다. 내가 처음 내려간 날, 가게 일을 제쳐두고 서울을 드나드는 P도, 거기 딸려온 나도 못마땅한 듯 건성건성 인사를 받던 형수의 표정이 어른댔다. 그녀와 아이들이 어찌 지내는지 물으려다 그만뒀다. 부질없는 짓이었다. 내가 낄 데가 아니었다. 동대문 근처의 모텔을 숙소로 잡았다는 말을 들을 때부터 이상했다. "그래도 길림성에서……"

P의 입에서 나오는 길림성이란 지명이 묘하게 들려왔다.

이제 한국 매체에서는 엔간하면 지린성이라고 불렀다. 그게 그만 귀에 익어버렸다. 어느새 내게 길림성은 낯선 발음이었다. 언젠가 발표한 글에서 나는 흑룡강이란 지명을 썼다. 교정지를 보니 헤이룽장으로 바뀌어 있었다. 이제 받아들여야만 하는 지명들인가 보았다. P의 길림성이란 어감 속에서 축소되어버린 역사의 흔적들이 감돌았다. P가 입고 있는 밤색 점퍼에 달린 한물간 넓은 옷깃에 내 눈길이 머물렀다. 불쑥 백석의 시 「북방에서」 속의 사라져간 나라들이며, 거기에 나오는 여러 민족의 명칭이 떠올랐다. 부여, 숙신, 발해, 여진, 오로촌, 쏠론. 그 모두가 P가 입고 있는 한참 유행 지난 스타일의 칙칙한 밤색 점퍼 같다는 생각에 고개를 저었다. 왠지 그가 그곳에서 잘 적응 못하고 있을 것만 같다는 생각이 길림성이란 발음 속으로 배어들었다. 그의 말로는 조선족인 아내가 교사를 하고 있고, 자기는 처갓집 농사일을 거들며 생활한다고 했다. 그러면서 히죽 웃었다. "얘, 그래도 길림성에서 시장 갈 때면 통역관을 데리고 다녀. 하하! 우리 딸이 내 통역관이야." 지린성에 있는 여덟 살짜리 딸 자랑이었다. 스마트폰에 저장된, 사진을 찍을 때 수줍어하며 한쪽 손으로 슬쩍 얼굴을 가린 갈래머리 여자아이가 P의 모자란 중국어를 채워주는 모양이었다.

나는 그가 말하기로 한 '자세한' 것을 긴장하며 기다렸다. 그는 들고 온 서류 봉투에서 A4 종이 뭉치를 꺼냈다. 탄원서와 피의자신문조서, 항소이유서 같은 딱딱한 것들이었다. 피의자니, 항소니 하는 단어들에 내 표정은 대번 딱딱하게 굳어졌다. 눈앞에다 그것들을 들이밀 때 나는 가슴이 덜컹하며 마치 포승줄에 꽁꽁 묶인 수인이 된 것 같은 착각이 일었다. 머릿속 한편에서 재빠르게 계산을 했다. 신원보증 같은 것을 서달라는 것은 아닐까. 마지못해 그것들을 앞에 끌어다 놓았다. 그때 내 눈에 들어온 게 '국가보안법 위반'이라는 죄명이었다. 순간 나도 모르게 주위를 둘러보았다. 좀 이른 시간이라 치킨집은 손님이 우리뿐이었다. 재차 그 죄명에 내 눈길이 머물렀다. "그냥 니가 한번 읽어봐라. 이 형이 부탁할 게 있으니까." 죄명이 어색한 것인지, 아니면 내 앞에 그것을 꺼내놓는 처지가 어색한 것인지는 몰라도 P는 둘레둘레 눈길을 돌렸다.

문화센터 소설창작반에서 처음 본 그의 표정도 그랬었다. 첫 수업이 있던 날, 나는 내 치기를 후회했다. 막상 강의실로 들어가려다 머뭇댔다. 소설을 써보겠다는 게 주제넘은 짓같다는 느낌이 들기도 했다. 맨 뒤쪽 자리로 다가가 슬그머니 엉덩이를 붙였을 때 옆자리에 앉아 있던 거무튀튀한 얼굴의 남자가 P였다. 그도 뭔가 어색한지 약간 붉게 상기된 얼굴로 자꾸 주위를 돌아보았다. 가을이 시작될 때였다. 조금 이르다 싶은 베이지색 바바리코트 속에다 알록달록한 넥타이까지 맨 정장 차림의 그는 굳어 있었다. 그의 표정처럼 잔뜩 힘이 들어간 차림새. 그 옷을 그는 11월 말 종강 때까지 입고 왔다. 강의를 듣는 내내 그의 표정도 옷차림을 닮아 있었다. 소설 창작과 국가보안법 사이에서도 그는 묘하게도 같은 표정을 지었다.

그가 내민 서류들에 선뜻 손을 못 댄 채 주저주저했다. P가 국가보안법 위반이라니. 그와는 전혀 어울리지 않는 죄명이었다. 타일 가게를 하던, 더구나 어떻게 돈을 벌까만 골몰하던 그였지 않은가. 다만 사치처럼, 고생을 많이 한 자기 사연을 소설로 쓰고 싶다던, 그러나 소설과는 너무 멀었던 그였다. 그때였다. '안다'와 '언더' 말고 더 기괴한 게 긴 세월의 틈을 뚫고 내 머릿속에서 튀어나왔다. P의 죄명처럼 기괴하고 낯선 말이었다.

P의 집으로 내려간 지 일주일쯤 지났을까. 내 귀에는 P의 어머니가 활용하는 또 다른 어휘들이 들려왔다. '오란다', '오런더'였다. 툭 튀어나온 '오란다', '오런더'는 나를 당황케 했다. 볼륨을 낮춰 틀어놓은 라디오의 음악방송을 듣다 말고 골똘히 귀를 기울였다. 저건 또 뭐란 말인가. 나는 길을 잃고 헤매기 시작했다. 라디오에선 계속 팝송이 흘러나왔다. "오―오―올!" 귀에 익은 팝송에서 'all'이란 단어가 가수의 입을 통해 길게 늘어졌다. 「All For The Love Of A Girl」이었

다. 순간 대단한 것을 발견한 듯 벌떡 일어났다. '오란다'는 'all 안다' 그러니까 '전부 안다'가 되었다. 나는 고개를 끄덕였다. 곧바로 고개를 저었다. 그렇다면 '오런더'는 '올 언더 (all under)'가 되어야 했다. 'all under'가 붙어 파생하는 말들이 여럿 있긴 했다. 그게 시골 노파가 정신이 반쯤 나간 상태에서 지르는 소리에 들어 있을 리가. 그러자 'all 안다'라는 내 해석도 흐물흐물 녹아내렸다. 인도유럽어 계통의 'all'과 통상 알타이어족의 하나라고 알려진 우리말이 내 머릿속에서 만나 격렬하게 부딪치고 있었다. 생면부지인 인도유럽어족의 한 민족과 알타이어족의 한 민족이 서로 대치하며 고래고래 고함을 지르다가 생겨난 것 같은 말들. '안다'도 '언더'도 '올'도 내 머릿속에서 계속 대치하며 물러날 줄 몰랐다. 머리를 쥐어짜고 궁구해도 밑천이 다 떨어져갔다. 결국 나는 '오란다'를 '올 안다'로, '오런더'를 '올 언더'라고 단정 지어버렸다. 그래도 찝찝했다. 다시 '오란다'와 '오런더'의 차이를 혀끝에서 벌어지는 힘의 역학 관계로 파악해보려고 했지만 여전히 알 수 없는 것이었다. '올'은 여전히 뜨악하기만 했다. 그 '올'처럼 국가보안법 위반이란 말도 전혀 가늠이 되질 않았다.

P의 굳은 표정을 앞에 두고 서류를 빠르게 읽어갔다. 주절주절 늘어놓는 한탄들은 뒤로 밀어놓고 주요 사항만 훑었다. P는 국가보안법 위반으로 일 년 형을 선고받아 복역했다. 내

가 C시를 떠나온 그해 11월, P는 보안부대 군인들에게 연행되어 조사실에서 군복으로 갈아입힌 채 구타와 고문 등 강압수사를 받았다. '국가보안법 7조 1항'에 의거, 북한을 '찬양고무'했다는 게 죄목이었다. 빌미가 된 북한방송 청취는 민간인이라도 보안부대로 잡혀 들어가는 죄목이었나 보았다. 당시 국가보안법의 그물망을 어찌 벗어날 수 있었겠는가. 그 그물에서는 자디잔 멸치 한 마리 못 빠져나간다는 말이 돌았다. P에 따르면, 수사관들은 "어차피 여기서는 어떤 놈도 불지 않고는 결코 버틸 수 없다. 전기고문, 물고문까지 혹독하게 당하고 불든지, 아니면 그냥 순순히 불든지"라고 협박을 했다고 한다. 거짓 자백을 하고 경찰청 대공분실로 이첩된 뒤 구치소에 수감되었다. 그제야 이혼하고, 죽으려고 중국까지 간 이유가 짐작되었다.

국가보안법 위반의 단초가 된 것은 C시에 자리한 한 대학교 국문과 학생들과의 잦은 교류였다. 나는 그게 전부 소설 쓰고 싶다는 겉멋이 빚어낸 결과라고 생각했다. 그들과 관계를 맺게 된 이유는 "아무래도 문학에 대해 체계가 잡힌 국문과 학생들에게 배울 게 많을 것 같아서"라고 진술서에 적혀 있었다. P는 수사기관이 할당된 건수를 올리기 위해 저지른 이른바 '막걸리반공법'의 희생자라는 표현을 탄원서에 썼다. 그 사실을 강조하려는지 막걸리 이야기도 꽤 나왔다. 나도 자주 들락거렸던 '원주집'에서 몇 차례 막걸리를 마시며 북한

방송에 나온 내용을 학생들에게 전파시켰다는 게 주된 혐의였다. 처음에 그 대학생들이 걸려들고, 조사 과정에서 P가 입에 올랐고, 결국 P 혼자만 형을 살았다. 서해안에서 그리 멀지 않은 C시에서 북한방송을 듣는 것은 어렵지 않음을 나도 잘 알았다. 다이얼을 돌리다 보면 심심치 않게 북한방송 특유의 격앙된 목소리가 또렷하게 들려왔다. 국가보안법 위반 증거물로 채택된 것은 가정집에서 흔히 쓰던 일반 카세트 겸용 AM·FM 라디오 두 대였다. 그 라디오 구입 과정도 적혀 있었다. 한 대는 1981년 C시의 대우전자 대리점에서 43,000원을 주고 샀다고, 정확한 액수까지 밝혔다. 나는 웃음이 비어져 나오는 것을 억지로 참았다. 수년 전의 43,000원을 어찌 기억해낸단 말인가. 내가 C시에서 한동안 썼던, 그 라디오였을 거라는 짐작이 갔다. 신문조서에는 문화센터에 관한 내용도 있었다. 나는 화들짝 놀랐다. 내 이름이 거기 있었다. 물론 그 불똥이 내게 튀지는 않았지만 부르르 진저리를 쳤다. 징역 일 년에 집행유예 이 년을 선고받은 P는 1987년 7월, 구속된 지 팔 개월 만에 석방되었다. 내가 거기까지 읽었을 때 탁자 위에는 벌써 세번째 소주병이 올라와 있었다.

나는 다시 P를 바라보았다. 그의 얼굴은 벌겋게 달아올랐다. 면도를 안 하고 나왔는지 코밑 살갗을 뚫고 올라온 허연 수염들이 희끗희끗 보였다. P는 연신 술잔을 집어 냉큼 입에 털어 넣었다. "야, 너 그게 말이 되는지 봐라. 지금 생각해도

치가 떨린다, 야!" 그의 목소리는 치킨집 안을 크게 울렸다. 이제는 자리가 거의 찼던 터라 손님들이 모두 우리를 쳐다보았다. 빨리 자리를 벗어나고 싶었다. 무안해서 애꿎은 서류만 뒤적뒤적 넘겼다. 화제를 돌리고 싶었다. '안다'와 '언더'의 뜻을 물어볼까. 그러나 국가보안법 앞에서 그건 아니었다. 침묵이 흘렀다. 그는 다시 돌이켜봐도 기가 막힌 모양이었다. 한동안 P는 고개를 뒤로 젖히고 괴로운 표정으로 천장을 올려다보았다. 내 눈에 비친 그의 얼굴은 C시에서 본 어머니의 얼굴과 영락없이 닮아 있었다. 가발만 씌운다면 기억 속에 남은 그의 어머니 그대로였다. 내 눈앞에서 둘의 얼굴이 하나로 겹쳐지기 시작했다. 문득 사할린에서 본 사진 한 장이 어른거렸다.

몇 해 전 러시아 사할린에 갔을 때다. 내가 맡은 일의 하나가 사할린 교포의 실태 파악을 위한 설문조사였다. 어느 교포집에 들렀다. 주인 내외가 부엌에서 차를 준비하는 동안 나는 둘레둘레 거실을 살폈다. 정면의 장식장 위에 어린아이 사진을 담은 큰 액자가 눈에 들어왔다. 아기 돌 사진으로 보였다. 흑백사진이었는데 아이 얼굴을 둘러싼 하얀 둘레가 퇴색해 있었다. 언뜻 보기에도 아주 오래전에 찍은 것이었다. 똥그랗게 뜬 아이의 두 눈에 총기가 배어 있었다. 사진사가 자기 쪽을 보라는 말을 제대로 알아듣고 주시하는 표정. 입가에 웃음까지 머금은 아이는 돌배기가 아닌 듯 의젓했다. 나는 고개를 갸웃댔다. 차를 마시며 나는 좀 서먹한 분위기를 벗어나려고 사진 속 아이에 대해 물었다. "그거 우리 큰애 사진이야요." 교포 2세인 주인은 일흔을 바라보았다. 교포 3세인 사진 속 아이는 이미 마흔이 넘었다. 나는 아주 똑똑했겠다고 추켜세웠다. "똑똑했지요." 그러니까 사할린에서 모스크바까지 유학을 할 수 있었다고 은근히 자랑을 섞었다. "저 사진은 그 아이 세 살 때 찍은 겁니다. 그때는 전부 어렵게 살았어요. 나중에 돌 사진 대신 찍은 게 저거지요." 그제야 유난히 총기 있는 눈에 대한 궁금증이 풀렸다. 세 살이라면 그럴 나이였다. 설문조사를 하며 나는 부부에게 아들 셋이 있다는 것을 알았다. 지금은 모스크바와 상트-페테르부르크에 가서 살고 있다고 했다. 나는 큰아들 사진만 꺼내놓으면 나머지 둘이 섭섭해하지 않느냐고, 우스갯소리를 했다. 농담 같은 대답을 들었다. "저 때 우리 애들 셋이 얼굴이 다 똑같았지요. 저 사진 하나만 있으면 됐어요. 그래서 저게 세 아이의 돌 사진이 된 거야요." 나머지 두 아이 얼굴은 사진 속 큰아들로 축약되었다는 말이었다. 여행을 가서 찍은 것인지 알록달록한 옷들로 통일한 삼 형제가 해변에서 어깨동무를 하고 있는 최근 사진이 돌 사진 옆에 있었다. 한눈에 보기에도 그들의 체형이며 얼굴은 다 달랐다. 반백인 P의 머리칼을 보며 사할린의 그 사진이 떠오른 것은, 얼른 갑갑한 분위기에서 벗어나고자 하는 내 마음의 반영일지도 몰랐다.

합쳐진 둘의 얼굴이 눈앞에서 어른거렸다. 소주 다섯 병을 비우고서야 우리는 자리에서 일어났다. 전화로 운을 띄운 '자세한' 것도 알았다. 서류 봉투를 건네며 P는 너스레를 떨었다. 그때 소설창작반에 다닌 덕에 그나마 그렇게 탄원서를 썼다고. "이렇게 한국 땅 안 밟으려고 했는데 너무 억울하더라, 야! 무엇보다 한국에 있는 애들한테도 내 전과가 족쇄가 될 것 같아 이참에 해보려구. 니가 좀 잘 고쳐봐라!" 법률에 대한 지식은 물론 용어조차 잘 모르는 나였다. 법률구조공단에 제출할 그 탄원서는 분명 그런 게 필요할 것이다. P의 행색으로 봐서 변호사에게 맡길 형편이 못 되리라는 짐작도 들었다. 나는 마지못해 봉투를 옆구리에 끼었다. 탄원서 속에 나에 대한 언급이 더 있지 않을까 하는 미심쩍음도 한몫했다. 헤어지는 순간이었다. P는 내 등을 두드렸다.

"이해해라!"

그는 '이해하라'는 말을 남기고 비틀비틀 어둠 속으로 스며들었다. 몇 초나 흘렀을까. "아! 아—아—아!' 어둠이 도사린 골목에서 날카로운 외침이 들려왔다. P 같았다. 어둠 속 허공을 뚫고 저 하늘에 가닿을 것만 같은 절규. 나는 못 들은 척 종종걸음을 쳐 지하철역으로 들어갔다. 별일 없겠지. 걱정이 들기는 했다. 지하철을 탔을 때도 그 외침이 자꾸 맴돌았다.

C시에 있을 때, 늦게 P의 어머니 집으로 들어온 어느 날 밤이었다. 집 안은 적막에 빠져 있었다. 털이 거의 빠진 고무 털신이 댓돌에 가지런히 놓여 있었다. 그 털신은 사이즈가 큰지 P의 어머니가 걸을 때마다 늘 벗겨지며 탈칵탈칵 소리를 냈다. 나는 집에 들어올 때면 습관처럼 그 신발을 확인했다. 댓돌 위의 신발은 그녀가 방 안에 있다는 증거였다. 나는 살금살금 내 방으로 들어갔다. 한참 뒤 잠결에 그녀의 발소리를 듣고 있었다. 탈칵탈칵. 마당 귀퉁이에 있는 변소의 문이 삐걱 닫히는 소리가 들렸다. 잠시 뒤 다시 신발 소리가 마당에서 들려오더니 조용해졌다. 십여 초쯤 흘렀을까.

"안——다—아—아—아!"

소리는 방 안을 꽉 메웠다. 앙칼지게 한껏 올라간 그 소리는 여태 들어보지 못한 것이었다. 깜짝 놀란 나는 문을 벌컥 열어젖히며 마당으로 뛰어나갔다. 내 귀를 휘돌던 외침은 집 앞에 펼쳐진 빈 벌판 위 허공으로 천천히 스러져갔다. 언제 그랬냐는 듯 그녀는 우두커니 서서 하늘만 올려다보고 있었다. 뚫어져라 하늘을 보는 그녀의 눈에서 파란 인광이 반짝이는 걸 본 것도 같았다. 괴괴했다. 칠흑 같은 어둠 속에 하얀 별들만 총총했다. 그때였다. 유성 하나가 꼬리를 끌며 쏜살같이 밤하늘을 날더니 금방 시야에서 사라졌다. 그 밤의 괴이한 풍경은 오래도록 기억에 남아 있었다.

그날 '안다'와 '언더'는, 도통 뜻을 알 수 없는 외계의 소리로 다가들었다. 그녀의 목젖을 타고 나오는 그 '유성음(有聲音)'들. 그건 그날 밤 유성이 스러져가며 우주를 향해 발신한 '유성음(流星音)' 비슷한 것 아니었을까. 일련의 '안다'는 그녀에게 저 우주의 소리, '옴(om)' 같은 진언은 아니었을까. 언젠가 주위들은 바로는 '옴'은 우주의 모든 진동을 응축한다고 했다. 아무래도 그런 내 생각은 너무 높이 날고 있었나 보았다. 아무리 들어봐도 그녀의 '옴'은 우주와는 동떨어진 너무 세속화된 것이었다. 단전 깊은 곳에서 나와 성대를 울린 뒤 우주로 날아가 그 진동으로 별을 움직이게 만들고, 그 별이 움직이며 낼 것 같은 웅숭깊은 유성음(流星音)과는 거리가 너무도 멀었다. 그녀의 '옴', 즉 '안다'는 우주를 움직이기는커녕 그 소리에 기겁을 한 옆 사람의 귀를 얼른 막아버리게 만들었다. 조금 전 P의 어둠 속 외침도 그랬다.

지하철 안은 붐볐다. 옆구리에서 자꾸 빠져나가려는 서류 봉투를 추어올렸다. 지하철 좌석을 차지하고 떠들어대는 남자 고등학생들의 알 수 없는 소리들이 거슬렸다. "이번 '생선'은 뭐니?" 비릿한 냄새가 코끝을 스쳐오는 것 같아 나는 미간을 찌푸렸다. 그런 질문이라면 학교 식당, 아니면 매일 메뉴가 바뀌는 육천 원짜리 가정식 백반을 파는 집이나 한식 뷔페에서 던져야 어울렸다. 지하철 안에서, 더구나 다 늦은 시간에 생선이라니. "초콜릿!" 짧은 대답이 뒤따랐다. 어이가 없었다. 생선과 초콜릿 사이에 무슨 관계가 있단 말인가. 지하철 안에서 그들의 말은 '생선' 주위를 빙빙 돌았다. 그들의 대화에 가끔 생일이란 말이 나왔다. '생선'과 '초콜릿'의 상관관계가 거기에 있었다. 그제야 나는 '생일선물'의 말 줄임이 '생선'이라는 것을 짐작했다. 며칠 전 대학에 다니는 작은아이한테 '개총'이란 말을 듣고 뜨악했다. "너 지금 어디 있니?" "과 개총에요." '개총'은 '개강총회'였다. 틈만 보이면 여러 단어의 조합이나 문장들은 쪼글쪼글 축약되었다. 기존에 알던 언어로만은 소통할 수 없는 세상인 것이다. '멘붕', 그러니까 '멘탈'이라는 영어 단어와 한국어 '붕괴'가 합쳐진 이 신조어는 이미 고전적 표현이 되어버렸다. '취존', '득템' 등등 수없는 축약된 언어들이 세상을 떠돌았다. 비단 우리나라뿐 아니라 지구촌 곳곳에서 벌어지는 현상이다. 축약 사회, 축약 지구촌이다. 분명 동창 녀석이 여기 있었다면 저 '생선'에 귀를 쫑긋할 게 틀림없었다. 버거운 듯 내 옆구리에서 계속 흘러내리던 P의 사연을 다시 추슬렀다.

　P를 다시 만나기로 한 날은 너무 날짜가 밭았다. 탄원서를 접수시키자마자 바로 중국에 들어가야 한다고 했다. 서둘러야 했지만 나는 여전히 책상에 올려놓은 봉투의 내용물을 꺼내지 못했다. 봉투 옆 여러 줄의 문양으로 장식된 접시만 멀뚱멀뚱 바라보았다. 접시 위에는 어제 먹다 남긴, 쭈글쭈글한 껍질이 그대로 붙은 사과 속살이 산화되어 거무튀튀하게 변

해 있었다. 지난 설에 선물로 들어온 사과를 채 다 먹지 못했
는데, 베란다에서 말라가는 중이었다. P의 지난 삶은 그 사과
와 다를 게 없었다. 봉투 안에는 그의 과거의 삶, 물기가 빠져
주름진 사과껍질 같은 게 구구절절 들어 있었다. 이 나라에서
별 소용이 닿질 않아 한쪽으로 밀어놓은 그의 삶을 어찌 다
쓸 수 있단 말인가. 한참 지나서야 P의 탄원서를 꺼냈다. 복
사를 해 온 피의자신문조서와 항소이유서도 봉투 속에 같이
담겨 있었다. 전날 흐린 불빛 아래에서 대강이나마 훑기는 했
다. 문제의 탄원서는 총 일곱 장 분량인데 첫 장부터 주절주
절 한탄으로만 채워졌다.

제가 지금 돌이켜보면 아득하게 먼 세월 저편의 얘기지만,
지금도 그때의 기억이 떠오를 적마다 가슴이 무너지듯 쓰리고
아프고 전신이 순식간에 무기력해져서 금방이라도 심장이 멎
을 것 같은 공포감과 분노감이 엄습하니, 아무리 억울해도 모
두 다 잊고 살자고, 모두 다 잊고 살자고, 그 길이 바로 내가 마
음이라도 그나마 평화롭게 다독이며 살 수 있는 길이라고, 삼
십여 년 세월을 거듭거듭 다짐했음에도 치솟는 회의감에 괴로
웠고, 마침내 더는 견디다 못해 이런 청원의 글까지 쓰게 되었
습니다.

장문으로 된 비슷한 단락이 지루하게 몇 차례 되풀이되었

다. 한 말을 또 하고 또 하고, 무슨 집안 내력인가 싶었다. 그래도 P의 어머니가 수없이 반복하던 '안다'와 '언더'는 간결했다. P의 억울한 사연을 놓고 할 소리는 아니지만, 아리송한 여운을 남기고 사라져간 그의 어머니 것이 훨씬 문학적이었다. P의 문장 속에는 문법에 맞지도 않는 것들이 꽤 있었다. 차라리 그것을 고치라면 쉬운 일이었다. P는 하얀 도화지 위에 물감을 잔뜩 칠해놓고 그것을 새로 고쳐달라며 생떼를 부리고 있었다. 그 위에다 덧칠을 할 재주가 내게는 없었다. 그나마 손을 대려면 새 도화지가 필요했다. 와락와락 탄원서를 넘기는 내 손길에 짜증이 묻어났다. '낄끼빠빠'라는 그 괴상한 축약어가 떠올랐다. 내가 낄 데도, 얽혀들 데도 아닌데 싶었다. 좀 더 매몰찼어야 했다고, 후회가 다시 찾아들었다. P의 길게 늘어지는 지루한 문장들은, 유행하는 뜻 모를 축약어들처럼 알아먹기가 힘들었다. 법을 다루는 기관에 낼 서류 아닌가. '켜켜이 쌓여 오랜 세월 속에서도 잊을 수 없는', '너무너무 억울하고 답답한' 같은 수식어들을 되뇌며 계속 주절거리면 안 될 터였다. 어쨌든 P의 탄원서를, 그 속의 사건과 별 관계없을 것 같은 그의 삶을, 축약해야만 했다. 타인의 삶을 정리하고 축약하는 것이 녹록지 않은 일임을 나는 잘 알고 있었다.

사할린에서였다. 징용으로 끌려갔거나 아니면 그들을 따라왔던 2세들이 설문 대상의 한 층을 이루었다. 노인들 각자에게는 너무도 가슴 저미고 한탄스러운 사연들이 있었다. 설문 조사가 끝난 뒤, 이어지는 그들의 사연을 들었다. 한국에도 잘 알려진 것들로, 사할린으로 떠나면서 내가 숙지했던 내용들이 되풀이되었다. 강제징용으로 끌려왔다가 일본이 패망해 버려 귀국하지 못하고 그곳에 남게 된 사연. 국가 간의 이데올로기 문제 때문에 그곳에 꽁꽁 묶이게 된 이야기. 한국 정부의 관심이 더 필요하다는 것 등등의 구구절절한 넋두리. 더러 쫑긋하고 귀를 기울일 사연들도 있기는 했다. 문제는 나를 파견한 기관에서 만든 설문지였다. 사할린에 있을 때 한국의 여러 기관이나 무슨 위원회 소속 국회의원이 찾아와 그들의 이야기에 귀 기울이는 것도 몇 차례 보았다. 그 자리에 참석해 들은 바로는 내내 어슷비슷한 내용이 거듭됐다. 설문지의 질문들도 마찬가지였다. 사할린 교포들의 삶은 설문에 의해 규격화되어 압축되어야만 했다. 그들을 바라보는 내 시각도 점점 그 설문지에 맞춰져 갔다. 그곳에서 머무는 시간이 길어질수록 나는 점점 무감각해졌다. 한국으로 돌아왔을 때 그 설문지를 바탕으로 보고서를 썼다. 나는 그들의 골 깊은 사연을 규격화된 몇 장의 보고서로 축약했다. 보고서에는 빠진, 꼭 써달라고 당부했던 수많은 사연들이 나를 꽉 붙들고 늘어졌다. 사할린에서 그 말들을 들으며 연신 고개를 끄덕였던 내 모습이 떠올라 언짢았다. 하지만 나는 야멸스레 그 말들을 뿌리쳤다. 긴 사연을 늘어놓던 어느 교포 집에서 대접한다며 정성껏 차려 내온 국적 불명의 고기 요리를 입에 맞지 않는데도 억지로 넘겼다가 된통 체했을 때처럼, 보고서를 쓰고 나서도 묵직한 뭔가가 불편하게 계속 명치에 얹혀 있었다. P의 탄원서를 앞에 놓고 다시 그때처럼 언짢아졌다.

피의자신문조서를 꼼꼼히 살필 때였다. 뭔가 이상했다. 빠르게 조서를 뒤적였다. P가 건넨 서류는 중간중간 뭉텅뭉텅 빠져 있었다. 21쪽을 넘기면 27쪽이 나오는 식이었다. 전문대학을 마친 것으로 알고 있는 P의 학력도 달랐다. 중학교 중퇴였다. 그와 나 사이에 학력이 무슨 소용이 닿는단 말인가. 오히려 소설창작반에 다닐 때 들려준 여러 경험들을 부러워했던 나였다. 그래도 은근 괘씸했다. 자기가 필요한 사항들만 나한테 건네고 뭔가 숨기는 것만 같았다. 혹 나와 관련한 것들을 뺀 것은 아닐지 의심스러웠다. 내 이름이 그 조서에 아예 없었다면, 처음부터 부탁을 거절했을지도 몰랐다. 헤어지며 던진 '이해해라'라는 말은 대체 뭘 이해하라는 말일까. 느닷없이 나타나 이런 일을 맡기는 처지를 이해하라는 걸까. 아니면 오랫동안 그의 가슴속에 쌓였을 끔찍한 기억들, 여러 차례 탄원서에서 되풀이되고 있는 그 억울함을 이해해달라는 걸까. 아니면 조사를 받으며 내 이름을 들먹였기 때문일까.

몇 장을 더 넘겼을 때, 수사관의 희한한 질문 위에 내 눈길이 머물렀다. "피의자 가족 중 사상관계는 어떤지요?" 어법에도 맞지 않는 질문이었다. P는 조사를 받다가 알게 되었다며, 아버지가 6·25 때 C시에서 '민청'으로 활동했고, 외삼촌들도 마찬가지라고 했다. 내 입에서 아, 하는 탄식이 다시 나왔다. 그러고 보면 P는 자기가 겪은 숱한 사회 경험을 내게 늘어놓았지만, 정작 자기 가족 얘기는 별로 한 게 없었다. 뒷장의 신문조서를 보다가 나는 픽 웃음을 흘렸다.

문: 피의자는 86년 7월 일자 미상 18:00경 C시 소재 원주집에서 북한방송 청취 내용을 전파하였다는 게 연행된 학생들의 진술인데 사실인가요.

답: 네. 그것은 사실은 86년 5월 중순경 임진각에서 근무하고 있는 처남 J(25세)의 면회를 갔었는데 미군이 권총을 차고 차내에 올라와 어른들한테도 통명스럽게 검문을 하기에 몹시 불쾌하였다고 말하면서 우리나라의 국방은 우리 힘으로 지켜야 하는데 국력이 부족해서 그렇지 못하다는 내용을 전달한 사실이 있습니다.

앞뒤가 맞지 않는, 북한방송 청취와는 직접적인 관계가 없는 진술과 대답. 문득 조사실에서의 P가 상상이 되었다. 파랗게 질린 채 자기 죄를 거짓으로 만들어내야 하는 살벌한 분위기가 그를 옥죄고 있었을 터였다. 다시 파란 신호를 받고 글자위를 빠르게 주행하던 내 눈앞에 빨간 정지 신호가 들어왔다.

문: 그런 투의 내용은 북한방송에서 들어 익힌 것이 아닌가요. 또, 피의자가 미국을 이 땅에서 쫓아내야 한다고 주장했다는 학생의 진술이 나왔는데 사실인가요. 더구나 피의자의 누나는 미국 사람과 결혼해 미국으로 간 것으로 알고 있는데.

그 위에 멈춘 채 나는 골똘했다. P의 누나가 미국 사람과 결혼해 미국으로 갔다는 수사관의 말. 정말 P의 어머니가 썼던 어휘가 어쩌면 영어와 관계되었을지 모른다고, 내가 '언더'니, '올'이니 했던 것들이 어쩌면 진짜 영어의 그것들일지도 모른다는 생각이 강하게 치밀었다. 영어라고 단정 지어도 '언더'는 여전히 수수께끼이긴 했다. 그녀가 정신이 나간 채 왜 그런 혼잣말을 했는지 등등, 그의 집안사가 내 상상 속에서 펼쳐졌다. 그러고 보면 이따금 그녀의 말 속에 있던 '빨갱이'란 단어도 기억났다. 그때는 그게 우리가 일상적으로 말하는 '빨갱이'라고는 전혀 짐작도 못했다. 다만 그녀의 혀가 꼬인 채 뱉어낸 별 뜻 없는 말이라며 귀에 담지도 않았었다. 어쩌면 그때 그녀의 그 말은 '민청'과 관련된 것인지도 몰랐다. 그 시절 남의 집 사정을 속속 꿰는 농촌에서 그런 손가락질 비슷한 소리를 수도 없이 들었을지도 몰랐다. P도 아버지와 외가가 '민청' 활동을 한 전력 때문에 타깃이 된 것 같다고 탄원서에 덧붙였다.

신문조서에는 그의 집에서 나온 『전환시대의 논리』등 여러 책의 제목들이 쭉 나열되었다. 그것도 빌미가 되었나 보았다. P는 탄원서에서 신문조서에 적힌 몇 권은 수감되었을 때 구치소에도 비치되어 있던 책이라고 강변을 했다. '막걸리반공법'에 걸맞은 시큼하고 텁텁한 뭔가가 내 입속에 고였다. 헤어지며 건넨 P의 '이해해라!'가 그 속으로 녹아들었다. 순간 나는 '이해'할 수 있었다. 지구가 자전하듯이, 그녀도 P도 계속해서 '이해'란 말의 주위를 빙빙 돌고 있었다는 것을.

"이해해라!" 그 말은 빠르게 솟구치기 시작했다. 우주선이 번번이 도킹에 실패하며 지구의 회전궤도에 다다르지 못하다가 드디어는 지구를 벗어나 태양계를 향해, 은하계를 향해 나는 것처럼, 내 안에 꼭꼭 갇혀 있던 궁금증을 풀어줄 실마리가 굉장한 속도로 치솟기 시작했다. 바로 '이해해라'라는 말이 그의 어머니가 입에 담았던 '언더'일지 모른다는 거였다. 영어의 '언더스탠드(understand)'가 줄어 '언더'가 되었을지도 모른다고. '언더스탠드'에 대응되는 우리말도 '이해하다', '안다'였다. P의 누이와 미국인 매형은 가끔씩 그녀를 찾아오지 않았을까. 두 사람은 영어로 된 대화 속에서 고개를 끄덕이며, 이따금 다정스레 어깨를 다독이며 '언더스탠드'를 자주 쓰지 않았을까. 영어를 모르는 그녀는 그 말의 쓰임새를 감으로 때려잡을 수밖에 없었겠지. 그렇게 '언더스탠드'는 '안다',

그러니까 '이해한다' 비슷이 그녀에게 가닿았을지도 모를 일 아닌가. 그래도 그 긴 발음은 그녀에게 너무 어려웠을 터였다. 생면부지의 그 긴 발음을 어찌 다 소리로 낼 수 있단 말인가. 그녀는 그것을 자기 식으로 줄여버렸다. 이게 한껏 비상한 내 추론이었다. 그렇다면 P의 어머니는 상당히 시대를 앞서간 사람이었다. 그녀는 '언더스탠드'를 과감히 줄여 '안다'나 '언더'로 발음하기 시작했다. 나는 그렇게 단정하고 있었다. '언더스탠드'를 줄여 '언더'로 표현했다면 그녀에게 있어 '언더스탠드'에 대응되는 우리말은 단순히 '안다'보다는 '이해하다'가 되어야 했다. 그래야 '올'의 의미도 풀렸다. '올 안다', '올 언더'는 '모두 다 이해한다'라는 의미와 맞아떨어졌다. 이제 그게 맞는다고 우기는 것 외엔 '안다'와 '언더'를 풀어낼 도리가 없을 성싶었다.

일의 진척을 묻는 P의 전화가 왔다. 나는 그 물음에 '아직'이라고 짧게 대답했다. 실제 그랬다. 책상 위에는 탄원서와 조서가 어지러이 놓여 있었다. 어디서부터 손을 대야 할지 여전히 감을 못 잡았다. 이어지던 대화 중 나는 그예 그의 누이를 들춰내고 말았다. 미국 가서 소식 끊긴 지가 오래됐다는 말, 그 뒤로 그의 어머니가 정신을 놓는 일이 더 잦아졌다는 한숨 섞인 대답이 뒤따랐다.

P의 어머니 삶은 그녀가 수없이 되뇌던 '모든 걸 이해한다'

라는 말로 간단히 귀결되었다. 정신병의 산물 같던, 이따금 절규로 터져 나오던 그녀의 '안다'와 '언더'를 이제 조금이나마 이해할 것 같았다. 먹먹해졌다. 『전환시대의 논리』라는 책 제목처럼 지금은 전환 시대였다. 이제는 '축약 시대의 논리'에 따라야 할 세상인 것이다. 나는 P가 되어보려고 눈을 감았다. 내 머릿속에서 탄원서의 내용들 위로 살이 입혀져 자꾸만 퉁퉁 불어났다. 그러면 안 되었다. 그의 삶은 팍팍 쳐내져야 했다. 대부분의 우리 삶도 그렇듯 간단하게 축약될 수 있다는 생각에 다다르자 씁쓰레했다. 어쩔 수 없었다. 탄원서 위에다 나는 사선을 죽죽 긋고 시작했다. 입을 꼭 다문 채 매몰차게 P의 삶의 여정을 축약시키는 작업에 빠져들었다. 잔인한 작업이었다.

「조용환 약전」을 쓰다

살다 보면 생각지도 않게 뜬금없는 것을 찾아 나설 일이 종종 벌어진다. 내 경우에 몇몇 기억이 남아 있다. 어릴 적 딱지나 구슬을 찾아 나설 때가 그랬다. 처음에야 별 대수롭지 않게 여겼지만 그것들 없이는 동네 아이들과 어울릴 수 없다는 현실을 깨달았다. 아이들 대부분이 거기에 빠져 있었다. 그 사이에서 딱지와 구슬은 부와 권세를 가늠케 했다. 누가 더 많이 가지고 있는지, 또 누가 더 '쎈' 것을 가지고 있는지가 잣대였다. 나는 '쎈' 것을 찾아 먼 곳까지 휘젓고 다녔다.

골목에 쭈그리고 앉아 둥근 딱지를 막 섞다가 꼭 쥔 주먹에 감추고 상대에게 내민다. 그러면 상대 아이도 주먹을 펼치며 감추었던 딱지를 내보인다. 딱지에는 군대 계급인 위관급의 마름모, 영관급의 무궁화, 그리고 별들이 인쇄되어 있었다. 높은 계급의 딱지를 가진 아이가 상대방 주먹 속의 딱지를 몽땅 가져갔다. 딱지는 점점 진화했다. 이 세상 어느 군대에도 존재하지 않는 계급들이 나타났다. 처음엔 별들이 딱지의 둥근 테를 따라 한 바퀴 돌았다. 동네 문방구에서 산 딱지는 엇비슷한 계급을 달았다. 어느 날 경호라는 아이가 둥근 테를 따라 두 줄로 별을 두른 딱지를 가지고 왔다. 그 딱지 앞에서는 속수무책이었다. 어디서 샀는지 말도 안 했다. 나는 세 줄짜리도 있을 거라는 확신에 차 먼 동네의 문방구까지 속속들이 뒤졌다. 물론 그런 것은 없었다. 돈과 시간만 날리고 말았다. 은박지 속에서 나온 딱지들은 별은커녕 낮은 계급투성이였다. 그 뒤에도 결코 그런 딱지를 보지 못했다. 두 줄의 별은 딱지놀이가 시들해질 때까지 우리를 지배했다. 물론 그 별의 주인인 경호는 그렇게 딴 딱지의 양뿐 아니라, 싸움까지 잘해서 우리에게 영웅 대접을 받았다.

또 유리구슬을 가지고 구슬치기를 할 때 등장했던 새하얗게 반짝이는 쇠구슬도 그랬다. 우리의 영웅은 두 줄의 별 딱지나 쇠구슬을 어디서 사는지 알고 싶어 하는 아이들의 간절한 물음에 입을 꼭 다물었다. 유리구슬을 사정없이 깨트려버리거나 강력한 힘으로 다른 것들을 무력화시키던 쇠구슬. 쇠구슬을 파는 문방구도 없었다. 그걸 손에 넣으려 헤맸다. 나중에 커서 보니 그 쇠구슬은 자동차의 베어링에서 나온 것이었다. 문방구를 헤매고 다녔으니 나올 리가 없었다. 어린 시절부터 그런 경우는 수없이 많았다. 몇 년 전에는 혹시나 하는 요행을 바라며 로또 당첨자가 많이 나왔다는 지방의 복권방을 어렵사리 찾아가 잔뜩 산 때도 있었다. 줄을 서서 삼십 분 넘게 기다렸다. 나 같은 사람들이 내 뒤로 길게 줄을 잇고 있었다. 물론 다 꽝이었다. 그런 것 말고 진짜 먹고사는 문제가 달린, 꼭 찾아야만 하는, 느닷없는 것들도 수두룩했다.

그런데 이번에는 아주 엉뚱한, 소시민적인 내 삶과는 너무도 동떨어진 것을 찾아야만 했다. 그건 바로 영웅이었다.

내가 사는 천성시에서는 숨어 있는 영웅을 찾고 있었다. 내가 맡은 일이 바로 그 영웅을 찾아내는 일이었다. 더구나 기일도 너무 촉박했다. 영웅이 대체 누구인가. 남들보다 지혜와 재능이 뛰어날뿐더러 용맹하여 보통 사람이 하기 어려운 일들을 척척 해낸, 게다가 일촉즉발의 위기에서 많은 사람들을 구한다거나 그 비슷한 업적을 쌓은 인물 아닌가. 어쨌든 후대의 귀감이 될 수 있는 인물이 영웅이었다.

영웅이란 말들도 난무했다. 물론 무더위에도 불구하고 우주복 같은 방호복을 입고 전염병 방역을 위해 최전선에서 쉴 새 없이 이리저리 뛰어다니는 의료진과 구급대원을 놓고 그런 칭호를 붙이는 데에는 절로 고개가 끄덕여졌다. 영웅이란 말이 너무 일상에 무분별하게 스며든 탓일까. 매스컴을 타고,

「조용환 약전(趙龍煥 略傳)」을 쓰다 | **199**

인터넷을 타고 유명 연예인의 별 시답지 않은 행동에도 '영웅적'이라는 수식어를 함부로 썼다. 시에서 발행하는 『천성문화』라는 잡지가 있는데, 이번 호 특집에 실으려 하는 것이 바로 '난세의 영웅'이라고 했다. 물론 지금은 난세다. 연예인들의 시시한 행동들조차 지친 사람들에게 즐거움을 안겨준다면 '영웅적'이란 말을 붙여도 괜찮은 세상이 된 것 같았다. 어쨌든 '난세의 영웅'은 정말 나랑 아무런 관계도 없었다. 그만 발을 뺄까, 머뭇거리는 중이었다.

잔뜩 움츠러든 시민들의 마음을 어루만져줄 영웅의 표본이라니. 졸속으로 급조된 결정이 뻔했다. 다른 시나 군에서는 이미 자기네 지역에 연고를 둔 영웅들을 진즉에 내세웠다. 우리가 잘 모르는 역사 속에 숨겨져 있던 분들까지 찾아내 영웅의 반열에 올렸다. 『천성문화』 편집회의에서도 뒤늦게 '우리 고장의 숨은 영웅을 찾아서'라는 특집을 다루자는 결정이 났다. 정말 탁상공론에 지나지 않을 영웅 찾기였다. 더구나 '난세'라는 조건을 붙였다. '천성시와 관계있는 난세의 영웅'이라는 말을 처음 들었을 때 나뿐 아니라 불려온 다른 이들의 표정도 뜨악했다. 그 말을 듣는 순간 나는 세 줄 딱지를 찾으러 다니던 때를 떠올렸다. 여름방학을 맞아 다른 도시에 사는 고모네 집에 부모님을 따라갔을 때도 혼자 몰래 빠져나와 근처 문방구들을 뒤지며 세 줄 딱지를 찾기도 했다. 고모가 용돈으로 쥐여준 지폐는 하찮은 딱지들과 다 바꿔버렸다. 잔뜩 기대에 차 뜯어보면 낮은 계급들이었다. 돈을 그렇게 써버린 게 들킬까 봐 그 자리에서 그것들을 죄 버렸다. 엄마 입에서 튀어나올 말들이 뻔했다. 땟국이 흐르는 꾀죄죄한 얼굴로 고모 집으로 돌아오면 대체 어디 다녀왔냐는 엄마의 닦달이 뒤따랐다. 하지만 딱지와 쇠구슬은 비밀이었다. 천성시에서 난세의 영웅을 찾기라니. 그런 임무는 세 줄 딱지를 찾는 일보다 더 어려울 거라는, 아니 아예 불가능할 거라는 예감이 스쳤다. 전염병으로 온통 뒤숭숭한 이때, 천성시는 너무도 뒤처져 다른 곳을 따라 하려는 것이었다. 물론 그렇게 뒤늦은 데는 까닭이 있었다. 천성시에는 도무지 내세울 만한 인물이 없었던 탓이다.

횅한 회의실에는 청탁받은 집필진이 마스크를 낀 채 뜨문뜨문 거리를 두고 앉아 있었다. 나는 영문도 모른 채 그 자리에 끼었다. 지역 국회의원과 지자체 단체장, 시의회 의원들도 한마음으로 돕겠다는 말을 시 관계자가 전했다. 정치적인 후원도 아끼지 않을 것이라는 말도 덧붙였다. 그 정치적 후원이란 게 뭔지 감도 안 왔다. 그보다도 우리 고장의 숨은 영웅이란 말은 나를 더 깜깜하게 만들었다. 뜨악해진 내 표정은 마스크에 가려져 잘 보이지는 않을 터였다. 난세의 영웅 소리를 듣고는 "아, 그게 저는……" 하며 나는 계속 발을 빼려 했다. 편집부에서는 형식이나 내용에 별 제한이 없다는 점을 강조하며 계속 들이밀었다. 전염병으로 폐쇄된 시립도서관의 협조를 얻어 자료 수집에 도움도 주겠다고 했다. 『천성문화』에 가끔 글을 발표했던 나는 결국 거절하지도 못한 채 자리를 물러났다. 그동안 내가 쓴 글이라고 해봐야 영웅과는 아무 상관도 없었다. 시에서 운영하는 문화재단의 활동을 취재하거나, 아니면 시민들이 자발적으로 모여 벌이는 동아리의 활동상에 의미를 덧붙이는 정도였다. 대체 영웅을 어디서 찾아내란 말인가. 그래도 세 줄짜리 별들로 채워진 딱지를 찾아 나설 때는 얼마간 기대에 차 있었다. 쇠구슬도 로또도 마찬가지였다. 물론 그 모두가 실패로 돌아갔다. 하지만 천성시의 영웅 앞에서는 아예 처음부터 그 어떤 기대도 생기지 않았다.

그렇게 떠밀리다시피 편집회의에 참여하기 시작했다. 애초에 급조된 이번 특집은 말도 안 됐다. 누군가 중단시키자고 총대를 메길 은근히 기다렸지만 다들 무슨 꿍꿍이인지 눈만 껌벅였다. 구체적인 조사 대상으로 거론된 인물조차 없었다.

"우리 각자가 태어났거나 살았던 곳들부터 나누어 살펴봅시다. 그게 제일 합리적이지 않을까요."

그날 찾아낸 차선책이었다. 대개가 고개를 끄덕였다. 천성시에서 태어나 자란 사람들이 대부분이라 깜냥으로 뭔가 쓸거리가 있어 보였다. 그래도 나는 정말 빈손이었다. 겨우 틈을 보아 나를 끌어들인 편집장에게 내 사정을 밝혔다. "아,

그러면 천성시에 살았던 사람으로 설정을 해서 창작을 하면 되잖아요. 이번 특집의 목적을 다시 생각해보세요. 실의에 가득 찬 시민들에게 용기를 북돋아주자는 취지를 잘 아시면서." 뭔 건더기라도 있어야 물고 늘어지지 않을까. 나는 말 그대로 '실의에 가득 찬' 사무실을 빠져나왔다. 어쩔 수 없이 내가 살았던 윗말을 중심으로 찾아볼 도리밖에 없었다.

초등학교 3학년 때 천성시의 윗말로 이사를 왔다. 그때만 해도 천성시는 도시와 농촌이 뒤섞여 있었다. 윗말은 그야말로 시골이었다. 지금은 어디가 어딘지 알 수 없게 빌딩이 빼곡하지만 그때는 조금만 들어가면 바로 시골이었고, 또 조금만 나오면 도시 풍경이 펼쳐졌다. 그 경계 비슷한 고개에는 그때까지도 고리타분한 옛 풍습을 고집하며 제를 올리던 당집도 있었다. 할머니가 돌아가셨을 때 상여가 당집이 있는 고개를 넘을 수 없다고 으름장을 놓는 동네 사람들 때문에 이십 분가량 산 밑을 휘돌아 영구차로 운구했던 기억이 있다. 으스스한 당집에서 뭔가 튀어나올 것 같아 밤이면 뛰다시피 넘던 그 고개 말고도 '병풍바위'라는 것이 있었다. 어른 키 두 길이나 되게 수직으로 평평하게 펼쳐져 있던 바위를 그렇게 불렀다. 병풍바위 밑 외딴집에 우리가 추앙하며 떠받들던, 두 줄짜리 별 딱지와 쇠구슬의 '영웅' 경호가 살았다. 그는 스무 살이 되기 전부터 소년원을 들락거리더니 급기야는 교도소를 여러 차례 다녀오며 '별'을 몇 개나 달았다. 그러던 그는 두

해 전인가 암으로 일찍 세상을 등졌다.

병풍바위를 지나 숲을 헤치고 가면 조그만 내(川)와 맞닿은 야산 절벽도 나왔다. 아기장수가 죽었다는 그곳을 마을 사람들은 '용미출(龍尾出)'이라 불렀다. 겨울방학이면 삽과 곡괭이를 들고 그리로 칡을 캐러 다녔다. 이젠 병풍바위와 용미출이 있던 산도 깎여 없어졌다. 아기장수 전설은 벌써 몇 차례 여럿이 우려먹으며 『천성문화』에 실었다. 동네를 휘돌던 하천도 매립된 지 오래되었다. 거기엔 영웅과 관련된 그 무엇도 없었다.

어쨌든 발등의 불은 꺼야 했다. 내가 맡은 윗말과 관련된 향토 사료들을 뒤지기 시작했다. 비탄에 잠긴 국민들을 위로할 영웅이 천성시에 없다는 건 누구나 알았다. 어디 그뿐인가. 온 나라 곳곳이 무슨 축제니 하며 요란을 떨었다. 어떤 곳은 각설이까지 내세워 축제를 하는 마당이었다. 천성시에는 이름을 내걸 인물은커녕 이렇다 할 풍습이나 특산물도 없었다. 그런 마당에 무슨 영웅 운운하며 밀어붙이는 관계자들이 황당할 따름이었다. 향토지 속 인물들을 다 뒤져도 거리가 멀었다. 헛수고였다.

나는 이번 특집을 꾸미는 의미를 다시 되짚었다. 전염병 시대였다. 창궐한 역병을 명약이나 침술로 막아내 부락민을 구한 숨은 명의(名醫)는 없었을까. 도서관에 비치된 여러 집안의 족보를 뒤적여도 모르는 이름들만 줄을 이었다. 혹 뭐라도 나올까 싶어 여러 사람의 인생행로를 따라가보았지만 이번 특집과 관련해서는 얻을 게 없었다. 신이한 능력을 부려 사람들에게 도움을 준 전설 속 인물이라도 만들어야 할 판이었다. 그런 허무맹랑한 상상까지 머리에서 뱅뱅 돌았다. 나는 그렇게 낭떠러지 끝에 몰려 있었다.

도서관 자료실에서 찾은 천성시의 전설들도 정말 변변찮았다. 어떤 이야기는 여러 책에서 마을만 바뀐 채 엇비슷하게 실려 있었다. 대개 효부, 효자에 대한 이야기였다. 아니면 향토지에 되풀이되는 아기장수 전설이었다. 아기장수는 영웅이 될 수 없었다. 태어나자마자 겨드랑이에 날개가 달려 있었는데 그걸 어떻게 알고 찾아왔는지 관군들이 몰려왔다. 부모가 해를 당할까 봐 재빨리 용미출로 도망을 갔다가 그만 거기서 관군의 화살을 맞고 쓰러진 아기장수. 그 전설에는 어떤 영웅적인 흔적도 없었다. 하기야 아기장수가 어찌 영웅 칭호를 받는단 말인가. 그런 아기장수 전설은 전국에 수도 없이 많았다. 용미출의 아기장수 전설을 윤색할 수도 없었다. 엔간한 천성시 토박이라면 너무도 잘 알고 있는 얘기 아닌가.

점점 지쳐갔다. 퀴퀴한 종이 냄새가 풍기는 보존실을 나와 다른 서고로 갔다가 별 희한한 책을 만났다. 책 제목이 그랬다. 『「홍길동전」의 작자는 허균이 아니다』.* 황당했다. 그러면 누가 썼단 말인가. 학교 시험에도 자주 나왔지만 『홍길동전』의 저자는 허균이었다. 불변의 진리 같은 것 아닌가. 잔뜩 지친데다 말도 안 되는 책 제목에 은근 짜증이 났다. 어쨌든 『홍길동전』이든 허균이든 지금 그게 문제가 아니었다. 불쑥 천성시에는 홍길동 같은 인물이 없었을까, 그런 생각이 치밀었다. 물론 그럴 리는 없었다. 만약 있었다면 여태 가만둘 리가 없었다. 한 지방자치단체에서 가공인물이라 여겼던 홍길동이 그곳 출신인 실제 인물이라고 들고나왔다. 홍길동은 『조선왕조실록』에 기록된 실존 인물이었고, 이를 추적해 어떤 집안에 전해 내려오는 족보에서 그 단서를 찾았나 보았다. 그렇게 홍길동은 그곳 출신으로 굳어져버렸다. 우리에게 소설이나 만화영화로 익숙한 홍길동을 내세워 어설프게 축제를 하는 것도 티브이에서 본 듯했다. 천성시에도 그런 단서가 될 만한 것이 없을까, 홍길동처럼. 쓸데없는 생각이었다. 얼마나 내몰렸으면 그런 황당하고 엉뚱한 상상까지 할까. 머릿속이 잔뜩 뒤엉켰다.

조용환 씨를 만난 건 실로 행운이랄 수밖에 없었다. 어둑해질 무렵 도서관을 나오려 할 때였다. 계단을 내려오는데 층계참 한쪽에 붉은 끈으로 동여맨 책 묶음들이 잔뜩 쌓여 있었다. 폐기하려는 책들로 보였다. 그중 앞쪽 묶음에 있는 책 제목들을 훑었다. 중간쯤에 다른 책들 사이에 잔뜩 움츠리고 있던 얇은 책 한 권이 눈에 들어왔다. 책등에 인쇄된 제목은 깨알 같아 잘 보이지도 않았다. 호기심이 일었다. 또 절박했다. 꼭꼭 들어찬 다른 책들 사이에 끼어 잘 빠지지 않았다. 손가락에 힘을 줘 겨우 끄집어냈다. 긴 제목의 책이었다. 내 눈이 휘둥그레졌다. 소책자의 제목은 『수암의 기이한 천성 견문 경험기』였다.** '기이한'이란 단어에 눈이 박혔다. 대체 천성시에서 어떤 기이한 것들을 보고 들었단 말인가. '수암'은 저자의 호(號)였다. 약력을 보니 지금 어림잡아 아흔은 넘었을 나이였다. 황당한 이야기를 늘어놓을 사람으로 보이지도 않았다. 천성시 출신인 그는 교육계에 몸담았다가 나중에 행정직으로 고위직까지 올랐다. 대통령 표창과 장관 표창도 몇 차례나 받았다고 책날개에서 밝히고 있었다. 어떤 시의 시장도 지냈고 또 국전에 입선한 서예가였다. 그러고 보면 천성시립도서관에 걸린 큰 액자 속에서 '수암'이란 호를 본 것도 같았다. 그 정도 나이라면 우리가 알지 못하는 뭔가를 기록해놓지 않았을까. 가슴이 두근댔다. 나는 누가 볼까 싶어 그 자료를 재빨리 챙겼다. 계단을 내려와 로비 한편에 걸린 액자를 보았다. 수암이라는 두 글자 위에 낙관이 찍혀 있었다. 틀림없었다. 순간 뭔가를 찾아냈다는 안도감에 젖었다. 곧바로 집으로 향했다. 도중에 가슴이 뿌듯해져 몇 번인가 심호흡을 했다.

얇은 책자였다. 목차도 없었다. 나는 하나도 놓치지 않으려고 찬찬히 페이지를 넘겼다. 처음은 수암이 태어난 '독가말'이라는 마을 주변에 대한 소개가 이어졌다. 천성시 외곽 면소재지에서도 한참을 더 들어간 곳이 그의 출생지였다. 천성시 이곳저곳의 지명 유래를 적어놓았다. 우리가 칡을 캐던 용미출도 나왔다. 절벽 위의 너른 바위 언저리를 그렇게 불렀다. 아기장수의 숨이 끊어지는 순간, 절벽에서 말 울음소리와 함께 아기장수를 태울 용마(龍馬)의 흰 꼬리가 언뜻 보이다가 사라졌다고 해서 얻은 용미출이란 지명, 또 천성시를 겹겹이 둘러싼 산속에 웅크리고 있는 지명들이 이어졌다. 그런 전설 따위를 소개해놓고 견문 경험이라 내세울 리는 없을 터였다. 어쨌든 그 '기이한'을 찾아 뒤를 밟을 도리밖에 없었다. 그렇게 책장을 넘기고 있는데 '도술가'라는 말이 툭 튀어나왔다. 마치 둔갑술을 부려 몸을 감추듯 책더미 속에 숨어 있던 얇은 책 속에 이런 내용이 들어 있을 줄이야. 나는 침을 꿀떡 삼켰다.

'도술가 조용환 씨는 누구인가?'

조용환 씨는 내가 어려서부터 해방 후까지 본 인물로서 도술에 능하다고 소문난 사람이었다. 그는 독가말에서 큰 고개 너머 천성시 사루개에 살았다.

수암이 직접 본 인물이라면 믿을 만할 게 아닐까. 그렇다면 도술가는 실존 인물이라는 말이었다. 도술이라는 말을 누가 믿을까. 또 어려서 본 게 정확할까. 그 나이면 어른들의 허풍도 그대로 믿을 때 아닌가. 그런 의심이 자꾸 일었다. 얼른 수암의 나이를 다시 따졌다. 해방 후라면 그의 나이가 이십대에 접어들었을 때였다. 어릴 때가 아니다. 더욱이 학식까지 갖춘 그가 허튼소리를 할 리가 없지 않은가. 그런 믿음으로 다시 책장을 넘겼다. 조용환 씨에 대한 일화는 무려 열 개가 소개되었다. 정말 어렸을 때 세 줄짜리 별을 두른 딱지를 발견했다 해도 이 정도로 흥분했을까. 벌름대는 가슴을 누르며 찬찬히 곱씹으며 읽어나갔다.

조용환 씨는 본래 천성시 출신이 아니라 경기도 사람으로, 가솔을 이끌고 사루개로 이사 온 것은 그가 도술을 익히고 난 뒤였다. 독가말이니 사루개니 하는 곳은 지금도 천성시에서 오지로 쳤다. 물론 그럴 리야 없지만, 그가 살아 있다면 어림잡아 140세는 넘었을 터였다. 수암은 그의 이력을 먼저 소개했다.

일제 치하, 조용환 씨는 한학을 배우다가 이십대에 접어들어 뜻한 바가 있어 집을 떠나 북으로 북으로 향했다. 남의 집 신세도 지고 노숙도 하며 얼마를 갔는지 몰랐다. 모래가 산을 이루는 사막도 지났다. 늪지대를 지나 나타난 큰 산을 넘다가 동굴 하나를 발견했다. 그곳에 들어서니 앉은키가 웬만한 어른 키만 한 사람이 눈에 불을 켜고 앉아 있었다. 그이가 곧 조용환 씨가 도술을 배우게 될 스승이었다. 며칠 지나서부터 조용환 씨는 생식용 가루만 먹고 견디는 법, 물만 먹고도 사는

법, 단전에 기를 모아 힘을 쓰는 법들을 배웠다. 몇 년이 흘렀는지 모른다. 그 뒤 수련 단계가 높아져 둔갑술, 축지법을 익히고 나중에는 신동(神童)을 부리는 법까지 배웠다. 그가 수련을 시작하며 변소의 나무판에다 매일 금을 긋기 시작한 게 십 년이 넘었다. 어느 날 변소에 갔다가 나오는데 키가 구 척이나 되는 괴물이 덤벼들었다. 힘닿는 대로 왼다리를 감아 넘겼다. 다시 덤벼들자 스승에게 배운 기술로 막고 되치기로 밀어쳤더니 괴물은 쏜살같이 사라져버렸다. 굴로 돌아오자 스승이 숨을 헐떡이며 무슨 일 없었냐고 물었다. 괴물을 물리친 일을 사실대로 전하니 스승은 이제 속세로 나가라면서 몇 가지를 당부했다. 수암은 그 계율들을 조목조목 써 내려갔다. 스승의 계율은 이랬다. 첫째, 네 재주는 자신이 위험할 때만 쓸 일이지, 절대로 남을 해치는 데 쓰면 안 된다. 둘째, 절대 부자 될 생각은 말고 근근이 먹고살 정도로만 생활을 유지할 것. 셋째, 남의 재물은 쌀 한 되 이상 취하지 말 것. 넷째, 도움을 청해오는 어려운 이들이 있으면 네 재주를 잘 활용하여 도울 것. 다만 그게 의로운 일이어야 함. 다섯째, 신동 두 아이를 주니 잘 활용할 것.

조용환 씨가 도술을 익히는 일련의 과정은 정말 무협영화에서처럼 틀에 박힌 것이었다. 『홍길동전』의 저자가 허균이 아니라는 책 제목을 봤던 탓일까. 어려서 봤던 만화영화 「홍길동」이 생각났다. 길동이 스승인 백운도사를 찾아갈 때 어려

움을 겪는 일, 수련이 다 끝나 하산할 무렵 용으로 변한 백운
도사가 길동의 실력을 마지막으로 시험해보는 장면 등등. 조
용환 씨의 경우는 익숙한 것이었다. 고전소설에서도 무협영
화에서도 단골 레퍼토리였다. 수암도 그런 소설들을 보고 조
용환 씨를 윤색한 것은 아닐까, 별의별 생각이 뒤따랐다. 다
시 그의 행적을 뒤쫓았다.

일제강점기 화전이 대부분이던 사루개에 조용환 씨가 일가
를 이끌고 자리를 잡았을 때, 그 고명함을 어찌 알았는지 재
력가의 자제들 십여 명이 도술을 배우겠다며 따라다니곤 했
다. 그렇지만 도술을 배운 사람은 하나도 없었을뿐더러 그는
아들에게조차 도술을 가르쳐주질 않았다. 그러다가 한국전쟁
이 일어난 뒤 더 이상 그의 소식을 듣지 못했다고 수암은 적
었다. 수암은 "이후 조용환 씨에 대해 어떤 기록도 없고, 그의
존재조차 아는 사람이 없어 아쉬움에 직접 겪고 들은 바를 적
는다"고 덧붙였다. 수암이 쓴 일화 하나를 소개하면 이렇다.

'소 판 돈 잃은 것을 찾아주다'

나의 부친은 양곡상을 영위했기 때문에 큰 소 두 마리를 먹
였다. 그중 한 마리를 장에 팔고 다른 소를 사려는데 그날 마땅
한 소가 없었다. 소 판 돈을 신문지에 싸서 안주머니에 넣고 집
으로 돌아와 장롱에 넣어두려고 보니 돈이 없어진 것이다. 깜
짝 놀라서 오던 길을 되짚어가며 꼼꼼히 살폈다. 중간에 물을

마시고 세수하던 곳까지 가보았지만 감쪽같이 없어진 것이다. 저녁 식사도 못하시던 부친은 다음 날 산을 넘어 사루개의 조용환 씨를 찾아갔다. 의논하니 "내 찾아줄 테니 말술이나 준비해놓으시요" 했다. 돌아온 부친은 일꾼을 시켜 술을 한 말 사오게 했다. 조용환 씨가 오신다는 소문이 동네에 쫙 퍼져서 집 사랑방과 두 칸 장방, 마루에까지 마실꾼들이 골을 박아 앉아서 전후좌우의 경위를 듣고 있었다. 더운 때라 조용환 씨는 모시 두루마기를 입고 사랑으로 들어섰다. 동민 모두가 얼굴을 다 잘 알고 있었기 때문에 "조 명사님 오셨습니까?" 인사를 하니 조용환 씨는 답례하며 술이 준비되었는지 물었다. 그러고는 어서 가져오라고 했다. 동민 중에는 더러 집으로 돌아가는 사람도 있고, 남아서 술 한잔 함께한 사람도 있었다. 조용환 씨는 "나는 큰 양푼에 따라주시오" 하고는 그득 따른 술을 한숨에 들이켜고 나서 말했다. "나는 잠을 잘 테니 모두들 집으로 가시고, 주인도 안방에서 주무시오." 그러고는 목침을 베고 누웠다. 조용환 씨는 장방 아랫목에 혼자 눕고서 신동더러 동네 집집마다 동향을 살피게 한 것이다.

새벽 두시경 신동이 지켜보는 가운데 어느 한 사람이 연자방앗간 지붕 처마 밑에 신문지로 싼 돈을 넣었고, 그 사실을 신동이 조용환 씨에게 보고했다. 조용환 씨는 잠자리에서 일어나 부친을 찾았다. 밤새 고민에 쌓여 잠을 못 이루던 부친이 조용환 씨의 부름을 받고 사랑으로 들어가니 "연자방앗간 지붕 처마를 살펴 더듬어보시오" 하는 것이다. 재빨리 연자방앗간으로 가 처마 속에 숨은 참새를 잡듯 모조리 더듬어가니 과연 종이 뭉치가 손끝에 닿았다. 펴보니 소 판 돈이 그대로 있었다. 부친은 너무 고마워서 조용환 씨를 칙사처럼 대접하고 사례했다.

그 밖에 수암이 다른 이에게 들은 조용환 씨의 신이한 능력들을 간추리면 이랬다. 어느 날 다른 이와 출타했을 때 동행의 행색을 수상히 여긴 일본 경찰 여러 명이 그를 뒤쫓았다. 조용환 씨는 자기 쪽으로 경찰의 주의를 끌게 하여 동행은 감시를 피할 수 있게 되었다. 그는 번화한 집들 사이를 빠져 논길로 접어드는 순간 보란 듯이 둔갑술로 몸을 감추고 축지법으로 그곳을 빠져나왔다. 또 사루개에서 경성까지 동네 사람과 함께 갈 일이 있었다. 시외버스를 타고 나와 천성시에서 다시 특급열차(제비급행열차)로 갈아타려 했다. 헌데 만원이었던 버스는 동네 사람만 태우고 그냥 떠났다. 그 사람이 약속 장소인 경성역 대합실에 갔을 때 조용환 씨는 진작 식사까지 마치고 그를 기다리고 있었다.

또 수암의 집에서 머슴으로 살다가 조용환 씨 집 머슴으로 들어간 이의 얘기를 빌리면 조용환 씨 집은 정말 찢어지게 가난했다. 가지고 있는 논밭도 없어 식솔들은 때를 거르는 일이 잦았다. 그의 부인이 남의 농사일을 도우며 겨우겨우 끼니를 때웠다. 그런 집에서 머슴이 할 일이란 청소와 땔나무를 해 와 불을 때거나 그가 산에 오를 때 가끔 동행하는 게 다였다. 편하기 그지없는 머슴살이였지만, 문제는 남의 산에서 나무를 하다가 욕설을 들으며 창피를 당하는 일과 형편없는 먹거리였다. 마을에 추수가 끝나가던 어느 날 밤이었다. 조용환 씨는 머슴에게 다음 날 일할 일꾼을 두엇 구해오라고 했다. 이튿날 아침에 일어나보니 마당에 볏단이 수북이 쌓여 있었다. 어찌 된 영문인지 여쭈었다. "알다시피 먹을 것도 바닥나고 자네 세경도 줘야 하기에 신동들을 시켜 동면 들판의 쌓인 볏가리들에서 한 단씩만 뽑아 오라고 시켰네." 조용환 씨는 일을 서두르라 했다. 하루 종일 털어보니 벼 몇십 가마니가 나왔다. 다음날이었다. 잔뜩 쌓였던 볏가마가 사라지고 광에 달랑 세 가마만 남아 있었다. 나머지는 밤새 신동들이 밥을 굶는 집에 갖다 놓고 왔다고 했다.

그 밖에도 추운 겨울날, 마을 사람이 약으로 긴히 쓸 수박이 필요하다고 찾아왔다. 찾아온 이의 표정에서 절절함이 묻어났다. 그 사람이 조용환 씨 방에서 잠시 기다리는데 툇마루에 쿵 소리가 났다. 문을 열어보니 수박 두 덩이가 놓여 있었다. 조용환 씨가 신동을 시켜 수원 농업시험장에서 따온 것이라며 가져가라고 했다. 또 독가말 사람들이 모여 연자방아의 암돌과 숫돌을 교체할 때였다. 암돌을 제자리에 놓는 데 하루가 걸렸다. 다음날 숫돌을 옮겨 암돌에 맞출 때 애를 먹으며 절절맸다. 그때 조용환 씨가 나타났다. "막걸리나 한 사발 준

비해놓게." 사람들이 보는 앞에서 팔을 벌려 열십자로 재어 보더니 기합 소리와 함께 숫돌을 가뿐히 들어 암돌에 맞추었다. 모두 박수를 치며 칭송하니 "내가 한 게 아니고 신동들이 한 거라네"라며 준비한 막걸리 한 사발을 마시고는 자리를 떴다. 말고도 책에는 조용환 씨의 신이한 능력을 보여주는 일화가 더 나오지만 이만 줄여도 될 듯하다.

과학 시대인 오늘날 이런 이야기를 하면 누구나 옛날 동화처럼 꾸며낸 이야기라고 하겠지만 그때 이 지방에 살던 중년 이상의 분들은 그 분을 실제로 보았고, 다 잘 알고 있는 사실임을 밝힌다.

수암은 조용환 씨의 이야기 끝을 이렇게 맺고 있었다. 도술이라는 말이 계속 께름했다. 그래도 뭔가 건져낼 게 있을 것만 같았다. 뭔지 모를 게 내 속에서 꿈틀거렸다. 그 일화들 속에서 조용환 씨를 영웅화시킬 소지가 없는지 찬찬히 책장을 넘겼다. 병이 위중한 이를 위해 한겨울에 수박을 가져다준 일 등등 다 의인의 행동임에 틀림없었다. 걸리는 게 있기는 했다. 비록 활빈을 했다 쳐도 훔친 볏단들은 불특정 다수의 것이었다. 그렇게 훔친 행위가 용납될 것인가. 홍길동, 장길산, 임꺽정 같은 이름들이 잠깐 스쳤다. 뭔가 찜찜했다. 또 일제 때 경찰들을 골탕 먹이며 곤경에 처한 마을 사람을 구해낸 일도 그랬다. 수암의 글에서는 왜 일본 경찰에게 쫓겼는지 알 수가 없었다. 다만 수암은 조용환 씨의 능력에 초점을 맞추었다. 그런 능력을 가졌다면 나라를 위해 독립운동에 뛰어들어 큰일을 할 수는 없었을까. 수암이 적은 조용환 씨의 행적에다 그 정도까지의 의미를 부여할 틈은 없었다.

스승에게 도술을 익히고 천성시 사루개로 올 때까지 이십여 년 가까운 공백 기간에 대한 기록이 없다는 게 이상하기는 했다. 이십대에 도술을 배워 삼십대에 세상으로 나왔다는 소리인데, 수암의 기록을 유추하면 사루개에 자리를 잡을 때는 그가 사십대 중반은 넘었을 것이었다. 그 사이는 왜 쏙 빠졌을까. 또 한국전쟁 뒤 갑자기 식솔까지 자취를 감춰버린 까닭은 뭘까. 그 정도 도술이라면 전쟁의 참화는 너끈하게 피할 수 있었을 게 아닌가. 고개가 갸웃거려졌다. 수암이 정말 과장 없이 기록을 남긴 걸까. 의문이 계속 솟아났다.

한숨을 내쉬면서 반쯤 읽은 책을 덮었다. 물론 조용환 씨의 행적은 '기이한' 것들이었다. 다만 수암의 글들에서 독자를 설득시키려면 뭔가가 더 있어야 하는데 그게 빠져 있었다. 조용환 씨 과거 행적에서 중요한 인과관계가 빠져버린 것이다. 어쩌면 수암이 듣고 본 게 그뿐이어서 그렇게밖에 소개할 수 없었는지도 몰랐다. 이번 『천성문화』 특집에 싣는다면 수암의 글에서 모자라는 뭔가를 채워야 했다. 무엇보다 영웅으로 내세우려면 원대한 그 무엇이 필요했다. 활빈을 해도 큰 뜻

아래에서 행해졌어야만 하지 않을까. 홍길동이 세운 율도국 정도는 아니어도, 조용환 씨가 꿈꾸던 세상 같은 것은 없었을까. 나는 조용환 씨를 앞에 놓고 오락가락하고 있었다.

혹시 뭔가 없을까 싶어 도서관에서 그 도발적인 제목의 책을 집어 들었다. 저자는 국문학을 전공한 대학교수였다. 최초의 한글 소설 『홍길동전』을 허균이 쓴 게 왜 아닌지 조목조목 짚었다. 허균 당대 학자의 문집에 "허균이 중국 소설 『수호전』을 즐겨 읽다가 『홍길동전』을 지었다"는 대목이 나와서 그렇게 굳어졌을 뿐이라는 거였다. 또 그 시기에 다른 이가 지은, 홍길동이 등장하는 한문 소설도 나왔다고 했다. 저자는 『홍길동전』 속에 조선시대 '장길산'이 나오는 장면을 결정적 증거로 내세웠다. 장길산은 숙종 때 인물인데 허균이 그보다 이른 광해군 때 사형에 처해진 것은 널리 알려진 바다. 저자는 홍길동이 그의 어머니에게 이별을 고하는 장면을 예로 들었다.

옛날 장충의 아들 길산은 천한 종에게서 태어났으나, 13세에 그의 어미를 이별하고 운봉산에 들어가 도를 닦아 아름다운 이름을 후세에 전하되, 그 처음과 끝을 알 사람이 없사옵니다. 소자도 또한 그런 사람을 본받아서 이 세상을 벗어나려 하오니, 엎드려 바라건대, 모친은 자식이 있다 마시고 세월을 보내면, 후일에 찾아 모자의 정을 이을 날이 다시 있으리이다.

예전에 나도 별생각 없이 읽어 넘긴 대목이었다. 얼른 서
가에 비치된 『홍길동전』을 꺼내들었다. 진짜 장길산이 나왔
다. 저자는 『홍길동전』의 여러 이본들 속에 장길산이 나온다
고 못을 박았다. 그런 것들이 뒤얽힌 채 수없는 필사 과정을
거치다가 "1800년대에 이르러 이름도 모르는 평민 작가에 의
해 지금 우리가 읽는 『홍길동전』이 태어났다"고 저자는 주장
했다. 그 평민 작가는 봉건사회인 조선에서 차마 자기 이름을
밝힐 수 없었을 것이라고 저자는 추측했다. 그런 내용을 대충
훑었다. 평민 작가에 의해 재탄생된 홍길동, 나에 의해 재탄
생될 조용환 씨. 어떤 접점이 보일 듯 말 듯했다.

전염병 때문에 잔뜩 움츠리고 있던 사람들이 봄기운을 이
기지 못하고 밖으로 쏟아져 나왔다. 마스크를 벗어 던진 용감
한 사람들도 꽤 눈에 띄었다. 그런 느슨해진 분위기에 이끌려
도서관에서 나와 인근 카페에 들어갔다. 그곳도 사람들이 제
법 들어찼다. 아메리카노 한 잔을 받아 들고 창가 자리에 앉
았다. 앞 테이블의 두 남자는 땅 계약을 놓고 밀고 당기는 중
이었다. 옆 테이블에는 오랜만에 만난 듯 보이는 중년 여자
넷이 그간 못 풀어냈던 얘기들에 빠져 있었다. 마스크를 사
려고 줄 서서 기다리던 얘기, 아파트 같은 동에 자가격리자

가 있어 엘리베이터를 안 타고 팔층까지 걸어서 오르내리던 얘기들로 이어지다가 그런 우울한 사연들도 시들해졌나 보았다. 그중 한 여자가 연예계 이야기를 큰 소리로 떠들기 시작했다. 하도 목소리가 커서 몇 번인가 눈치를 줬지만 아랑곳없었다. 홍길동과 조용환 씨 사이의 접점을 떠올리려 해도 도무지 집중이 되지 않았다.

"세계적 패션 잡지에 최○○가 메인으로 나왔잖아. 걔가 정점을 찍은 거지. 걔 덕분에 동남아 모델들의 길이 열린 거야. 인종차별 안 받고 구찌 같은 패션지 모델로 나설 수 있는 길을 터줬잖아. 대단하지. 외모가 중요한 게 아니라 옷을 걸쳤을 때 어떤 분위기가 나느냐 하는 게 요체야. 한○○는 애를 낳고도 일반인이 넘볼 수 없는 그런 자태로 드레스를 입고 나왔는데 정말 멋있더라. 탄수화물을 억제한 게 효과를 본 거지. 한○○는 당당하게 얘기했어. 자긴 골초라고. 식욕을 억제하기 위해 피우는 거래. 난 탁 까놓는 그런 점이 차라리 좋더라구. 하루 적게 피워도 담배 두세 갑이래. 패션쇼 끝나면 딱 일주일만 먹는대. 그러니까 성공하지, 아무나 그렇게 해? 식욕억제제도 먹지 않고. 걔는 그런 상을 받을 만해. 그렇게 고생을 하는데 당연히 받아야지."

그녀들의 대화에서 모델, 탤런트들이 줄줄이 나왔다. 이번 전염병 사태에 도움을 주려고 이억 원을 쾌척했다는 연예인도 등장했다. 정말 영웅전을 읊고 있는 것 같았다. 대화에 오르내리는 그런 인물들이야말로 그늘진 그녀들의 표정을 금세 환하게 만드는 난세의 영웅들이었다. 갑자기 스파이더맨, 배트맨, 캡틴 아메리카 같은 캐릭터들이 떠올라 픽 웃음을 흘렸다. 아이들 손을 잡고 가서 본 히어로물 종합세트 같은 영화 장면도 뜨문뜨문 생각났다. 가공된 서양의 히어로들. 나는 고개를 절레절레 흔들었다. 저자는 1800년대 한글 소설은 서민이나 부녀자들이 주로 읽었다고 했다. 옆 테이블의 여자들 수다에 등장한 인물들을 보면 홍길동과는 너무나 거리가 멀었다. 나는 다시 고개를 저었다. 지금 이 사람들 이야기 어디에 사상이며 이념이 깃든단 말인가. 영웅 되기가 어디 그리 쉬운가. 불쑥 장례식장에서 죽은 경호의 인생을 한껏 부풀리던 동창들의 모습이 생각났다. 정말 영웅 만들기에 다름 아니었다.

동창회에서 온 문자를 받고 마지못해 경호의 조문을 갔었다. 초상집 같은 데 얼굴을 안 비치면 바로 동창들의 비난이 들려왔다. "애새끼가 싸가지가 없어. 친구 부모님이 돌아가시면 코빼기는 비쳐야지! 재수 대가리!" "야, 놔둬라. 걔는 부의금은 보냈다더라." 그런 비난 속에는 할머니 상여가 당집이 있던 고개를 넘을 수 없다고 떼로 몰려와 으름장을 놓던 마을 사람들의 일그러진 표정 같은 게 스며 있었다. 그게 싫어 경조사에는 억지로라도 얼굴을 내밀곤 했다. 허무하게도 너무 빨리 세상을 뜬 경호의 장례식장은 휑했다. 장례식장에 앉아 있던 나도 별 볼 일 없었지만, 동네 동창들도 그랬다. 부동산 거간 노릇을 하거나, 날품을 팔며 일용직을 전전하고 있었다. 선거철만 되면 유세하는 후보를 따라다니는 사람들 틈에서 몇몇 얼굴들을 보기도 했다.

내가 모르는 경호의 활약상이 상을 덮은 하얀 비닐 위로 계속 펼쳐졌다. 문상객은 한동네 살았던 우리가 고작이었다. 아직 시간이 좀 이르기는 했다. 우리 자리에서 떠들어대는 경호 이야기는 빈소 전체에 또렷이 퍼져나갔다. 영정 속 경호의 얼굴이 우리를 물끄러미 쳐다보고 있는 듯했다. 물론 고인을 기리는 자리라 그럴 수 있었다. 그래도 동창들의 이야기는 지나친 감이 있었고, 나는 눈살을 찌푸렸다.

"야, 그때 경호 아니면 우리가 어떻게 그런 돈 만져봤겠니. 동네를 위해 좋은 일 한 거지." 동네 앞을 길게 흐르던 내를 흙으로 메울 때, 그리고 용미출이 있던 산을 깎아내릴 때 경호가 청년회를 조직했다. 동창 몇이 합세했다. 마을 앞으로 흙을 실은 덤프트럭이 쉬지 않고 다녔다. 청년회는 동네 길가에 판자로 얼기설기 초소를 만들었다. 어디서 구했는지 노란색 청년회 완장까지 차고 지나는 덤프트럭을 일일이 세웠다. 가끔 트럭 운전사들과 싸움이 벌어졌다. 그때는 경호가 나서서 해결했다. 차를 가로막다가 여의치 않으면 아예 길 위에 누워버렸다. 결국에는 흙 한 차가 들어올 때마다 돈을 받아냈다. 흙먼지가 뒤덮은 동네 청소와 소음에 시달리는 주민들을 위해 쓴다는 명목이었다. 그들이 완장을 차고 초소를 지키고 있는 모습을 가끔 보았다. 그 돈이 어디로 갔는지 모를 일이었다. 동네를 위해 좋은 일이 뭐였는지 지금도 모른다. 그 무렵 대학을 다닌다고 타지에 나가 있다가 가끔 집에 오던 나와는 아주 먼 일이었다. "야, 어디 그것만 있어. 상우가 단란주점 열었다가 쫄딱 망했을 때 경호가 어디서 마련했는지 월세 보증금을 해줘 방을 얻었다고 하더라. 근데 상우 이 새끼 배은망덕하지. 오늘 보이지도 않네." 나를 의식했는지 이런 일화도 등장했다. 고등학교를 막 졸업하고 나서 나랑 경호랑 몇이서 치킨집에서 생맥주를 마실 때였다. 옆에서 술을 마시던 덩치 좋은 청년 하나가 우리를 보고 빈정댔다. "머리에 피도 안 마른 자식들이 어디서 술을 마셔? 말세다!" 머리가 짧아 고등학생 티가 가시지 않은 나를 두고 하는 말로 들려왔다. 경호와 다른 애들은 중학교 때 퇴학을 맞아 머리를 기르고 있었다. 그때 경호가 슬그머니 자리에서 일어나더니 그쪽으로 다가갔다. "아저씨, 나 좀 봅시다!" "이 새낀 뭐야?" "잔말 말고 따라 나오쇼!" 우르르 밖으로 몰려나갔을 때, 시비를 걸어온 덩치가 날을 잡았다며 웃옷을 벗고 있었다. 그 순간이었다. 경호는 정말 날듯이 뛰어올랐다. 높은 담장에 왼쪽 발바닥이 닿는 순간 거기에 탄력을 실어 다시 날아오른 다음 무릎으로 덩치의 얼굴을 가격했다. 눈 깜짝할 사이였다. 덩치는 풀썩 무너져 내렸다. "다음부터는 참견 마쇼. 남이야

뭘 하든." 그것으로 끝이었다. 그날 일이 다시 소환된 것이다. 나도 모르는 싸움과 관련된 이야기들이 줄줄이 이어졌다. 장례식장에서 복원된 경호는 꾀와 의리, 용맹을 다 갖추고 있었다. 거기다가 신이함까지 곁들여지는 중이었다. "너네, 병풍바위 기억나지. 거기가 명당이래. 그 밑에서 경호가 태어났잖냐. 그래서 그런가 봐. 어릴 때부터 우리랑 달랐지." 아무리 천성시 중앙극장에서 본 조잡스러운 홍콩 무협영화와 주먹 세계를 그린 방화를 무예 교본으로 여기던 시절들을 보냈어도, 경호가 그 정도까지 입에 오르내리려면 그의 삶에 웅대한 뭔가가 있어야 했다. 나는 쓴웃음을 지으며 소주잔을 비워댔다.

카페의 옆 테이블에서 계속되는 영웅 이야기는 끝나지 않고 있었다. 세상을 개혁하려 했던 허균이 썼든, 아니면 민초들의 염원을 담아 평민 작가가 썼든 『홍길동전』에는 어떤 웅대함이 있었다. 동네 아이들에 의해 사후에 멋지게 재탄생한 경호와 수암이 어려서 본 조용환 씨가 머릿속에서 막 엉켜 왔다. 그 속에 웅대함이 있을까. 옆 테이블 여자들이 일어서며 천성시에 이번 전염병 바이러스를 처음 전파한 사람을 입에 올리며 마스크를 챙겼다. 이름이 밝혀지지 않은 첫 전파자는 천성시에서 뒷소문으로 유명세를 치렀다.

해가 기울어가고 있었다. 도시는 정신을 차린 듯 다시 스산

한 풍경으로 바뀌었다. 거리는 텅 비워지는 중이었다. 마스크를 한 사람들이 뜨문뜨문 걸어갔다. 하루가 또 지나고 있었다. 뭐 하나 건진 게 없었다. 시에서 계속 보내는 문자를 보면 역병에 감염된 사람들의 숫자가 늘어나고 있었다. 위기에 처한 고담시를 구해낸 배트맨처럼 천성시를 구해낼 조용환 씨를 만들어야만 했다.

수소문 끝에 어렵게 주소를 알아내서 수암의 집을 찾아갔다. 노인은 거동이 힘들어 침대에 앉은 채 나를 맞았다. 기억이 흐릿해진 그는 자신이 쓴 글 내용도 긴가민가했다. 사 들고 간 두유 박스를 슬그머니 놓고 바로 나왔다. 이번엔 조용환 씨가 살았다던 사루개로 발길을 돌렸다. 우사에서 풍기는 소똥 냄새가 코를 찔렀다. 고압선이 지나는 높은 철탑들이 연이어 서 있는 산모퉁이를 몇 개나 돌아가니 산속에 동네가 파묻혀 있었다. 마을회관은 텅 빈 채였다. 시절이 그래선지 아니면 원래 인적이 뜸한 곳인지 나다니는 사람도 보이지 않았다. 저쪽 밭에서 연기가 피어올랐다. 뭔가를 태우고 있는 촌로를 발견하곤 그리로 다가갔다. 일흔 정도 먹어 보이는 촌로는 조용환 씨 이름을 대자 고개를 갸웃거렸다. 전혀 모르는 눈치였다. 그에게 최고령자가 사는 집을 물어 찾아갔다. 나는 찾아온 사정을 밝혔다. "글쎄, 잘 모르겠네. 조용환 씨라, 뭔가 들은 것도 같은데 기억에 없어." 아무런 소득 없이 사루개를 물러나왔다. 조용환 씨의 활동무대가 벽촌이라 해도 그에게 신세를 진 사람이 한둘은 아닐 것이다. 수암의 기록을 빼면 조용환 씨를 기억하는 사람도, 그를 기리는 이야기도 들을 수 없었다. 하다못해 촌로들의 입을 통해서라도 전해지지 않았을까. 정말 이상할 따름이었다.

원고 마감까지 일주일도 남지 않았다. 조용환 씨에 대한 자료는 더 찾지 못했다. 나는 자판을 두드려나갔다. 수암의 기록에 없는, 내가 비집고 들어갈 다른 틈을 찾으려 머리를 쥐어짰다. 그가 보여준 신이한 능력들에다 구국과 애민의 의미를 부여해야 했다. 지금처럼 역병이 돌 때로 설정하는 것도 한 방법이 될 수 있었다. 예전에는 정말 역병이 많지 않았던가. 백신도 없던 시절에 사람들이 목숨을 잃는 경우는 다반사였을 것이고 이런 설정에는 아무 의문도 달지 않을 듯싶었다. 지금 전 세계가 역병과 싸우고 있지 않은가. 며칠 전 이른 아침, 천성시의 면소재지를 지날 때 마스크를 사려고 우체국으로 몰려든 사람들이 몇십 미터나 되는 줄을 이루고 있는 걸 보았다. 그곳 주민들이 다 모인 것 같았다. 그들은 마스크로 가린 얼굴에서 불안의 눈빛들을 뿜어냈다.

독가말과 사루개 인근에 역병이 돌아 마을 입구도 전부 봉쇄된 채 사람들이 하나둘 죽어나갔다. 조용환 씨, 아니 조 명사가 그때 며칠 모습을 감추었다. 그가 돌아왔을 때 그의 집 마당에는 한 번도 본 적이 없는 풀들이 그득 쌓여 있었다. 조용환 씨는 마을 사람들에게 그 풀을 나누어주고 달여 먹게 했다. 시름시름 앓던 환자들이 자리에서 일어났다. 나중에 들은바, 그 풀들은 저 북쪽, 그러니까 그가 도술을 익히던 이국 땅에서 가져온 것이라 했다.

이 정도 일화의 뼈대는 뚝딱 만들어낼 것만 같았다. 그래도 뭔가 한참 미진했다. 역사적으로 평가받을 수 있는 것들이라야 하지 않을까. 수암의 글에도 아무 언급이 없는 이십여 년의 세월과 한국전쟁 후의 행적은 여전히 텅 빈 채였다. 그는 왜 사라졌을까.

수암의 글에는 한국전쟁 당시 전쟁의 참화가 그 오지까지 찾아왔다고 했다. 독가말 옆 동네는 '모스크바'로 불릴 정도로 많은 이들이 좌익에 가담했고, 국군과 북한군이 서로 밀고 밀리는 와중에 피바람이 불었다고 했다. 서로 잘 지내던 이들끼리 죽자사자 피를 흘리는 세상에 환멸을 느꼈을까. 조용환 씨에게 신세를 졌던 이들도 자기네와 다른 이데올로기를 가졌다고 그를 외면한 것은 아닐까. 한쪽을 선택해야 하는데 이쪽도 저쪽도 아닌 그를 경계했던 것은 아닐까. 사느냐 죽느냐의 문제이기는 했다. 그렇다면 필요할 때만 그를 떠받들고, 그러지 않을 때는 나 몰라라 한 게 틀림없었다. 그게 아니면 조용환 씨에 대해 뭐라도 전해 내려오는 얘기들이 있어야 했다. 주민도 얼마 안 되는 작은 동네 아닌가. 그게 아니라면 수암의 글은 꾸며낸 것임이 분명했다. 대체 왜 그런 허무맹랑한 얘기를 지어냈을까. 수암이 살아온 궤적을 보면 그럴 리도, 또 그럴 필요도 전혀 없었다. 이런저런 생각이 계속 꼬리를 물었다.

그 사라진 이십여 년을 채우는 건 내 몫으로 남았다. 혹시 도술을 배우고 난 뒤 독립운동에 몸담지 않았을까. 스승이 그에게 준 계율에서는 살생을 금하는 게 첫째라고 했다. 그래서 다른 방식으로 독립운동에 투신했을 수도 있다. 거기서 좌우 이데올로기로 갈라져 분파를 짓는 것에 회의를 느끼다가 결국은 사루개로 들어왔다. 그런데 사루개도 마찬가지였다. 정말 '상상의 나래'를 펴보았다. 그러나 그런 설정은 지금의 세상과 어울리지 않았다.

지금은 이데올로기의 시대다. 독립운동에 몸담았던 사람들도 이데올로기의 잣대에 의해 독립투사라는 직함에서 끌려 내려왔다. 별것 아닌 사건 기사에도 이데올로기로 편을 가른 댓글들이 줄을 이었다. 이런 때 함부로 조용환 씨의 생애를 조작할 순 없었다. 그 학자의 주장대로 『홍길동전』을 평민 작가가 썼다면, 그런 평민 작가보다 훨씬 못한 내가 담아낼 수 있는 건 어느 정도까지일까. 영 나 자신이 미덥지 못했다. 장례식장에서 경호의 인생을 부풀리던 것처럼, 나도 조용환 씨를 잔뜩 부풀려 위대한 영웅으로 만들지는 않을까. 혹 그게 성공해서 조용환 씨를 영웅으로 만든 뒤, 그를 내세운 천성시의 대표 축제라도 생긴다면 대체 나는 무슨 짓을 한 꼴이 되는 걸까. 이를테면 그의 도술에 초점을 맞춘 '천성세계도술대회' 따위 말이다. 나는 다시 편집장에게 전화를 했다. 바꿀 수 없는 기획이니 아무 내용이라도 채우라는 짜증 섞인 목소리가 들려왔다. 또다시 존재하지도 않았던 세 줄짜리 딱지를 찾아 나서는 심정이 되었다. 나는 컴퓨터 상단의 '조용환 약전'이라는 제목 아래를 채워나가기 시작했다.

조용환 씨가 만주 벌판에서 독립운동을 할 때의 일이다……

그렇게 나는 '조용환 약전'을 써나갔다. 컴퓨터 화면에 글자들이 죽죽 늘어났다. 그럴수록 이번 특집에서 내가 빠져야 도리 같다는 생각이 꼬리를 물었다.

* 『『홍길동전』의 작자는 허균이 아니다』, 이윤석 지음, 한뼘책방, 2018.
** 『수암의 기이한 천성 견문 경험기』는 청암 한상욱 선생이 미수를 맞이하여 펴낸 시문집 『淸庵逸誌 : 米壽詩文集』(한국문화, 2010)에 권말부록으로 수록되어 있는 「淸庵의 搖籃 독가말 見聞經驗記」를 참고했다.

골로먄카에 대한 상상

바이칼 호수 깊은 곳에는 골로먄카라는 작은 물고기가 산다. 배 속이 훤히 들여다보이는 게 골로먄카의 특징이다. 우리나라에도 이런 물고기가 있기는 하다. 언젠가 당진의 한 포구에서 열린 실치 축제에 간 때가 있었다. 그때 갓 잡은 실치가 정말 투명하다는 것을 알았다. 실치에 비하면 골로먄카는 훨씬 크다. 만질만질한 몸뚱이에는 비늘이 없다. 그야말로 옷이고 뭐고 홀랑 다 벗어던졌을 때 드러나는 알몸뚱이를 연상시킨다. 알로 번식하지 않고 치어를 낳는다는, 바이칼에서만 산다고 알려져 있는 골로먄카. 그래서일까, 백과사전에는 '바이칼 기름치'라고 나온다. 이 물고기에 대해 뭔가 쓰려고 한 적이 있었다.

　　　　*　　　*　　　*

　박순남 씨로부터 전화가 걸려왔을 때 엉뚱하게도 나는 그 물고기를 떠올렸다. 보름 전쯤이었다.

　"호, 호! 안녕하세요, 저 기억하실지 모르겠는데……"

　그녀는 말끝을 흐렸다. 순간 나는 당황했다. 자기가 기억나냐며 전화를 걸어 올 여자가 도무지 없었다. 나는 잠깐 머뭇댔다.

　"있잖아요, 작년 여름 시베리아에 같이 갔던 박순남이에요."

　나도 모르게 인상을 찡그렸다. 어쨌든 인사치레는 해야 도리라고 느꼈다. "아, 안녕하세요. 잘 지내셨죠?" 내 대꾸에 자신을 얻었는지 그녀는 말을 이어 나갔다. 나는 한껏 경계를 취한 채 전화 목소리를 듣고 있었다. '아, 예' 따위의 별 뜻 없는 음들만 내 입에서 흘러나왔다. 그녀가 흘리는 쓸모없는 정보들 위로 작년 시베리아에서 벌어진 유쾌하지 않았던 일들이 스쳐 갔다. 내가 건성으로 대답하는 것을 박순남 씨가 알아챘나 보았다. "어머, 정말 저 기억 안 나세요?" 여행 팀 중 내게 개인적으로 전화를 해 온 이는 젊은 남자 한 명뿐이었다. 그 친구는 러시아로 배낭여행을 가겠다며 이것저것 묻곤했다.

　얼른 작년 블라디보스토크에서 바이칼까지의 여정을 되새겨보았다. 한마디로 그냥 시베리아 횡단열차를 타고 바이칼을 보러 온 사람들이라고, 나는 그 팀의 성격을 단정 지었다. 더구나 몇몇은 날짜가 맞고 경비가 많이 들지 않아서 얼떨결에 끼었다는 소리를 들은 기억도 났다. 여행 틈틈이 시베리아와 러시아에 대해 강의를 하고 궁금해하는 정보를 제공하는 게 내 일이었다. 물론 여행 내내 궁금한 것을 묻는 이들은 거의 없다시피 했다. 그런데 불쑥 전화를 걸어오다니…… 그것도 일 년이 다 되어가는 지금. 어리둥절할 수밖에 없었다.

여행 팀은 스무 명 남짓이었다. 여성들이 절반을 넘었는데, 대부분 나이가 나보다 한참 위였다. 희미하게나마 몇 명의 얼굴이 어른거렸다. 그래봐야 뭉뚱그려진 얼굴들, 딱 누구라고 집어낼 수 없는 흐릿한 실루엣들. 아마 길에서 만나도 몰라보고 그냥 지나칠 것이었다.

"저 교수님한테 조언을 구할 게 있어 전화를 드렸어요."

여전히 누군지 감감했다. 조언은 또 무슨 소리란 말인가. 나는 미간을 좁히며 머리를 굴렸다. 작년 여름에 시베리아에 갔다면, 내가 줄 수 있는 조언이란 게 시베리아나 러시아에 대한 정보밖에 더 있을까. 그녀는 좀처럼 본론을 꺼내지 않았다. 뜬금없는 말들만 계속됐다. "이번에도 동유럽 여행 갔다 왔어요. 비엔나랑 부다페스트, 너무 좋더라구요. 교수님은 이미 다녀오셨죠?" 비엔나가 동유럽에 속하는지도 헷갈렸다. 대체 동유럽과 내가 무슨 관련이 있단 말인가. 물론 러시아도 동유럽에 들어가니 아예 무관하다고는 할 수 없지만, 그녀의 입에서 나온 도시들은 나랑 거리가 멀었다. 뭘 하자는 것인가.

하긴 작년에도 마찬가지였다. '교수님'이라고 나를 추켜세우는 사람들의 말 뒤에 숨은 것은 정작 어이없는 것투성이였다. 대개가 별로 중요치도 않은 데서 통역을 부탁하거나, 물건을 살 때 값을 깎자고 홍정 붙이는 일에 나를 앞세웠다. 러시아어를 할 줄 아는 가이드도 있었다. 물론 다른 사람들이 이미 가이드를 붙들고 늘어진 경우가 대부분이기는 했다. 깎기도 뭐한 그런 물건을 바가지 쓰면 안 된다고 반으로 뚝 잘라 나를 통해 홍정을 붙이기도 했다. 그럴 때면 난감하기 그지없었다. 똥그랗게 눈을 뜬 몇몇 러시아 상인은 뜨악한 얼굴로 나를 바라보며 고개를 저었다.

"예—에? 전, 아직 못 가봤는데요."

진짜 못 가본 곳들이었다. 약간 코맹맹이 소리가 섞인, 거기다가 "호—호—호—오!" 같은 호들갑스러운 웃음을 버릇처럼 끼워 넣는 말투. 생각날 듯 말 듯 가물댔다. 대체 누굴까. 박순남 씨는 말할 틈을 좀체 내주지 않았다. 자기가 사는 용인 아파트 단지에 새로운 카페가 들어왔는데 그곳 커피가 비엔나에서 마신 커피 맛과 너무도 똑같아 감탄했다는 말도 덧붙였다.

내 얼굴은 차츰 굳어갔다. 불쑥 짚이는 얼굴이 하나 있었다. 혹 그녀 아닐까. 내 전화번호를 어떻게 알았을까, 의심스

러웠다. 명함을 준 일도 없었다. 내게 구한다는 조언 따위는
아예 잊은 듯했다. 시시콜콜한 얘기들만 계속 터져 나왔다.
"참, 점심 드셨어요? 전 집 앞에 새로 생긴 베트남 쌀국수집
에서 먹었는데." 이야기는 이제 베트남으로 이동 중이었다.
내 귀에 온갖 '자랑질'로 들려오는, 그것도 거의가 먹고 마시
는 말초적인 행위로 채워진 그녀의 말들. 배설처럼 다가왔다.
안 되겠다 싶었다. 여전히 내가 비집고 들어갈 자리가 보이지
않았다. 그녀가 잠깐 숨을 돌리려는 찰나, 재빨리 그 틈을 파
고들었다. "저어, 박 선생님. 제가 약속이 있어 나가봐야 하
는데……" 내게 구하는 말이 뭐란 말인가. 나는 그걸 기다리
며 말끝을 흐렸다. "아, 그러세요"라며 잠시 주춤하던 그녀는
베트남 다낭에 대한 인상을 늘어놓고 있었다. 망고스틴 같은
과일도 나왔다. "박 선생님, 저어……" "호—호! 교수님, 바
쁘신가 보다. 제가 나중에 전화드릴게요. 전화해도 되죠? 그
럼 안녕히 계세요."

큰 선심을 쓰듯 그녀는 일방적으로 전화를 끊었다. 기가 막
혔다. 해외여행 다녀온 것과 먹은 음식 자랑만 한 게 아닌가.
얼른 잘랐어야 했다. 그녀의 헛소리를 다 받아준 내가 한심스
러웠다. "바쁜데 용건만 간단히 말씀하시죠!" 따위의 강경한
말들이 필요했다. 그건 내가 어려워하는 일 중 하나였다.

이나저나 대체 박순남이 누군가. 지난해 시베리아에서 찍
은 사진은 스마트폰에 그대로 있을 것이다. 사진을 정리할 시

간도 없었을뿐더러, 별로 돌이키고 싶지 않은 시간들이라, 스마트폰을 만질 때 어쩌다 그쪽 사진이 툭 튀어나오면 재빨리 다른 사진으로 넘겨버렸다. 나는 얼른 스마트폰에 저장된 폴더를 열어 빠르게 손가락을 움직였다. 작년 여름 시베리아에서 찍은 단체 사진이라고는 두 장이 다였다. 나는 화면을 확대했다. 블라디보스토크 공항에 도착하자마자 찍은 사진이었다. 그 얼굴이 거기에 있었다. 하관이 빤 얼굴에 뾰족하게 솟은 콧대 끝이 인중 가까이 내려온 길쭘한 코, 미백크림인지 자외선차단제인지를 지나치게 발라 꼭 서툰 분장을 한 것 같은 허연 피부. 그리고 앞으로 삐죽이 휘어져 나온 턱. 육십대에 들어선 지 꽤 된 얼굴. 빨간 바람막이 점퍼를 입은 그녀는 손가락으로 브이자를 만든 채 웃고 있었다. 점퍼는 원래 그런지 아니면 잦은 세탁 때문인지 몰라도 빨간색은 희끗희끗한 색을 머금고 있었다. 냉큼 그녀의 발을 확대해봤다. 창이 둥글게 휜 흰색 마사이 신발이었다. 아무래도 그 마사이 신발이 박순남 씨 같았다. 수선스럽던 그녀의 목소리가 귓가에서 계속 맴도는 동안, 골로먄카가 서서히 유영하면서 저 바이칼의 심연, 아니 내 심연으로부터 떠오르고 있었다.

하루는 호텔 계단에서 마사이 신발이 뒤로 뒤뚱 기우는 순간 앞에 있던 다른 여자의 옷을 움켜쥐었다. 마사이 신발과 옷자락을 잡힌 사람이 뒤로 넘어가며 "악!" 비명을 질렀다.

캐리어도 함께 우당탕 계단으로 굴러떨어졌다. 다행히 크게 다치지는 않아 작은 소동으로 끝났다. 졸지에 넘어진 여자가 마사이 신발에게 퍼부어댔다. "아니 이런 데 오면서 마사이 신발 신고 오는 사람이 어디 있어요? 그러니 중심 못 잡고 넘어지지. 내 참, 여행 와서 병원에 실려 갈 뻔했네!" 대체 마사이 신발이라니. 이만치 물러나 있던 나는 그 신발을 바라보았다. 밑창이 둥글었다. 우리 일정 중에는 바이칼호에 있는 섬 중 제일 큰 올혼섬에서의 트레킹도 끼어 있었다. 그녀는 마사이 신발을 신고 밑이 까마득한 절벽 끝에 아슬아슬하게 서서 셀카를 찍어댔다. 그 통에 가이드가 식겁을 하기도 했다.

단체 사진에는 마사이 신발 옆에 또 다른 여인이 자외선을 막기 위해서인지 캡을 푹 눌러 쓰고 엉거주춤 서 있었다. 캡 밑에 가려진 그 얼굴을 조금 확대해봤다. 생각나는 얼굴이었다. 확대했던 사진을 축소시켰다. 제자리로 돌아간 그 얼굴들 곁에 남녀 한 쌍이 서 있었다. 불쑥 시베리아 횡단열차의 기괴스러운 칸이 되살아났다. 네 명씩 쓰는 이층 구조의 쿠페 칸이었다. 마사이 신발과 캡, 그 남녀가 함께 한방을 썼다. '기괴하다'고 느낀 건 나만이 아니었던 것 같다.

열차가 블라디보스토크에서 출발해 삼십 분 정도 지났다. 짐 정리를 하고, 캐리어를 수납공간에 넣고, 침구를 깐 뒤 복도로 나왔을 때였다. 우리 일행이 차지한 여섯 개 칸 대부분 비슷한 속도로 정리를 끝내는 중이었다. 그런데 한 칸에서 회한한 풍경이 펼쳐졌다. 뚱한 표정을 한 네 명이 마치 점호라도 받듯이 일층에 두 명씩 양쪽으로 바투 앉아 있었다. 침구 정리는 고사하고 곧 열차에서 내릴 사람들처럼 캐리어를 두 줄로 나란히 세워놓았다. 그 가방들 중에서 유난히 번쩍거리는 빨간색이 잠깐 시선을 끌었다. 묘한 기류가 흘렀다. 칸을 배정할 때, 여행사에서는 대개 남자는 남자끼리, 여자는 여자끼리 몰아넣었다. 물론 부부라든가 특별한 요구가 있을 때는 예외였다. 그 방은 여자 셋에 남자 하나였다. 한국부터 동행한 인솔자한테 물어보니, 좀 젊어 보이는 남자와 여자 하나가 대학 동창이었다. 넷은 입을 꼭 다문 채 앉아 있었다. 꼭 집어 뭐라 말할 수는 없어도, 팽팽하게 긴장이 도는 그 칸이 분명 우리 팀의 분위기를 깨고 있는 것만은 분명했다.

인솔자에게 들어본 사정은 이랬다. 마사이 신발이 자기 짐들을 이층 수납공간으로 옮겨야 하는데 싫다고 버틴다는 거였다. 캡의 자리도 이층이었다. 그녀도 잠자코 일층에 앉아 있었다. 기차표에는 여권번호와 이름이 자리에 따라 찍혀 있었다. 인솔자는 고개를 절레절레했다. 이십대로 보이는 그는 그리 경험이 많지 않아 보였다. 그래서 만만하게 보고 더 떼를 쓰는지 모른다 싶었다. "아유, 죽겠어요. 저런 사람 가끔 있기는 해요. 그래도 저 정돈 아닌데. 막무가내로 자기가 일층 자리 먼저 잡았다고 버티는데 미치겠어요." 하도 딱해 그 사람들 나이를 물었다. 대학 동창이라 했던 남녀는 오십대 후반, 나머지는 육십대 후반이라고 했다. 육십대라면 보통 일층에 자리를 배치했다. 이층은 사다리를 밟고 오르내려야 하는 자리였다. "근데 일층 여자분 몸이 약간 불편하다고, 기차 자리는 꼭 일층으로 해달라고 예약할 때 몇 번씩 전화를 했어요. 부부 동반이 많아서 이렇게 배정했는데. 아유, 미치겠어요. 그런 사정 얘기해도 꼼짝 안 해요." 일층 몫은 원래 대학 동창이라는 둘의 차지였다. 그들도 혹 자리를 뺏길까 봐 그랬는지 꼼짝 안 했다. 화장실도 가지 않고 두 시간 정도 그대로 앉아 있었다. 정물과 다름없었다. 복도를 지나치던 일행들은 그 넷이 연출하는 장면을 흘금흘금 훔쳐보며 고개를 저었다. 기차 차장도 그들을 보고는 무슨 일인가 인솔자에게 묻기까지 했다. 3박 4일의 긴 여정이었다. 기차가 한참 달려 어떤 역에 정차했을 때, 굳게 유지되어 오던 그 균형이 깨졌다. 대학 동창인 남녀가 결국 위로 올라가기로 했다. 가방을 푸는 소리로 소란스러워졌다. 나도 은근 신경이 쓰여 그 칸을 흘끔거렸다. 눈에 확 들어오는 빨간 가방은 제자리에 그대로 있었다. 잔 흠집 하나 없이 반들반들 광택이 돌았다.

이 방 저 방 서로 인사하는 사람들로 좀 활기가 돌았다. 남자들은 챙겨온 소주잔을 돌리기도 했다. 대학 동창 둘은 곧 자리를 떴다. 식당칸으로 가는 것 같았다. 마사이 신발이 복도에 서 있는 나를 불렀다. "교수님, 이리 오세요. 우리가 기차로 며칠 가나요?" 시베리아에 대해 궁금한 게 있는 줄 알았다. 나는 마사이 신발 맞은편의 캡 옆에 엉거주춤 앉았다. "가다가 멋진 데 나오면 미리 좀 알려주세요. 근데, 교수님, 저 이상하게 보셨죠?" 나는 아무 말도 안 했다. 남의 자리에 앉아 소동을 일으킨 게 어디 이상하기만 한 일인가. 마사이 신발은 곧바로 대학 동창들의 뒷담화를 까기 시작했다. "쟤네들 암만 봐도 이상하죠. 부부는 분명 아니야. 꼭 둘이 붙어 다니는 게 어째, 호—호—호! 실은 쟤들 꼴값 떠는 게 얄미워 일층 자리 쓰겠다고 더 우겼어요. 난 저런 꼴 못 봐! 분명 남자가 먼저 꼬드겼을 거야. 함께 여행 가자고." "좀 그래 보이기는 하죠?" 마사이 신발 덕분에 일층 자리를 얻은 캡은 맞장구를 쳤다. 나는 슬그머니 그 방을 빠져나왔다. 그 뒤로도 옆방에서 마사이 신발의 소리가 자주 들렸다. 어쩌다가는 그 대학 동창이라는 남녀와 부딪치는 소리가 들렸다. "내가 참고 말아야지, 저런 양반 상대하면 뭘 해!" 그런 남자 목소리가 이따금 새어 나왔다.

남들이 자리에 누워 쉬는 밤에 마사이 신발은 복도의 차창에 달라붙어 어둠 속에서 희끗희끗 지나치는 자작나무 숲을 보며 멋있다고 탄성을 질러댔다. 컴컴해서 뭐가 뭔지 분간이 안 가는 창밖 풍경이었다. 가끔 복도를 왔다 갔다 하는 러시아인 차장에게 아무 까닭 없이 "씨바씨바"나 "이시번이쩨"라며 손을 가볍게 흔들기도 했다.

'씨바씨바'나 '이시번이쩨'는 블라디보스토크 공항에서 역까지 우리를 안내한 현지 가이드의 입에서 튀어나온 괴상한 러시아어였다. "여러분, 러시아에서 이 두 마디만 해도 사람들은 고개를 끄덕입니다. '감사하다'는 말과 '미안하다'는 말입니다. 혹시 여기 경상도 분들 계세요?" 네다섯쯤 손을 들었다. "이십 원 있지?"를 경상도 사투리로 바꾸어보라고 했다. "이시번이쩨"라는 사투리가 들려왔다. "러시아에서 미안하다는 말을 할 때 그냥 '이시번이쩨'로 하시면 러시아인들 대충 알아듣습니다." 러시아어의 '이즈빈이쩨'였다. '즈'의 지읒 발음은 우리의 시옷과 지읒의 중간 정도의 발음이나니 그럴듯했다. '감사하다'라는 '스파씨바'는 욕으로 대치되었다. "이건 간단해요. 우리 욕 있죠, '씨×씨×'. 이걸 생각하시면 됩니다. '씨바씨바'." 우리의 욕설 비슷한 발음이 러시아에서 감사의 표현이 되고 있었다. 몇은 웃어넘기며 그걸 따라 했다. 마사이 신발은 그걸 용케 잊지 않고 있다가 곧바로 써먹는 중이었다. 그게 효력이 있기는 했다. 러시아 차장은 입가에 웃음을 짓고 지나쳐갔다(여행 도중 일행 중 몇이 '씨바씨바'를 써먹으며 감사의 뜻을 표하는 걸 봤다. 물론 '이시번이쩨'도 들어 있었다). 욕설을 감사의 말로 둔갑시킨 현지 가이드의 능력은 나보다 훨씬 뛰어났다. 사투리와 욕설 비슷한 그것들은 내가 강의한 시베리아 이야기보다 사람들의 머릿속에 더 진하게 각인된 모양이었다.

내가 맡은 일이란 시베리아에 대한 강의를 두 번 하는 것이었다. 3박 4일 동안 사뭇 타고 가야 하는 기차에서 한 번, 바이칼에서 한 번 하는 것으로 잡혀 있었다. 바이칼까지 다녀올수 있는 경비 일체와 약간의 여비, 그리고 글 한 편이 그 대가였다. 대학에서 시베리아에 대한 강의를 한다는 걸 알고 여행사 사장은 나를 내세웠다. 언젠가 이르쿠츠크에서 열린 포럼에 참가할 때 그가 우리를 인솔했다. 그때 사귀었던 것이다. 강의는 시베리아에 대해 두 꼭지 정도 이야기를 하면 됐다. 여행사에서는 내 이름을 내걸고 모객을 했다. 그때 신청한 인원은 정원에 한참 못 미쳤다. 여행사에서 같은 코스를 종편채널에 광고할 때 몰려든 일부를 내 쪽으로 붙인 사실은 나중에 알았다. 시베리아를 내걸고 단골로 가는 코스였다. 광고를 낸 종편과 같은 계열 신문사에서 원고 청탁을 받았다. 아마 내 이름으로 나가는 원고를 광고로 써먹으려는 여행사 사장의 속셈도 작용했는지 몰랐다. 이번 코스에 대한 인상 같은 것을 자유롭게 쓰면 된다고 했다.

열차의 식당칸을 빌려 한 시간가량 진행된 시베리아에 대한 강의(강의라고 할 수 있을까. 내가 떠드는 동안 많은 사람들은 차창으로 스쳐 가는 자작나무며 들판 풍경을 찍어댔다. 몇몇은 내 말이 얼른 끝나면 나올 식사를 기다리며 몸을 비비꼬았다. 대부분 마지못해 듣고 있는 것처럼 보였다) 중간에 잠깐 숨을 고르기로 했다. 농담 같은 게 필요할 때였다. 블라디보스토크의 가이드가 알려준 '이시번이쩨'와 '씨바씨바'가 귓가에서 뱅뱅 돌았다. 뭐, 그런 게 없을까.

하필 그때 내가 고른 게 골로먄카였다. 그 물고기가 그렇게 쓰일지 몰랐다. 마침 상의를 훌렁 벗은 러시아 남자가 식당 안으로 들어왔다. 열차를 타면 가끔 보는 광경이었다. 좁은 복도였다. 그의 반들반들한 흰 살결이 나를 바짝 스쳐 갔다. 순간 이거다 싶었다. 골로먄카! 더구나 우리의 최종 목적지가 바이칼 아닌가. 바이칼에만 산다는 물고기.

"여러분들, 이제 많이들 친해지셨죠. 어떤 분들은 흉금도 털어놓는 사이가 되신 것 같아요. 그래서인데, 바이칼에는 재미난 물고기가 삽니다."

먼저 골로먄카라는 어류에 대해 조금 설명할 필요가 있었다. 러시아어를 좀 아는 분이 이 물고기 이름을 들으면 웃음을 머금지 않을까. 나는 그랬다. 몇 년 전 바이칼에 갔다가 우연스럽게 이 물고기에 대해 들었다.

한 민박집에서 사흘 정도 묵었다. 주인 남자는 바이칼에서 오물을 주로 잡는 어부였다. 머무는 동안 오물로 만든 요리는 질리도록 먹었다. 오물은 바이칼에 사는 청어의 일종이라고 알려져 있다. 바이칼 명물로 손꼽히는 생선이었다. 말이 명물이지 제일 흔히 잡힌다는 말 아닐까. 감자와 오물을 넣어 끓인 멀건 수프, 훈제한 오물, 오물 살을 발라 소로 넣은 만두 등등. 기름기 많은 그 오물은 나만 물린 게 아니었다. 민박집에서 기르는 흰털에 검정이 박힌 덩치 큰 점박이 개도 그랬다. 그 개랑 친해지려고 오물로 속을 채운 만두를 던져주면, 킁킁대며 코를 갖다 대는 척하다가 한발 물러나 고개를 들어 먼 곳을 바라보곤 했다. 오죽하면 개도 잘 안 먹을까, 나는 손에 묻은 기름기를 닦아내며 고개를 저었다. 그걸 바라보던 주인도 무안했는지 말을 붙여 왔다.

"바이칼에서 제일 흔하게 잡히는 물고기가 오물이긴 해요. 하지만 바이칼에는 다른 물고기도 많아요." 그는 뭐가 뭔지 모를 물고기 이름들을 내리 늘어놓았다. 그때 골로먄카가 튀어나왔다. 나는 순간 굶어서 빼빼 마른 듯한, 예민해서 신경질적인 반응을 보일 듯한 물고기를 떠올렸다. 골로먄카라는 발음 위로 러시아어 형용사 '골르이'가 스쳤기 때문이었다. 나는 하하 웃었다. 뭐 그런 하찮은 물고기를 자랑이라고 내놓나 싶었다. 내가 웃자 관심을 보인다고 여긴 주인 남자는 덧붙였다. "그게 바이칼에만 사는데 속이 다 보여요." 그게 뭔 소리인지 처음에는 알아듣지 못했다. "정말 유리를 통해 보듯 뼈랑 다 보인다니까요." 유리라는 말은 허풍으로 들려왔다. 어쨌든 몸속이 보인다면 '골르이'의 뜻과 딱 맞아떨어지는 것 아닌가. 그 러시아어 형용사는 '헐벗은', '벌거벗은', '나체의' 같은 뜻을 지닌다. 거기다가 '가난한', '공허한'의 뜻도 따라붙는다. 이 러시아어 형용사가 골로먄카의 모든 특징을 아우르는 것만 같아 웃음을 지으며 고개를 끄덕였다.

내 짐작대로 손가락 크기의 작은 물고기라고 했다. '아, 그런 물고기도 있구나.' 나는 고개를 끄덕였다. 어쩌다가 바이칼 깊은 곳에 꼭꼭 숨어 있던 골로먄카가 호숫가 모래 위에 떼로 죽어 있는 것을 볼 때가 있다고도 했다. 바이칼에 폭풍이 몰아치고 난 다음 가끔 그런 광경이 펼쳐진다는 것이었다. 오래전 지진이 났을 때도 그랬다고 했다. "여기 전기 들어오기 전에는 기름 대신 골로먄카 기름으로 등불을 밝히기도 했어요, 아주 한참 전 일이긴 하지만." 내게 각인된 골로먄카는 그런 것이었다. 무엇보다 알몸을 연상시키는 우스운 이름의 물고기. 보지는 못했지만 골로먄카는 오물과 함께 바이칼의 대표적인 물고기라고 내 머리에 자리 잡았다.

"살다가 제 의사가 상대방에 전달 안 될 때 문득 골로먄카가 생각납니다. 괜스레 오해를 사는 경우, 억울해 속을 다 보여주고 싶을 때 있잖아요. 저도 그럴 때 속이 다 보이는 그 물고기가 되고 싶다는 생각을 합니다. 하하하!"

골로먄카는 신통치 않았다. 썰렁했다. 내게는 우습던 골로먄카는 어떤 웃음도, 감흥도 일으키지 못한 물색없는 것이 되고 말았다. 나는 얼굴을 붉혔다. 정말 골로먄카처럼 홀랑 벗은 알몸이 된 것 같았다. 시베리아에 대한 강의로 되돌아갔을 때도 대부분 심드렁한 표정을 짓고 있었다. 마침 우리가 단체로 주문했던 음식들이 나오기 시작했다. 그 김에 얼른 강의를 마무리했다. 나는 삶은 감자를 으깬 노르끼리한 요리를 앞에 놓고 멍하게 앉아 있었다. 내 낯빛도 그 감자 요리를 닮았을 거라는 짐작이 들었다. 꿀꿀했다. 내게 골로만카를 불러다준 웃통 벗은 그 러시아 남자가 음식이 담긴 접시를 들고 식당을 빠져나가고 있었다. 감자 옆에 놓인 스테이크는 거들떠도 안 보고 그 퍽퍽한 감자 요리를 목으로 꾸역꾸역 넘겼다.

*　　*　　*

　다시 전화한다는 말은 정말이었다. 박순남 씨로부터 이틀 지나 또 전화가 왔다. "교수님, 안녕하세요. 박순남이에요. 잘 계셨죠. 제가 이번에 동네 도서관에 나가보려 하는데 책 좀 추천받으려고요." 끊기지 않고 스르륵 이어지는 그녀의 말. 대체 어떤 책을 추천해달라는 말인가. 나도 모르는 새 또 말려들었다. 어쩌면 이게 지난번 조언을 구한다는 일이구나, 짐작했다. 어느 분야 책을 찾는지 물었다. 문학이니 역사니, 책들은 넘쳐나지 않는가. "글쎄, 박 선생님이 어느 분야에 관심을 갖고 계신지 말씀해주셔야 책을 추천해드리지요." 내 목소리에 짜증이 실렸다. "호―호, 아무거나 추천해주세요. 제가 뭘 알아야지요. 그래서 교수님한테 부탁드리는 건데." 박순남 씨는 어느 틈에 또다시 옆길로 샜다. "그런데 교수님, 이번에 미국 여행을 가려 하는데, 거기 옐로스톤 말이에요."

그녀는 뜬금없이 미국의 유명 여행지를 꺼냈다. 나는 옐로스톤 앞에서 그 즉시 멈춰 섰다. 이제 진짜 박순남 씨가 누군지 꼭 알아야만 답답한 속이 뻥 뚫릴 것만 같았다. 너무도 무례하지 않은가. 어쩌면 마사이 신발이 아니라 캡일지도 모른다는 생각이 솟았다. 작년 여행을 할 때 캡은 자기가 가봤다는 해외 여행지 여기저기를 꼽았었다. "남편이 허구한 날 해외로, 제주로 골프만 치러 다녀요. 나도 이젠 집안 살림 집어치우고 틈날 때마다 해외여행 다녀요." 캡이 늘어놓은 해외 관광지들은 만만치 않았다. "설마 그런 곳을 다 다녔을라고." 누군가의 목소리가 들려왔다.

가끔 기차 안 식당에서 맥주를 시켜놓고 나 혼자 앉아 있을 때가 있었다. 몇 차례 캡과 마사이 신발이 뒤따라와 합석을 했다. 둘은 어느새 말을 텄다. 마사이 신발은 모 방송국에서 몇십 년 경리 일을 봤다는 말을 했다. 방송국이란 말에 나는 고개를 갸우뚱했다. 둘은 이국의 도시들을 많이 늘어놓았다. "힘 있을 때 막 다녀볼라구요. 몇십 년 직장 다니며 애들 키우고, 다 출가시켰어요. 해방이에요. 그래서 해외여행 막 다녀요." '막'이라는 부사를 막 써가면서 강조했다. 한마디로 '닥치는 대로' 다닌다는 소리로 들려왔다. 그 '막' 소리에 마사이 신발의 흠집 하나 없는 빨간 가방이 어른댔다. 캡은 서초동에 아파트가 두 채 있는데 아예 한 채는 팔아서 남편과 따로 놀러 다닌다고 했다. 마사이 신발이 툭 끼어들었다.

"애, 너, 남편 잘 캐봐. 그게 말이 되니? 남편이 너랑 안 다니면 수상한 거야. 돈도 있겠다, 딴짓 한다." 곧바로 같은 방 남녀에 대한 흥이 한참 이어졌다. 왜 그렇게까지 열을 내는지 모를 일이었다. 더구나 자리까지 양보해주지 않았던가. 합석하게 되면 주로 내가 그녀들이 마신 차와 맥주 값을 지불했고, 한 번인가는 마사이 신발이 계산한 것 같다. 돈 많다고 자랑하던 캡은 끝내 차 한잔 사지 않았다. 그러면서 내가 들은 내용은 그녀들의 가정사, 그리고 해외 도시들, 아파트 시세, 뭐 그런 게 아니었나 싶다.

정말 캡일까. 나는 고개를 흔들었다. 아무래도 캡보다는 마사이 신발이 박순남 씨일 공산이 컸다. 쉴 틈 없이 질주하는 말. 어쨌거나 그때 바이칼에서 골로먄카를 먹다가 내 아웃도어 바지에 흘린 기름이 얼룩져 지금까지 희미하게 남아 있는 것처럼, 그렇게 어렴풋하게 남아 있던 두 사람을 둘러싼 기억이 점차 또렷이 복원되고 있었다. 마사이 신발과 캡은 사는 동네도 버스로 몇 정거장 안 되는 모양이었다. 그 사실을 내세우며 둘의 돈독함을 뽐내는 것처럼 내 눈에 비쳐왔다.

종잡을 수 없는 전화 속 목소리. 그날도 전화를 십여 분 가까이 받은 뒤에야 풀려날 수 있었다. 추천해달라는 책 이야기는 더 이상 대화에 등장하지도 않았다. 그래도 수확 하나가 있기는 했다.

"저 교수님, 그때 제가 사드린 보드카는 다 드셨죠?"

마사이 신발이었다. 시베리아에서의 마지막 날, 일행은 대형마트에서 집으로 가져갈 주류나 초콜릿 따위를 챙겼다. 밖에서 서성이던 내게 마사이 신발이 다가와 비닐봉지를 내밀었다. "교수님, 너무 감사해요. 제 선물이에요." 보드카였다. 꺼림칙했다. 그 호의 속에 뭔가 숨어 있는 건 아닌가. 사양을 하며 집에 가져가라고 해도 계속 디밀었다. "교수님 드리려고 샀다니까요." 고맙다며 보드카까지 사줄 일이란 게 있었을까. 그럴 일이 하나 있기는 했다. 할 수 없이 나는 보드카를 받아 들었다. 어쨌든 궁금증은 풀렸다. 마사이 신발이라면 앞으로 조언이니 뭐니 더 들을 필요가 없을 것이었다. 누군지도 모르는데 살살 약을 올리듯 이름만 들이대던 사람이 마사이 신발로 밝혀졌을 때는, 정말 골로만카를 처음 볼 때의 기분이라 할까.

*　　*　　*

그 물고기를 눈으로 직접 본 것은 이르쿠츠크에서였다. 마침내 역에 내렸다. 시내의 한국 식당에서 식사를 마친 뒤 곧장 바이칼의 유명 관광지 리스트비얀카로 이동을 했다. 하룻밤을 보내야 할 곳이었다. 이르쿠츠크 현지 가이드는 그곳 시장에서 장을 보라고 했다. 노천시장이었는데 훈제한 오물이

나 샤슬릭 같은 음식을 만들어 팔았다. 주스나 맥주, 보드카를 파는 조그만 슈퍼도 있었다. 버스에서 내린 일행은 시장에서 뿔뿔이 흩어졌다. 나야 살 게 없어 슬슬 시장 구경만 하고 있었다. 훈제한 생선 특유의 퀴퀴한 냄새가 시장 전체를 둘둘 감쌌다. 좌판 위에는 거의가 훈제한 오물이었다. "교수님, 기차에서 속이 다 보인다는 그 생선이 어떤 거예요?" 마사이 신발이 어느새 나를 따라붙었다. 아뿔싸, 그제야 나는 골로먄카를 한 번도 본 적이 없다는 사실을 깨달았다. 당황스러웠다. 기차 안에서 농담으로 한 골로먄카를 어찌 새기고 있단 말인가. 민박집 주인 남자가 들려준 정보 이상으로 골로먄카에 대해 아는 게 없었다. 단지 기차에서 웃통을 드러낸 채 나타난 러시아 남자 때문에 분위기를 바꾸자고 한 얘기 아닌가. 나는 태연한 척, 좌판에 진열된 물고기들을 살폈지만 속으로는 그게 아니었다. 농담거리로 꺼내든 골로먄카를 한 번도 보지 않은 게 들통날까 조금 걱정이 됐다. 작은 물고기를 눈으로 바삐 찾았다. 다행히 생선들 밑에 물고기 명칭이 적힌 누런 종이가 보였다. 거기 골로먄카가 있었다. 가지런히 쌓여 있는 훈제된 골로먄카는 가운뎃손가락 길이였다. 나는 거기를 손짓으로 가리켰다. "어머, 이거예요." 그녀는 어느새 골로먄카를 배경으로 셀카를 찍고 있었다. 나는 그녀를 놔두고 재빨리 자리를 떴다. 골로먄카를 처음 보았다. 노르스름하게 익은 몸통 안에서 우윳빛 살이 희끗댔다. 대체 저게 투명하다면 물속에서 어떨지 상상을 했다. 나는 다른 가게에 진열된 골로먄카를 몇 컷 찍었다. 꼭 노가리 크기의 골로먄카를 가느다란 나뭇가지에 열 마리씩 꿰어 걸어놓은 곳도 많았다. 이번엔 캡에게 걸렸다. 물건 사는 걸 도와달라고 했다. "바이칼 왔는데 오물은 먹고 가야지. 교수님이 좀 도와줘요." 마지못해 그녀를 따라갔다. 그녀는 훈제한 오물 앞에 섰다. 가격을 보니 한 마리에 이백오십 루블, 우리 돈으로 오천 원 정도 될까. 그걸 두 마리 사는데 나를 앞세워 깎으려 들었다. 난감했다. 그녀의 말을 전해 들은 주인은 찡그린 얼굴로 나를 빤히 노려보았다. 이어 단호히 고개를 가로저었다. 어쩔 수 없이 제값을 치른 그녀는 오물을 받아 들며 "씨바씨바" 했다. 욕설인지 감사의 표현인지 그 말을 뱉은 그녀의 속내는 알 수 없었다. 막 휘둘러 깎자고 한 나야말로 주인에게 좀 미안했다. 나는 골로먄카를 손으로 가리켰다. 맛이 어떤지 궁금하기도 했다. 주인은 오물을 깎자고 덤벼든 내게 심드렁하게 대꾸했다. "저거 비싸요." 괜찮다며, 달라고 하니 손가락으로 브이를 만들었다. 조그만 골로먄카 한 마리가 이백 루블이라는 거였다. 그보다 몸집이 훨씬 큰, 스무 배는 넘을 오물은 이백오십 루블이었다. 골로먄카의 몸값이 무척이나 높다는 것을 그때 알았다. 나는 두 마리를 샀다. 그리고 가게에 들러 조그만 보드카도 한 병 샀다.

호텔 카운터 앞에서 현지 가이드가 방 배정을 하고 있었다. 방 호수를 듣고 짐을 챙겨 들 때였다. "아니 이게 뭐야? 나, 다른 사람하고 방을 배정해줘요." 허리춤에 두 손을 걸친 채 캡이 완강하게 버텼다. "아니, 기차에서도 꾹꾹 참고 왔는데. 아, 난 더 못해. 쟤하고 왜 날 붙여!" 캡에게 배정된 룸메이트는 마사이 신발이었다. 하나도 이상할 게 없었다. 너무도 자연스러운 방 배정 아닌가. 씨근대며 캡이 현지 가이드를 몰아붙였다. 가이드는 이르쿠츠크로 유학을 온 학생으로 풋내기 같았다. 가이드는 쩔쩔맸다. "이미 방 배정이 끝나 어쩔 수 없습니다. 불편해도 오늘만 그냥 지내시면 내일 바꿔보겠습니다."

기차 안에서의 그 기괴스러웠던 풍경도 그랬지만, 호텔에서 벌어지는 일에 나는 고개를 갸웃거렸다. 더구나 교회에 열심히 나간다는 캡은 하느님, 예수님 찾으며 마사이 신발과 서로 친하게 지내지 않았던가. 일행 대부분이 불똥이 튈까 봐선지 서둘러 배정받은 방으로 짐을 옮기기 시작했다. 인솔자가 나서서 상황을 정리하려고 했다. "이게 뭐야, 한국 가면 여행사에 안티 놓을 거야. 나, 기차에서 꾹꾹 눌러 참고 왔어. 난 쟤하고 한 방 못 써!" 캡의 말투는 그악스러웠다. "쟤하고 한번 같이 있어봐. 내가 왜 이러는지 알걸. 한다는 소리가 남편하고 갈라서라는 둥 말도 안 되는 소리만 지껄여대고. 제깟게 뭔데 남의 가정사에 이래라 저래라야!" 마사이 신발은 호텔 밖에서 아무것도 모른다는 듯 셀카봉에 장착한 스마트폰으로 이리저리 방향을 바꾸며 자기 모습을 열심히 찍어댔다. 결국 인솔자와 가이드가 내게 다가왔다. 혼자 쓰기로 한 내 방을 좀 내달라는 것이었다. 어쩔 수 없었다. 어쨌든 저들과 탈 없이 여행을 마쳐야 했다. 나는 마지못해 고개를 끄덕였다. 인솔자와 같은 방을 써야 했다. 결국 마사이 신발과 캡은 각각 독방을 차지했다. 여행이 끝날 때까지 그들은 계속 독방을 썼다. 내 몫의 방은 그렇게 사라졌다. 어이가 없었다. 나도 혼자 시간이 필요했다. 무엇보다 한국에 도착하면 곧바로 보내야 할 원고가 걱정이었다. 그래서 처음부터 여행사 사장에게 독방을 달라고 부탁한 것 아닌가.

이런저런 소동에 머릿속도 뒤엉켰다. 그날 그렇게 돌변한 캡의 태도도 의아스러웠다. 둘 사이에 어떤 일이 있었을까. 마사이 신발은 정말 나사 빠진 기계처럼 앞뒤가 안 맞는 말들을 쉴 새 없이 떠들어대긴 했다. 그녀가 다가가면 사람들은 슬금슬금 자리를 떴다. 인솔자는 이미 기차에서 겪은 게 있어선지 아예 멀찌감치 거리를 뒀다. 이르쿠츠크 현지 가이드도 그런 소리를 했다. "저 아주머니, 좀 이상하지 않아요? 와서 뭘 물어봐 알려주면, 뭘 물어봤는지도 몰라요."

그날 인솔자는 너무 피곤하다며 자리에 먼저 누웠다. 나는 불쾌한 기분을 털어내려 보드카 몇 잔을 했다. 안주로 산 골로먄카가 야들야들하게 손끝에 닿았다. 훈제 특유의 냄새를 휘두른 값비싼 골로먄카. 입에 대자마자 기름이 입술에 잔뜩 눌어붙었다. 맛도 영 아니었다. 기름지다고 사지 않았던 오물보다도 훨씬 더했다. 괜히 골로먄카를 집었다고 후회가 들었다. 순간 손에 든 골로먄카에서 내 바지 위로 기름이 뚝뚝 흘러내려 금방 얼룩을 만들었다. 결국 비싼 값을 치른 골로먄카는 다 먹지도 못하고 쓰레기통에 처넣었다.

다음 날 아침, 나는 비척대며 방을 빠져나왔다. 어이없이 방을 뺏기고는 코 고는 소리에 잠까지 설쳤다. "어머, 교수님! 잘 주무셨어요?" 마사이 신발이었다. 낯빛이 좋았다. 화장을 한 얼굴로 샐샐 웃고 있었다. 어느새 호텔 식당에서 아침을 먹었는지 나오다가 나랑 마주친 것이다. 나는 누렇게 뜬 얼굴로 그녀를 바라보았다.

곧바로 도착한 곳은 바이칼 생태박물관이었다. 바이칼에서만 산다는 물개 네르파가 큰 인기를 끌었다. 복작대는 사람들 틈에 끼어 걷던 나는 물고기들의 표본이 담긴 비커 앞에서 발을 멈추었다. 거기에 머리를 위로 곧추세운 골로먄카가 있었다. 나는 고개를 갸웃거렸다. 골로먄카라면 속이 훤히 들여다보인다 하지 않았던가. 살아 있을 때만 그런가 보다고 넘겨짚었다. 시베리아를 놓고 끄집어낸 게 하필 골로먄카 아닌가. 이 물고기를 가지고 청탁받은 원고를 쓰면 어떨까, 문득 그런 생각이 스쳤다. 사람들 머리 위로 솟은 셀카봉이 내 쪽으로 오고 있었다. 마사이 신발이었다. "어머 교수님, 여기 계셨네. 참 이게 그 물고기예요? 그 뭐냐, 시장에서 본 생선 있잖아요. 뭐라더라, 골—골로…… 하여간 속이 다 보인다는 거 말예요." 나는 그렇다고 끄덕였다. "근데 뭐예요? 하얗기만 하지 속은 하나도 안 보이는데요?" 나는 더 보탤 말이 없었다. 골로먄카 앞에서 또 비참해졌다. 뒤이어 들어온 한 무리의 중국 관광객이 우리를 다른 쪽으로 밀어냈다.

그날 이르쿠츠크 관광을 마친 뒤 시내 호텔에 짐을 풀었다. 마사이 신발은 엘리베이터 쪽으로 캐리어를 옮겨주는 호텔 직원에게 또 '씨바씨바'를 연발했다. 입이 썼다. 시베리아에 오며 세운 계획들은 이미 와르르 무너져내렸다. 그날 밤 호텔 방에 처박혀 내가 한 일은 골로먄카에 대한 검색이었다.

바이칼의 골로먄카는 두 종류였다. '볼샤야(큰) 골로먄카'와 '말라야(작은) 골로먄카'. 뜻 그대로 크기가 달랐다. 큰 골로먄카는 이십오 센티까지 자라는 반면 작은 골로먄카는 십 센티 조금 넘는다는 설명이었다. 수온이 아주 낮은 깊은 곳에서 골로먄카가 살아가는 방법은 무척 단순했다. 방법은 몸에 지방을 많이 축적하는 것이었다. 큰 골로먄카는 몸의 사십 퍼센트 정도가 지방인 반면, 작은 골로먄카는 지방이 훨씬 적어서 뼈와 혈관이 다 보일 정도로 투명하다는 것이었다. 골로먄카에게 맞는 수온은 섭씨 사 오 도로 섭씨 구 도만 되어도 죽어버리는 모양이었다. 어쩌면 골로먄카는 차디찬 이성을 갖고 있는지도 모른다는 엉뚱한 생각을 했다. 보통 이성을 잃을 정도로 열을 받는다면 미친 듯이 상대방에게 달려들 것 아닌가. 근데 거꾸로 꾹꾹 제 속을 누르며 스스로 스러지고 마는 걸 보면, 너무도 착한 물고기가 아닐까.

골로만카 사진도 많이 올라와 있었다. 어떤 것은 정말 투명해 등뼈와 혈관이 다 보였다. 커다란 입, 빼빼 마른 몸통 위쪽으로 유난히 큰 해골 같은 머리통. 나는 여전히 골로만카라는 이름은 '골르이'라는 형용사에서 온 것이라 단정하고 있었다. 홀딱 옷을 벗은 나체의, 헐벗은, 또는 가난하다는 뜻을 가진 '골르이'. 나는 점점 진지해졌다. 다큐에서 본 인도의 수행자들을 연상했다. 앙상한 몸뚱이 위로 뼈를 드러낸 채 힘든 동작을 하는 수행자들. 한갓 물고기를 가지고 고행을 하는 수행자까지 들먹이면 너무 과한 비약이기는 했다. 차디찬 이성이니 하는 쓸데없는 생각이 나를 거기까지 끌고 간 것인지도 몰랐다. 근데 명칭의 유래에 대한 확신은 곧바로 무참히 깨졌다. 골로만카는 '골르이'에서 유래한 게 아니었다. 설명에 따르면 러시아어 고어인 '골로멘'에서 유래했다는 것이었다. 그 뜻이 '바닥을 알 수 없는 심연', 또는 '심해'라는 설명이 이어졌다. 어쨌든 차디찬 수심 깊은 곳에 사는, 너무도 이성적이기만 할 것 같은, '이거다'라고 꼭 집어 말할 수는 없지만 어떤 형이상학적인 뜻을 품고 있을 것 같은 골로만카였다. 골로만카는 정말 내 속에서 바닥과 끝을 알 수 없는 뭔가가 되어갔다.

마사이 신발이 재차 말썽을 부렸다. 올혼섬 트레킹을 하는 도중에 야외에서 점심을 먹을 때였다. 대부분 옹기종기 둘러 앉아 감자를 넣은 오물 스프를 훌쩍거리고 있었다. 마사이 신발이 보이지 않았다. 캡마저 떠난 마사이 신발은 늘 혼자였다. 일행은 식당에 앉을 때 빈자리가 있으면 마사이 신발이 올까 봐 얼른 다른 사람을 불러 자리를 채우고는 했다. 마사이 신발이 자신들과 섞일까 봐 어디에 있는지, 어디 앉았는지 늘 신경을 썼다. 가이드가 점심을 먹다 말고 벌떡 일어섰다. 그러더니 냅다 저쪽 절벽을 향해 달리기 시작했다. 거기에 마사이 신발이 있었다. 그녀는 절벽 끝에 서서 셀카봉을 들고 이쪽저쪽 바이칼을 배경으로 사진을 찍는 중이었다. 누군가 호들갑스럽게 소리쳤다. "어머, 어머, 저 신발 신고 저기 서 있네. 떨어지면 어쩔라구!" 잠시 뒤 가이드가 마사이 신발을 데리고 왔다. 큰소리로 야단을 치는데도 마사이 신발은 태연한 표정이었다. 나도, 일행도 큰숨을 뿜어냈다. 절벽에서 돌아온 마사이 신발은 식어버린 오물 스프를 받아 훌쩍훌쩍 마셨다. 꿋꿋했다. 그러더니 가까이 앉은 사람을 향해 뭔가 또 쉴 새 없이 떠들었다.

여행 중에 마사이 신발은 늘 맨 뒤로 처졌다. 사람들이 없을 때 혼자서 원하는 사진을 찍으려고 그러는 것 같았다. 사고라도 났다면…… 아찔했다. 밑은 아득한 절벽이었다. 정말 밉살스러웠다. 그녀 때문에 혼자 쓰는 방도 빼앗긴 터라 더 그랬다. 한편으론 대놓고 따돌림을 받는 마사이 신발이 측은하기도 했다. 하기야 그녀가 내 방을 뺏은 것도 아니지 않은가. 가끔은 저만큼 처진 그녀가 오기를 기다리며 길을 멈추어 섰다. 그럴 때면 기다려줘서 고맙다는 인사치레와 풍경에 대한 감탄을 빠뜨리지 않았다. 그러다 보면 주차해놓은 차까지 한참을 둘이서 따로 걸어가야 했다. 어떤 때는 나한테 몇 번 전화했다는 그 젊은 친구가 상대를 해주었다. "그래도 너무 따돌리는 것 같아 미안한 마음이 들어서요." 심성이 따뜻한 친구였다. 하여간 차에 마지막으로 오르는 이는 거의가 마사이 신발이었다.

* * *

설마 했다. 헌데 전화가 또 걸려온 것이다. 얼떨결에 받고는 아뿔싸 싶었다. 박순남이라는 이름으로 저장했더라면 절대 받지 않았을 터였다. 스토커와 다를 바가 뭐란 말인가. 전화를 거는 시간은 대개 오전 열시 언저리였다. 건강을 다루는 텔레비전 프로에서 '간헐적 단식'이 몸에 좋다는 말을 들었다. 그 효과가 어떤지는 몰라도 내 귀에는 그 '간헐적'이라는 단어가 엄청 거슬렸다. 간헐적 단식은 억지로 붙여 만든 조어 같았다. 그런데 깔깔한 그 단어에 맞춤한 용처가 생겼다. 간헐적 발작, 아니면 간헐적 유희. 박순남 씨의 전화 거는 행위를 나는 그렇게 규정짓고 있었다. 나이도 십여 년 연장자인데다가 교수님, 어쩌고 하는 데는 화를 낼 수도 없는 노릇이었다. 귀담아들을 게 없는 그녀의 말들. 원하는 게 뭘까. 그냥 저렇게 주저리주저리 늘어놓는 말을 들어줄 상대가 없어서 나를 표적으로 삼고 있다는 생각이 점점 짙어졌다.

박순남 씨의 말은 마사이 신발을 신었을 때처럼 뒤뚱대면서도 용케 직진하고 있었다. 이번에는 모스크바와 상트페테르부르크에 대해 묻더니 금방 터키 쪽으로 튀었다. 터키 이야기 도중에 산티아고 순례길이 나왔다. 그곳은 요즘 많은 사람들이 다녀오고, 방송에도 심심치 않게 소개되는 곳이라 나도 웬만큼은 알고 있었다. 박순남 씨는 그 순례길이 터키에 있는 듯 말을 이어나갔다. 더는 들을 필요가 없었다. 이번에는 내가 바쁘다며 일방적으로 전화를 끊었다. 통화기록에 남은 그녀의 전화번호를 저장했다. 이름은 '위험 박순남'이었다. 이제야 벗어났나 싶었다. 그렇게 안도할 때 또 찜찜하게 꼬리를 무는 게 있었다. 그녀가 아주 이성적으로, 너무도 단호히 결단을 내리는 장면이 떠올랐기 때문이었다. 그날 나는 골로만카에 대한 내 섣부른 추측과 인터넷 정보를 통해 나름 규정지은 그 물고기 속성에 대해 다시 생각할 수밖에 없었다.

바이칼에서였다. 아침을 먹고 숙소를 나오기 전, 내 전화벨이 울렸다. 보니 국제전화였다. 집도 아니었다. 요금 때문에 나는 한국에서 걸려오는 전화는 일절 받지 않았다. 멈췄던 벨이 다시 울렸다. 또 무시했다. 재차 울렸다. 할 수 없었다. 여행사 사장이었다. 인솔자도 가이드도 전화를 받지 않아 내게 걸었다고 했다. 부고였다. "딸이 전화를 해왔는데 글쎄 자기 엄마가 핸드폰을 안 받는대요. 남편이 죽었다는데 난 이르쿠츠크 여행사하고 연락해서 비행기표 알아볼 테니까 좀 전해줘요. 다행히 오늘 저녁에 한국으로 오는 비행기가 있어요. 그리고 딸한테는 교수님 전화번호 알려놓을게요." 나는 급히 메모해둔 이름을 찾아 나섰다. 하필 그게 마사이 신발이었다. 나는 우선 그녀를 사람들 없는 곳으로 데려갔다. "선생님, 놀라지 마시고……" 나는 자못 심각한 표정을 지었다. 그녀의 반응은 의외였다. 그녀는 태연했다. 그러더니 딱 잘랐다. "혹시 한국에서 전화 오면 비행기가 없어서 못 간다고 전해주세요." "예?" 내가 잘못 들은 것만 같았다. 일렁이는 수면을 바라보며 그녀는 심드렁하게 대꾸했다. "아니, 오늘 밤 비행기가 있다는데요." 그때였다. 전화벨이 계속 울렸다. 여행사 사장 번호가 아니었다. 마사이 신발의 딸이었다. "저어 죄송하지만 제 어머니 좀 바꿔주세요." 나는 등을 돌리고 저만치 가는 마사이 신발을 불러 세웠다. "따님인데 전화 받아보세요." 그녀는 손사래를 쳤다. 곧바로 뒤돌아 총총히 호텔 뒤쪽으로 향했다. 나는 어리둥절했다. 이건 아니었다. 부리나케 그녀의 뒤를 쫓아갔다. "박 선생님, 여행사에서 비행기표 알아보고

있으니 따님 전화 받아보세요.""글쎄, 안 간다니까요." 얼떨
결에 나는 그녀의 딸에게 그대로 전했다. 비행기표가 없다고.
딸은 비행기가 있다며 통화를 원했다. 마사이 신발은 어느새
사라지고 없었다. "하여간 어머니가 그렇게 전하라 하셨어
요." 딸은 아버지가 입원해 있는 요양병원을 자기 엄마가 알
거라고 했다. 장례식장도 그 요양병원에 딸려 있다며 전해달
라고 울먹였다.

그러고 보니 마사이 신발은 지금까지 스마트폰으로 사진을
찍었었다. 왜 전화가 안 된다는 걸까. 모를 일이었다. 자기 남
편이 죽었다는 소식을 듣고 놀라지도 않은 채 안 간다고 할
정도라면 대체 무슨 사연이란 말인가. 혹…… '막장'이라 부
르는 연속극들에서 흔히 보는 상황들이 내 앞에 펼쳐졌다. 막
장도 여러 가지였다. 남녀 간의 문제, 시댁과의 불화로 인한
문제, 아니면 돈 문제 등등. 그녀는 육십대 후반의 나이였다.
남편이 요양병원에서 죽었다고 했다. 평생 혼자 벌어 자식들
길러 다 출가시켰더니, 그녀를 버렸던 남편이 늙어 병까지 안
고 돌아왔다는 '흔한' 사연일까. 나는 그렇게 그녀의 인생을
단정하다가 그만두었다. 골로만카라는 물고기 이름의 유래를
두고도 내 해석이 틀림없다며 자신하다가 얼굴을 붉히지 않
았던가. 파도가 하얀 거품을 일으키며 밀려드는 물가에 마사
이 신발이 우두커니 서 있었다. 잠시 뒤 내게 다가온 마사이
신발은 좀 무안했는지 변명 비슷하게 늘어놓았다. "아예 한

국에서부터 유심을 빼놨어요. 그래서 교수님한테 전화 건 모양인데 또 누가 전화하면 절대 받지 마세요." 마사이 신발의 너무도 질서정연한 말 앞에서 나는 그만 어리둥절했다. 그렇게 뜻이 명확하고 확고한 그녀의 말은 처음 들었다. 유심까지 빼놓고 왔다는데, 딸이 어떻게 시베리아에 온 것을 알고 있을까. 그 정도는 알리고 왔나 보았다. 더 이상 내가 끼어들 자리가 아니었다. 그날로 마사이 신발의 이름을 머릿속에서 지웠다. 나는 곧 써야 할 글만 생각하기로 했다.

그날 온종일 나는 바이칼의 찰랑대는 파란 물을 내려다보며 골로먄카에 대한 생각을 이어갔다. 저 깊은 물속에서 조용히 살고 있는 그 물고기를 두고 왜 킥킥댔는지, 나는 다시 내 섣부름을 탓했다. 속이 다 보여 그 어떤 비밀도 간직하지 못할 것 같은, 아니 비밀이 있다 해도 속내를 털어놓지도 못하다가 조금만 열을 받으면 남 탓하지 않고 스스로 죽어버리는 골로먄카. 어느 연구서에서는 골로먄카에 대한 사람들의 편견을 꾸짖었다. 저자는 "지금까지 어느 누구도 골로먄카의 번식 과정도 보지 못했고, 수명도 제대로 밝히지 못했다"며 제대로 된 연구의 필요성을 강조했다. 골로먄카에 대해 함부로 말하지 말라는 뜻으로 다가들었다. 그날 버스에 맨 마지막으로 온 사람은 마사이 신발이 아니라 나였다.

*   *   *

그 뒤로도 '위험 박순남'으로부터 두어 차례 전화가 더 걸려왔다. 나는 받지 않았다. 그녀의 속은 이제 다 꿰뚫어 볼 듯했다. 한번은 여행사 사장에게 전화를 걸어 툴툴댔다. 왜 그녀에게 내 전화번호를 알려줬냐며. 여행사 사장은 전화번호를 유출시킨 적이 없다고 딱 잡아뗐다. 그녀의 딸이 내게 전화했던 장면이 퍼뜩 스쳤다.

'위험 박순남' 씨로부터 카톡도 두 번 왔다. 내용은 전부 '삭제된 메시지입니다'였다. 대체 무슨 말을 썼다가 지웠을까. 애초 다른 사람한테 보내야 할 걸 내게 잘못 보낸 것일까. 날짜를 따져보니 시베리아에 간 게 딱 일 년 전이었다. 그렇다면 박순남 씨 남편 기일도 이즈음일 것이다. 뭔가 할 말이 있었나. 할 말은 못하고 빙빙 다른 얘기만 그렇게 한 것이었을까. 알 수 없는 일이었다. 그 뒤론 전화가 없었다.

마지막 벨이 울릴 때 반짝했던 것이 그 작은 골로먄카였다. 투명해 속이 다 비친다는 골로먄카. 수온과 조도에 따라 다르게 비치는 골로먄카. 누가 그 속을 안다고 할 수 있을까. 시베리아에 다녀온 후 골로먄카에 대해서는 결국 쓰지 못했다. 갈수록 감도 안 잡히는 골로먄카. 어쨌든 혹 바이칼에 가더라도 기름기 많은 그 물고기는 다시 못 먹을 것만 같았다.

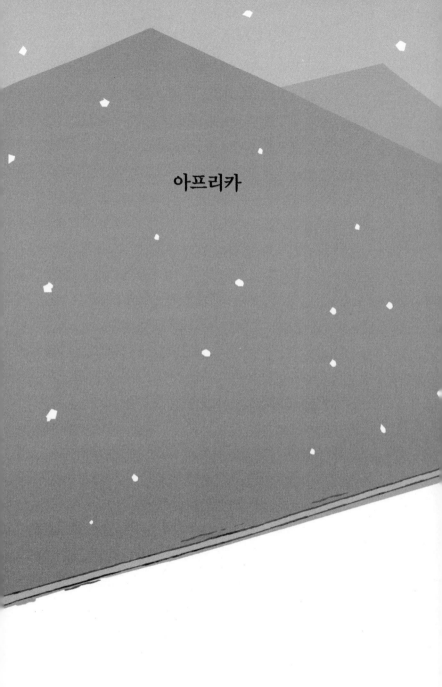

아프리카

시베리아 투바공화국에는 아프리카가 있었다. 그 아프리카는 투바 사람 온다르의 것이었다. 며칠 전 그가 죽었다는 부음을 받았다. 이상스러웠다. 급작스러운 그의 죽음을 놓고 애도의 마음보다 먼저 아프리카가 떠올랐다. 투바에서 나를 곤혹스레 만들었던 아프리카였다.

투바에서 온 메시지를 봤을 때는 이미 그가 무덤 속으로 들어가고 며칠이 지난 뒤였다. 메시지는 모두 두 개였다. 나중 메시지는 그가 죽었다는 알림이었다. 그보다 며칠 전에 온 메시지를 읽는 순간, 온다르 집에서 '바냐'라고 부르는 러시아식 한증막으로 들어갈 때처럼 후끈한 열기가 훅 얼굴로 올라왔다. 늑대 사냥을 한다고 타이가에서 밤을 새운 뒤라 몸은 차디차게 잔뜩 굳어 있을 때였다. 그 열기에 숨이 막혀 이삼 분인가 견디다 후다닥 뛰쳐나왔다. 그때처럼 낯이 화끈화끈했다. 나는 얼른 창문을 열어젖혔다. 창밖으로 금성이 밤하늘에서 희미해져가고 있었다. 온다르는 그 별을 '숄반'이라고 불렀다.

물에 빠진 그들은 지푸라기라도 잡으려는 격이었다. 나는 지푸라기조차 될 수가 없었다. 의료계와는 전혀 무관한 나인데 얼마나 다급했으면 그런 메시지를 보냈을까. 달아오른 얼굴을 손으로 쓸어내리며 메시지를 읽어나갔다.

"좋지 않은 소식을 전합니다. 지금 온다르 칠기칙는 병원에서 매우 힘들어하고 있습니다. COVID-19에 감염되어 두 주째 병원에 있습니다. 사야나가 혹 당신이 도움 줄 방법이 없는지 물어보라고 해서 이런 편지를 보냅니다."

온다르 부인 사야나의 부탁으로 그의 비서가 보낸 내용이었다. 설령 제때 그 메시지를 읽었어도 난감하기는 마찬가지였을 것이다. 온다르와 부인은 한국에 두어 차례 다녀갔기에 우리 의료 시스템을 믿었는지 몰랐다. 메시지는 어떻게 코로나를 치료하는지 알려달라는 간절한 요청을 담고 있었다. 한국이라고 뭐 다른 게 있을까. 모두가 갈팡질팡하는 중이었다.

온다르는 건장했다. 휴일이면 총을 들고 타이가로 가서 늑대 사냥을 하며 밤을 지새우던 그였다. 그런 그가 숨쉬기도 힘들어 괴로워하다가 죽었다. 나는 사경을 헤매는 그를 도와 달라는 메시지에서 재빨리 빠져나왔다.

'결국 아프리카는 가지 못했구나!'

그의 죽음에 대한 내 반응은 그랬다. 이번엔 러시아 바냐의 열기 대신 사나운 폭양 속 아프리카 열기가 나를 달궜다. 가보지는 못했어도 상상할 수 있는 아프리카의 열기. 지난겨울 새해 인사를 주고받을 때 날씨가 영하 오십 도 가까이 내려간 투바의 온도계 사진을 덧붙였었다. 정말 그에게는 아프리카가 필요했던 것 같았다.

주변에서 코로나로 죽은 사람은 그가 처음이었다. '주변'이라는 말이 모호하긴 했다. 그가 정말 내 주변이었을까. 확신이 서지 않았다. 온다르 칠거칙. 온다르는 성이고 이름이 칠거칙인 그는 투바국립극장 부원장이었다.

처음 그를 만났을 때 큰 손을 내밀며 내 손을 꼭 쥐었다. 내 손은 그의 손아귀에 덮여 잘 보이지도 않았다. 큰 키에 우람한 체격, 우뚝하게 솟은 반듯한 코, 서글서글해 보이는 큰 눈. 첫인상은 '잘생겼다'였다. 손을 놓은 그는 다짜고짜 '온다르 장군'을 아냐고 물어왔다. '게네랄 온다르'. 소비에트 혁명 시절 적군 편에 섰던 인물이거나 2차 세계대전 때 공훈을 세운 사람이겠지 넘겨짚으며 고개를 저었다. 러시아의 여러 도시에서 그런 인물들의 동상을 많이 보았다. 별로 내 관심을 끌 만한 게 아니라서 사진조차 찍어두지 않았다.

"두라크 온다르 몰라요?"

러시아어 '두라크'는 바보라는 소리다. 바보 온다르. 자기네 조상이 우리나라의 장군이었었다는 뜬금없는 얘기를 꺼냈다. 나는 그제야 바보 온달을 떠올렸다. 그랬다. 온다르와 온달. 어려서부터 너무 많이 들었던 '바보 온달과 평강공주' 이야기. 영화로도 나왔다. 성공담의 표본 중 하나인 온달 이야기. 어렸을 때 그 얘기를 읽으며 머리도 안 좋고 성적도 시원 찮은 나도 그처럼 될 수 있다는 희망을 가졌었다. 그래도 그 이야기를 접할 때마다 궁금했다. 그가 왜 바보로 불렸을까. 부마가 되고 나중에 장군이 되어 혁혁한 공을 세우지 않았는가. 진짜 바보라면 그럴 수는 없다. 어린 내게도 온달 이야기에는 꾸며낸 구석이 많아 보였다.

오랜 궁금증을 풀 수 있는 실마리가 그제야 조금 보이는 듯했다. 바보로 불렸던 까닭은 온달이 배운 말과 고구려의 말이 서로 달라 의사가 통하지 않아서였을지도 몰랐다. 그때만 해도 저 북방은 열려 있었을 테니까 쉽게 오갔을 터였다. 나는 우리나라에서는 아이들도 고구려 장군 온달을 알고 있다며 그를 추어줬다. 단양과 서울 아차산에 그의 동상이 있다고도 했다. 그는 자기가 위구르족이라고 밝혔다. 알타이계, 몽골계, 퉁구스계, 투르크계가 섞였는데 나중에 투르크의 지배를 받으며 투르크화했을 거라며 자기는 투르크계 위구르 쪽이라고 했다. 그 복잡한 계통도를 나는 건성으로 들었다. 그보다는 그가 대체 바보 온달을 어떻게 아는지가 궁금했다. 투바와 한국은 너무 멀리 떨어져 있었다. 더구나 지금은 옛날처럼 북방을 자유로이 오갈 수 있는 때가 아니었다. 그의 대답은 짧았다. 한국에 두어 차례 다녀왔다는 것이었다. 국립극장 부원장이란 지위라면 그럴 수 있었다. 그런 기회에 바보 온달을 알 수 있었을 것이라 어림짐작했다. 어쨌든 나는 낯선 땅 투바에서 아주 오래전에 죽은 고구려 장군 온달의 덕을 보고 있었다.

그는 죽었다. 투바 땅에서 유일하게 알고 있는 사람이었다. 나로선 다시 갈 일이 없는 투바였다. 이제는 드넓은 초원이니, 어쩌니 읊조리며 한가하게 있을 시간도 없었다. 반대로 그는 내가 있는 한국에 꼭 다시 와야 할 까닭이 있었다. 그가 올해 한국에 올 거라는 약속에 은근히 부담을 느끼기는 했다. 그러다가 세계가 코로나로 문을 꽁꽁 잠가버렸고, 그는 아프리카는커녕 한국도 끝내 오지 못했다. 그가 내 '주변'이 된 일들이 새삼스러웠다.

저 먼 투바에 사는 온다르가 내 주변이 된 사연은 좀 엉뚱했다. 사할린에서 한 여인으로부터 투바라는 지명을 처음 들은 게 시작이었다.

나는 그때 사할린의 유즈노-사할린스크에 석 달가량 머물며 징용으로 끌려온 동포들의 자료를 조사하고 있었다. 날이 갈수록 동포들의 기막힌 사연처럼 답답한 무언가가 나를 채워갔다. 머리를 식히려고 도시를 벗어나 조금만 가면 오호츠크해가 가로막았다. 그때마다 체호프의 『사할린섬』 한 대목이 자꾸 눈앞에서 어른거렸다.

사할린에서 아주 순한 개들도 줄에 묶여 있고, 마당에 놓아 기르는 닭도 다리를 끈으로 묶어놓은 것을 보고 체호프가 의아해 주인에게 물었다. "왜 당신네 개와 닭을 묶어놓나요?" 뜻밖의 대답이 돌아왔다 "사할린에선 모든 게 다 묶여 있습죠. 이 땅이 그런 곳입니다." 툭 쏘아붙이는 주인의 말투에 체호프는 얼마나 기가 막혔을까. 사할린에선 동물이고 사람이고 모두 다 유형을 살았나 보다. 사할린은 러시아인에게는 유형, 우리에게는 징용의 땅이었다.

사할린으로 갈 때 나는 읽어보지 않은 그 책을 챙겼다. 제목 때문이었다. 체호프는 먼 길을 거쳐 사할린에서 석 달 정도 머물렀다. 죄수들이 대부분인 사할린이란 천혜의 수용소에서 그는 숨이 막히지 않았을까. 책의 내용도 답답했다. 어떤 때는 마치 내가 유형을 온 것 같은 착각에 빠졌다. 체호프는 여행의 결과물로 그 책을 썼다. 소설도 희곡도 아니었다. 유형수들의 실태 보고서랄까. 대체 왜 왔을까, 사할린에서 그 책을 읽으며 그런 의문을 품었다. 대학교 다닐 때 체호프가 사할린에 다녀간 뒤 유명한 「바냐 아저씨」, 「벚꽃동산」 같은 희곡들을 써냈다는 이야기를 강의에서 듣기는 했다. 「바냐 아저씨」는 졸업하고 대학로에서 연극으로 보기까지 했지만, 내용은 사라지고 그걸 보았다는 기억만 남아 있었다.

두 달쯤 지나자 사할린을 벗어나고 싶다는 마음이 가득 차올랐다. 그럴 때면 저 대륙의 드넓은 초원 한가운데 있다는 투바란 지명이 입속에서 감돌았다. 사할린에서 꿈꾸던 투바. 그렇다고 투바와 관련해서 무슨 일이 있었던 건 아니었다. 기차 안에서 투바 여인과 몇 시간 이야기를 나눈 게 다였다.

그 여인에 앞서 들개들에 대해 이야기해야만 할 것 같다. 그때 짬을 내어 사할린 북쪽까지 여행하며 군데군데 들렀다. 도중에 한 도시에서 기차표 때문에 문제가 생겼다. 시차가 여덟 시간인 모스크바 시간과 사할린 시간을 혼동해 매표창구에서 날짜를 잘못 말한 게 탈이었다. 러시아에 와서 벌써 두 번째 실수였다. 원래대로라면 머물던 포로나이스크에서 사할린 시간으로 밤 열두시가 넘어 출발해 유즈노-사할린스크에 아침에 떨어지게 되어 있었다.

포로나이스크는 사할린에서 제법 큰 도시였다. 하루 종일 그곳에 사는 교포의 도움으로 취재를 끝내고 밤늦게 역으로 왔다. 얼마 안 있어 플랫폼으로 기차가 들어왔다. 지정된 칸에 오르려는데 차장이 다음 날 표라고 했다. 기가 막혔다. 사정을 해보아도 차장은 완강했다. "자리가 없어요." 새벽에 오는 완행열차에 자리가 있으면 그걸 타라는 것이었다.

나를 바래다준 교포도 이미 돌아갔다. 대합실에 덩그러니 나 혼자 남았다. 곧바로 직원 하나가 오더니 역사 밖으로 나가라고 했다. 문을 잠근다는 거였다. 포로나이스크 역사 밖은 그냥 휑한 벌판이었다. 근처엔 가게는커녕 집도 없었다. 벌판보다는 플랫폼이 더 안전해 보였다. 새벽 기차를 타야 한다고 사정 사정을 해서 플랫폼 나무 의자에 자리를 잡았다. 기차가 온다는 새벽을 기다리는 수밖에 없었다. 그렇게 한 시간쯤 앉아 있을 때였다. 철길 저 멀리서 개들이 짖는 소리가 들렸다. 머리카락이 쭈뼛쭈뼛 일어섰다. 파란 인광들이 내 쪽으로 천천히 다가오고 있었다. 인광의 개수도 많았다. 정말 가슴이 졸아들어 숨도 내쉴 수가 없었다. 대합실 문도 꽁꽁 걸어 잠그어서 피할 곳도 보이지 않았다. 점점 가까워지는 인광 쪽을 바라보며 침을 꿀꺽 삼켰다. 그때 구로가 떠올랐다. 유즈노-사할린스크의 하숙집 마당에 묶여 있던 개였다. 검은 털을 가진 개라 '구로'라고 일본식 이름을 붙였다고 했다. 친해지긴 했지만 덩치가 커서 아직 한 번도 쓰다듬지 못했다. 한번은 동포인 주인아주머니가 곰국을 만든다고 굵은 소뼈를 우렸다. 그리고 그 뼈를 구로에게 던져주었다. 아무리 큰 개라 해도 저걸 먹을까 의아했다. 곧바로 우두둑우두둑 소뼈가 깨어져 나갔다. 그 장면이 생각나자 정말 심장이고 몸이고 얼어붙었다.

철길을 따라 밝혀놓은 가로등 불빛에 개들이 보이기 시작했다. 정말 구로만큼 덩치가 큰 개들이었다. 검정 개, 갈색, 흰색이 섞인 개들이 코를 킁킁대며 다가오고 있었다. 승객들이 먹다 버린 음식들을 찾는 중이었다. 갑자기 고약한 냄새가 코끝을 파고들었다. 아뿔싸! 교포가 내게 선물한 훈제연어에서 나는 냄새였다. 잽싸게 비닐로 싼 훈제연어를 배낭에서 꺼내 들었다. 벌떡 일어나 철길 건너편으로 연어를 집어 던졌다. 그걸 본 개들은 그리로 막 달려가더니 그악스레 으르렁대며 순식간에 먹어 치웠다. 이제 짐 속에 먹을 거라고는 빵 덩이가 다였다. 빵을 손에 거머쥐고 힘껏 다른 쪽으로 던졌다. 그것마저 먹어 치운 개들이 내게 다가왔다. 더 내줄 거라고는 내 몸뚱이밖에 없었다. 구로가 뼈를 깨물어 먹던 소리가 귓가에 들려오는 듯했다. 나는 미동도 없이 앉아 있었다. 무력감이 짙게 몸을 감쌌다. 개들은 연어 냄새가 배어 있을 배낭을 코로 킁킁댔다. 내 무릎에 개의 감촉이 느껴질 때 온몸이 싸늘해지며 소름이 돋았다. 다시 머리칼도 덩달아 곤두섰다. 개들과 눈길이 마주칠까 봐 철길 건너 어둠만 뚫어져라 쳐다보았다. 내 주변을 맴돌던 개들은 잠시 뒤 내게서 조금씩 멀어져갔다. 그러다가 다시 컹컹 소리가 가까워졌다. 정물처럼 앉은 채 철길 쪽으로 눈길을 고정시키고 있었다. 비까지 오기 시작했다. 어떻게 시간이 흘렀는지 몰랐다. 잠겼던 역사 문이

드르륵 열렸다. 몇 사람이 커다란 짐을 들고 플랫폼으로 들어왔다. 나는 그제야 그동안 참고 있던 숨을 한꺼번에 토해냈다. 다행히 침대칸이 아닌 삼등칸에 자리가 하나 있었다. 마주 보는 좌석이었는데 앞에는 아이들 둘이, 내 옆자리는 애들 엄마로 보이는 젊은 여인이 앉아 있었다.

어쨌든 너무 반가웠다, 사람이. 유즈노-사할린스크의 내 방으로 갈 수 있다는 사실이 감격스러웠다. 흥분한 나는 옆자리의 여인에게 말을 걸었다. 여인은 내가 외국인이라는 걸 단박에 알아차렸다. 여인도 조금 들떠 있었다. "여기 섬은 너무 답답해요." 그녀는 보건소의 의사였다. 고향 투바로 휴가를 간다고 했다. "스텝의 공기를 맘껏 마시고 오려고요." 그녀는 느닷없이 두 팔을 활짝 벌리며 심호흡을 했다. 비 뿌리는 차창으로 시커먼 오호츠크해가 눈에 들어왔다. 투바. 어딘지는 몰라도 불현듯 그곳으로 가고 싶다는 생각이 강하게 치밀었다. "유르트를 뚫고 들어오는 양과 소, 말 울음소리, 그리고 늑대 소리까지도 그리워요. 사할린에는 늑대 같은 건 없어요." 유목민의 천막 유르트도, 초원도 좋았다. 양이며 소도 좋았다. 들개에게 시달린 탓일까. 늑대란 말에 잠시 얼굴을 찌푸리기도 했지만, 여하튼 너무도 부러웠다. 투바라는 곳으로 가는 그녀가. 바다로 빙 둘러 막힌 사할린과는 달리 투바는 끝없이 펼쳐진 대륙의 상징으로 다가왔다. 그날부터 투바는 나를 파고들었다.

사할린을 떠나 한국으로 돌아온 나는 투바에 대해 알아보기 시작했다. 투바를 세계에 알린 사람은 노벨상을 수상한 저명한 물리학자 리처드 파인만이었다. 결국 그는 투바에 가보지 못한 채 세상을 떴다. 그와 함께 여행을 꿈꾸던 친구가 그 과정을 책으로 써서 투바를 세상에 알렸다. 내가 맨 먼저 손에 쥔 게 그 책이었다. 투바를 제목으로 앞세운 그 책을 읽는 동안 쿡쿡 웃음만 나왔다. 냉전 시기에 소련 땅인 그곳에 가고자 했던 까닭은 어처구니없게도 우표에 있었다.

어렸을 때 파인만은 우표 수집을 했다. 수집한 우표들 속에 한때 '탄누 투바'라고 불린 곳에서 발행한, 삼각형과 다이아몬드 모양의 멋진 우표들이 있었다. 나라 이름을 알아맞히는 놀이에서 파인만은 그 나라를 꺼내 들었다. '탄누 투바'는 지도에서 사라져 소련의 '투바자치공화국'이 된 나라였다. 냉전 시기에 갈 수 없던 그 나라가 그의 동경의 대상이 되었나 보았다.

나도 어렸을 때 우표 수집에 열광했었다. 용돈이 생기면 학교 앞의 우표 가게를 들락거렸다. 그 가게에서는 옛날 동전이나 각국의 지폐, 우표를 팔았다. 세 권이나 되는 우표책을 외국 우표들로 채웠다. 미국과 캐나다, 유럽 우표들을 한데 모았다. 아시아 쪽은 일본, 대만, 태국, 홍콩, 말레이시아, 인도네시아 등지의 우표였다. 아프리카도 있었는데, 에티오피아,

나이지리아, 가봉 같은 나라들이 끼어 있었던 것 같다. 제일 많았던 게 미국과 일본 우표여서 다른 아이들이 갖고 있는 나라들과 바꾸기도 했다. 왜 그때 그렇게 열을 올리며 우표들을 모았을까. 외국을 가보는 게 꿈처럼 여겨지던 시절이라 그 우표들로 꿈을 대신한 것일 테다. 파인만도 갈 수 없는 소련 땅의 투바를 그렇게 우표로 꿈꾸고 있었을지도 몰랐다. 그런데 나를 웃게 만든 또 다른 재미있는 동기가 있었다.

투바공화국의 수도는 '키질'이다. 하지만 '키질'은 정확한 발음이 아니다. '끼질', 비슷하긴 하지만 이것 역시 정확하지 않다. 영어 표기로 'K-Y-Z-Y-L'이었다. 자음으로만 되어 있는 도시. 모음 없이 어떻게 발음이 되는지 그 궁금증 때문에 투바에 가려 했다는 것이다. 미국과 소련의 첩보기관이 서로 살벌하게 감시하고 있던 시절이었다. 발음 때문에? 사람들은 별별 동기로 꿈을 꾸고 일을 벌인다 싶어 웃음이 나왔다. 물론 그 동기는 은유일지도 몰랐다.

내 경우는 분명 투바어의 발음 때문은 아니었다. 이리저리 머리를 굴려봐도 내세울 게 없었다. 책꽂이 속의 '투바'라는 두 글자가 간간이 내 눈을 파고들었다. 뭔가 필요했다. 아시아의 중심. 키질에는 아시아의 중심점을 알리는 오벨리스크가 있다. 그걸 내세울까. 그것만으로 투바로 가는 이유가 될까. 다시 그 책을 이리저리 넘겼다. 투바의 전통음악과 성대를 진동해 음을 내는 '목 노래'에 호기심이 동했다. 나는 부지런히 인터넷을 뒤졌다. 그 노래들을 듣는 순간 나는 벌써 투바에 가 있는 것 같은 착각에 사로잡혔다.

나는 그걸 내세웠다. 타이가와 초원으로 퍼져나가 저 하늘에 닿을 것 같은 목 노래. 투바에서는 '호메이'라고 하고, 그걸 부르는 가수를 '호메이쥐'라고 했다. 그 노래를 알타이에서는 '카이', 하카시아에서는 '하이', 몽골에서는 '후메이' 또는 '흐미'라고 부르는 모양이었다. 리처드 파인만이 궁금해했던, 모음 없이도 발음할 수 있는 게 그 '목 노래' 아닐까. 목 노래에는 자음도 모음도 필요 없을 듯했다.

투바로 떠나기 전 목 노래를 가지고 뭘 할지 궁리해보았으나 막막했다. 그러나 어떠랴. 어쨌건 내게도 동기가 필요했을 뿐이다. 교통편을 수소문했다.

투바로 들어가는 버스를 타려면 하카시아공화국의 아바칸을 꼭 거쳐야 했다. 기차편은 아예 없었다. 내 여정으로는 비행기를 탈 수도 없었다. 아바칸의 호텔 근처를 서성이다 동판으로 벽에 붙인 간판을 보았다. 하카시아공화국 작가동맹 사무실이었다. 거기서 책을 구경하다가 귀인을 만났다. 나이가 칠십이 가까웠지만 건장한 체구를 지닌 그의 이름은 차프라이였다. 하카시아 전통주택 유르트 정중앙의 꼭대기에 있는 열고 닫을 수 있는 창을 그렇게 부른다며, 그리로 하늘의 신 텡 그리와 소통한다고 했다. 우리는 금방 친해졌다. 저녁에는 자신의 작업실로 나를 데려갔다. 그가 쓴 하카시아 민속과 음악에 관한 책들을 보여주었다. 러시아 전역에서 온 대학생들의 문학 캠프에도 나를 데리고 갔다. 물론 그의 소개로 하카시아의 목 노래인 하이를 들을 수 있었다. 나는 투바 이야기를 꺼냈다. 내 말을 들은 그의 얼굴이 어두워졌다. 그곳에 꼭 들어가야만 하느냐고 되물었다. 몇 년을 벼른 여정이었다. 따지고 보면 투바에 가려고 아바칸에 들른 것 아닌가. 나는 고개를 끄덕였다. 그는 오지인 투바에 대체 뭘 보려고 가느냐며, 투바의 호메이는 너무 세속적이라 특이할 게 없다며 자꾸 말렸다. 투바 사람들에 대한 그의 인식도 그리 호의적이지 않았다.

아바칸에서 보내는 마지막 밤이었다. 보드카 잔을 비운 그가 결심을 한 듯 휴대폰을 꺼내 들었다. 나는 담배를 피우러 밖으로 나왔다. 들어오니 투바에서 나를 도와줄 사람이 있다고 했다. 그가 온다르였다. 투바의 국립극장 부원장이라는 소리를 듣고 나는 기대에 차 심호흡을 했다. 그렇게 그는 내 '주변'이 되었다.

키질에 있는 투바국립극장 안 그의 집무실로 들어갔을 때 벽에 붙은 지도에 내 시선이 꽂혔다. 처음에는 러시아 전도에서 투바공화국만을 떼어놓은 지도인 줄 알았다. 지도도 희끄무레하게 색이 바랬다. 자세히 보니 아프리카였다. 타이가를 뚫고 초원을 지나 도착한 투바의 키질에서 아프리카라니. 좀 뜬금없었다. 언젠가 서울에서도 그랬다. 길을 걷다가 멈춰 서서 '아프리카 주간'을 알리는 현수막을 한참 바라보았다. 웬 '아프리카 주간'일까. 나는 갑자기 쓴웃음을 지었다. 내가 얼마나 좁은 곳만 바라보고 사는지 곧바로 알아챈 것이다. 아프리카는 큰 대륙 아닌가. 그 대륙의 많은 나라들과 수교를 하고 있는 마당에, '아프리카 주간'은 하등 이상할 게 없었다. 내 무지를 탓하며 자리를 떴던 기억이 떠올랐다. 어쩌면 그가 아프리카와 관련한 일을 하고 있는지도 몰랐다. 지도를 뚫어져라 보고 있는 내게 온다르가 그건 아프리카 지도라고 했다. 나는 고개를 끄덕이며 물었다.

"투바는 아프리카와도 문화 교류를 하나 보죠?"

그는 멋쩍게 웃으며 그런 건 아니라고 했다. 나도 아프리카를 더 물고 늘어질 마음은 없었다. 어떻게 들어온 투바인가. 나는 들떠 있었다. 그는 그날 내가 볼 곳을 늘어놓았다. 물론 호메이를 들어야 했다. 그걸 앞세워 온다르까지 소개받은 터였다. 그는 투바민족문화원에다 전화를 걸었다.

문화원에서는 체계적으로 호메이를 가르쳤다. 많은 수련생들이 배우고 있었다. 온다르가 다른 일을 보러 간 사이 한 시간가량 호메이쥐의 노래와 연주를 들었다. 내 앞에 앉은 호메이쥐는 다른 세상의 음을 꺼내놓고 있었다. 배 속에서 끌어올린 음인지 아니면 성대를 진동시켜 내는 음인지 잘 알 수가 없었다. 나는 눈을 꼭 감고 있었다. 우—우—우—웅. 소리의 파동이 온몸으로 전해졌다. 십 분 남짓 그렇게 있었다. 노래가 끝났다. 절에서 치는 범종의 여운처럼, 호메이쥐가 뽑아 올렸던 음은 내 귓가를 여전히 맴돌았다. 잘 알지 못하는 나로서도 하카시아와 투바의 목 노래가 조금 다르다는 것을 느낄 수 있었다. 하카시아에서는 우리 가야금 비슷한 악기의 경쾌한 리듬에 목 노래가 실려 있었다면, 호메이쥐는 마두금이나 또 다른 악기들을 꺼내 색다른 음들을 들려줬다.

그날 온다르는 일이 많은 것 같았다. 나는 송구스러웠다. 그는 국립박물관으로 나를 데리고 가더니 그곳 직원에게 나를 부탁하고는 한 시간 뒤에 오겠다며 다시 사라졌다. 박물관 직원이 나를 대하는 태도를 보며 온다르가 유명 인사라는 느낌을 받았다. 남한보다 조금 큰 투바지만 인구는 삼십만을 조금 웃돌았다. 그러니 키질 인구라 해봐야 얼마 되지 않을 터였다. 그가 유명 인사인 것은 어찌 보면 당연했다.

한 시간이 훌쩍 넘었다. 그때 온다르가 차를 몰고 나타났다. 우리는 서둘러 키질 시내를 빠져나왔다. 시내라고 별게 없었다. 번화가에도 높은 건물이라곤 기껏해야 사오층 정도였다. 멀리 초원 언덕 위로 되똑하게 서 있는 조형물이 눈에 들어왔다. 차는 그리로 향했다. 초원을 응시하는 목동상이었다. 양어깨에 올린 긴 작대기를 두 손으로 쥐고 있는 목동. 그 앞으로는 구릉으로 이어진 초원이 끝없이 펼쳐졌다. 사할린의 투바 여인이 떠올랐다. 그녀는 실컷 이 공기를 마시고 갔을까. 눈길을 돌리자 온다르는 어느새 운전석에 앉아 있었다. 다시 십 분 정도 달렸다. 언덕 위 '아르쟌'이라 부르는 약수터에 도착했다. 언덕 밑으로 예니세이강이 흐르고 멀리 키질 시내가 한눈에 들어왔다. 그때 짙은 향냄새가 코를 찔렀다. 약수터에서 이십여 미터나 떨어졌을까. 의뢰인을 앞에 놓고 한 손에 북을 든 여자 샤먼이 주문을 외우며 뒷전을 치는 중이었다. 그는 얼른 가자고 재촉했지만 나는 못 들은 척 그 의식을 보고 있었다. 나를 발견한 샤먼이 손짓을 했다. 내가 외국인인 줄 대번에 알아본 모양이었다. 온다르가 한국에서 온 손님이라고 말했다. 온다르는 바쁘다고 보챘지만, 그녀는 기다리라며 자기 가방을 뒤졌다. 그러더니 뭔가 꺼내 내게 내밀었다. 기념품으로 파는 아크릴로 된 열쇠고리였다. 그 속에 날카로운 이빨을 드러내며 으르렁거리는 늑대 사진이 들어 있었다. 선물이라고 했다. 나는 고맙다며 일단 받았다. 그녀는 연기가 풀풀 솟는 향을 내 몸 둘레로 휘휘 돌렸다. 그러곤 그 늑대가 나를 지켜줄 것이라고 했다. 믿을 수 없는 말이었지만 어찌 됐건 내 안위를 빌어주는 그녀가 고마웠다. 돌아오는 길에 온다르는 어디 보고 싶은 곳이 있냐며 물어왔다. 물론 아시아의 중심점이었다.

해가 지는 저녁, 나는 아시아의 중심에 섰다. 높은 쇠기둥 꼭대기에 사슴 문양이 서 있었다. 낮에 박물관에서 본 금으로 된 황금 비녀를 확대해놓은 오벨리스크였다. 키질 인근 고대의 거대 무덤인 쿠르간에서 출토된 것이라고 박물관에서 들었다. 아시아의 중심이라는 말이 좀 우습기는 했다. 시베리아에서도 벽지인 이곳이 아시아의 중심이었다.

그날 저녁 나는 온다르의 아프리카 지도에 대해 들었지만, 설명은 너무 모호하고 아리송했다. 저녁을 먹으며 한잔하자고 그는 나를 레스토랑으로 데리고 갔다. 아시아의 중심 근처였다. 들은 정보로는 투바 전역에서 오후 세시가 지나면 그 어떤 주류도 살 수 없었다. 음주 때문에 많은 사건이 일어난다고 했다. 그날 아침에도 벌써 술에 취한 사람들이 거리에서 비틀거리는 것을 보았다. 술을 살 수 있는 시간이 짧으니 아침부터 마셔댄다는 거였다. 온다르는 레스토랑에서는 시간제한이 없다며 웃었다. 투바는 아직 여러모로 수상쩍었다. 나는 좀 겁먹은 표정으로 주위를 두리번거렸다. 그런 나를 보고 온다르가 웃고 있었다. 멋쩍어진 나는 얼른 아프리카 지도를 꺼냈다.

"난 쉐프킨을 졸업했소."

'쉐프킨'이라면 모스크바에 있는 러시아국립연극대학교였다. 세계적으로 유명한 연극 학교였다. 한국의 유명 배우 중에도 그곳을 나온 사람이 있는 것으로 알고 있었다. 여하튼 아프리카 지도를 두고 쉐프킨이 왜 나왔는지 종잡을 수 없어 보드카 잔을 만지작거리며 그의 말을 기다렸다.

"체호프 알죠?"

체호프란 말이 반가웠다. 나는 얼른 아는 체를 했다. 체호 프의 희곡 몇 편의 제목을 읊조렸다. 대학 시절 강의실에서 들은 것들이었다. 연극으로 한 번 본 「바냐 아저씨」를 여러 차례 보았다고 허풍도 쳤다. 한편으로는 별로 아는 게 없다는 사실이 들통날까 봐 조마조마했다. 체호프의 작품 중에서 제 대로 알고 있는 것은 『사할린섬』뿐이었다. 나는 얼른 사할린 으로 얘기를 돌렸다. 거기서 투바 얘기를 처음 듣고 여기까지 왔다고 했다. 그는 어이가 없는지 빙그레 웃었다. 속으로 '저 런 터무니없는 사람도 있구나' 하는 것만 같았다. 그러고 보 니 아프리카는 어느새 어디론가 사라지고 없었다. 무안했다. 미적미적 아프리카로 돌아갔다.

"「바냐 아저씨」 연극까지 봤다고 했죠. 그러면 아프리카도 알 텐데."

"아프리카요?"

대체 체호프의 「바냐 아저씨」와 아프리카가 무슨 관계란 말인가. 오래된 기억을 더듬어도 떠오르는 게 별로 없었다. 퇴직 교수인 매형을 위해 영지를 관리하며 시골에 처박혀 생 을 보내던 주인공 바냐가 영지에서 매형과 벌인 갈등, 매형이 데려온 여자와의 삼각관계 같은 게 희미하나마 기억 속에서 건져낸 전부였다. 아니, 하나가 더 있었다. 연극 무대 뒤에서 울려 퍼지던 총소리. 바냐가 매형을 죽이려고 쏘았던 권총을 그 소리로 대신한다고 여겼다. 그런 것만 기억에 남았다. 그 속에 아프리카는 어디에도 없었다.

"거기에 아프리카가 있어요. 바냐의 방에 걸려 있던 아프리카 지도. 그걸 모른단 말이요?"

온다르는 나를 좀 깔보는 시선으로 물어왔다. 오지 투바의 키질에서 나는 체호프 때문에 책망을 듣고 있었다. 아프리카니 체호프니 괜히 꺼냈나 보았다.

"별 쓸모도 없는 아프리카 지도라고 체호프가 설정을 해놨는데, 모스크바에서 학교 다닐 때 아프리카에 꼭 한번 가봤으면 했소."

"그래서 붙여놨어요?"

그렇게 물어놓고는 몹시도 무안스러웠다. 그예 밑천이 다 드러난 것을 들키고 말았다. 대체 체호프는 왜 바냐의 방에 아프리카 지도를 걸어놓아 나를 이리 곤혹스럽게 만드는가. 체호프에게는 아프리카가 아니고 사할린이지 않았나. 의사이기도 했던 작가가 결핵으로 고생했다는 것은 널리 알려진 사실이다. 결핵에는 전혀 도움이 안 되는 곳이 사할린이었다. 온다르의 답도 그닥 시원치가 않았다. 대학생 때 아프리카에 가고 싶었기에 그 지도를 붙여놓았다? 그의 나이는 예순을 앞두고 있었다. 설득력이 없는 대답이었다. 물론 빛바랜 것으로 보아 오래전에 붙여놓은 듯싶었다. 하기야 모음이 없는 '키질'이라는 영어 표기 때문에 투바로 오려 했던 사람도 있었다. 더구나 나야말로 말도 안 되는 이유를 내세워 이 오지까지 온 것 아닌가. 사방이 흰 눈에 덮이고 유리창에 성에가 두텁게 내려앉는 한겨울 모스크바에서라면 열대의 아프리카를 꿈꾼다는 게 이상할 것은 없었다. 나는 얼른 체호프를 잘 모른다고 발을 뺐다.

"사실은 그게……"

온다르는 뭔가 그 지도에 대해 더 말을 하고 싶은 눈치였다. 나는 자꾸 딴청을 피웠다. 휴대폰을 꺼내 혹시 한국에서 온 연락이 없나 확인했다. 테이블 앞 카운터에 숫자들이 붙어 있는 걸 보고 휴대폰의 와이파이를 연결하려고 그 숫자를 입력했지만 소용없었다. 알고 보니 그건 화장실 비번이었다. 온다르도 그런 내 모습을 보며 다른 곳으로 화제를 돌렸다. 애당초 아시아의 중심에서 아프리카는 당치도 않은 얘깃거리였다.

그날 들은 얘기로, 그는 연극배우로 또 희곡 작가로 투바에서 활동하고 있었다. 사무실 책꽂이에는 그가 쓴 희곡집, 소설책, 시집이 한 칸 가득 꽂혀 있었다. 한두 권 꺼내 펼쳐보기는 했지만, 전부 투바어라 무슨 내용인지 알 수 없었다. 나는 그의 책들로 화제를 돌렸다. 그는 과거 투바의 전통과 현대화 과정의 갈등을 주로 다룬다고 했다.

투바에는 정말 온다르가 많았다. 낮에도 그의 소개로 몇 명의 온다르를 만났다. 온다르라는 성씨는 투바 인구의 사십 퍼센트가 넘는다고 했다. 투바인은 러시아에서도 배타적인 민족으로 잘 알려져 있다. 러시아에서 분리 독립을 하려고 강하게 저항한 때도 있었다. 러시아 사람들도 투바인들을 그리 좋아하지 않는다는 이야기는 나도 몇 차례나 들었다. 그러다 보니 투바와 투바인들에 대해 이런저런 좋지 않은 소리들이 돌아다녔다. 투바인들의 용맹함에 대한 일화들이 부풀려져 그런 이야기들이 떠도는지도 몰랐다. 바이칼 인근 이르쿠츠크에서 들은 얘기로는, 나이트클럽에 술 취한 투바인 두 명만 들어와도 사람들이 다 자리를 뜬다는 식이었다. 온다르끼리 만나 시비가 붙으면 어떻게 될까, 불쑥 얄궂은 심사도 들었지만 나는 입을 꾹 다물었다. 호텔로 돌아오는 길에 낮에 호메이를 들었던 문화원 앞을 지났다. 거기에 투바 전통악기를 든 투바인 동상이 보였다. 투바의 전설적인 호메이쥐로 그 역시 온다르였다.

온다르는 나를 호텔 앞에 내려놓으며 다음 날 오후에 늑대 사냥을 가자고 제안했다. 느닷없었다. 얼떨결에 그러자고 했다. 그 말이 내 귀엔 농담으로 들려왔다. 어찌 됐든 늑대가 흔한 모양이었다. 사할린의 투바 여인이 늑대 울음소리 운운했던 것도 기억났다. 그러자 사할린의 들개들이 어른거렸다. 덜컥 따라간다고 했나, 후회가 들었다.

다음 날 아침, 늑대 사냥은 역시 장난으로 던진 말인 듯했다. 온다르가 외지인인 나를 골려주려고 꺼낸 말 아닐까. 혹시 몰라 조그만 배낭에 오리털 점퍼와 모자, 그리고 모기약

등을 챙기기는 했다. 더 필요한 게 없나 살필 때 샤먼이 준 열쇠고리가 떠올랐다. 나는 주머니를 뒤져 열쇠고리가 있는지 다시 확인했다. 나를 지켜준다는 늑대 사진을 가지고 늑대 사냥을 한다는 게 앞뒤가 안 맞았다. 어쨌든 주머니 깊숙이 그걸 챙겼다. 온다르가 호텔 앞에서 전화를 했다. 그의 차에는 정장 차림의 비서가 함께 타고 있었다. 그럼 그렇지, 무슨 사냥을 가겠냐 싶었다. 비서는 키질 외곽에서 지인 결혼식이 있다며 거기까지 동승할 거라고 했다. 온다르는 잠깐 빵을 사러 사라졌다. 비서는 아주 친한 사이가 아니면 같이 늑대 사냥을 안 가는데 웬일인지 모르겠다며 묘한 표정을 지었다. 그래도 설마 했다.

온다르는 빵을 뒷좌석에 던져놓고는 곧장 뒤쪽 트렁크를 열어 사냥총을 보여주었다. 순간 철렁했다. 정말이었다. 총은 모두 세 자루였다. 한 자루는 케이스에 들어 있었고, 나머지는 천으로 돌돌 말아놓았다. 그는 케이스를 열어 조준경이 달린 라이플을 보여주었다. 최근에 구입한 독일제라고 자랑했다. 연발사격이 가능하다며 입으로 "두—두—두—둑" 소리를 냈다. 조심스레 그 총을 케이스에 다시 넣었다. 나머지 총들도 좋은 것이라며 나더러 그중 하나를 쓰면 된다고 했다. 트렁크에서 늑대의 피비린내가 풍겨 나오는 것만 같아 나도 모르게 얼굴을 찡그렸다.

키질 시내를 벗어났다. 그는 짬이 나는 밤이나 휴일이면 자주 늑대 사냥을 나간다고 했다. 며칠 지켜본 그는 늘 바빴다. 피곤하지 않느냐고 물었다.

"늑대 사냥 나가면 피곤한 줄 모르죠."

낚시 같은 레저 활동으로 보였다.

"잡은 늑대는 어떻게 해요?"

"그걸 뭐 합니까. 사진만 찍고 버립니다."

내 얼굴이 굳어졌다. 그냥 재미로 살생을 하는 것 같아 내심 언짢았다. 그런 내 마음을 읽었는지 그는 말을 늘어놓았다. 며칠 전에도 키질 교외에 사는 친구가 기르는 말을 늑대들이 공격해 죽였다며 이번 사냥은 그쪽으로 간다고 했다. 그의 말을 따르면 투바에서도 사냥하려면 허가를 받아야 한다는 것이었다. 정부에서 사살한 늑대 한 마리당 예전엔 칠백 루블 줬는데 이제 구백 루블 준다고 덧붙였다. 우리 돈으로 환산해보니 기껏 만육천 원 정도였다. 위험성에 비추어 너무 하찮았다. 게다가 온다르의 지위라면 그 돈을 벌려고 사냥을 하지는 않을 터였다. 차에 들어가는 기름이며 총탄, 시간을 따져도 계산이 맞지 않았다. 문득 죽은 늑대 사진을 아무거나 들이밀면 정부에서 어떻게 알까, 궁금해졌다. 그는 달리던 차를 멈추고 휴대폰을 꺼내 뭔가를 찾았다. 그러고는 사살된 늑대 사진 여러 장을 보여주었다.

"늑대들이 비슷해 보이지만 실제 잡고 보면 다 달라요. 자세히 보면 알 수 있어요. 여기서 그걸 속일 사람도 없고. 게다가 휴대폰으로 찍은 사진에 날짜가 다 나오니까 그런 엄두를 내지 않죠. 어쨌든 가축을 해치는 늑대와 함께 살 수는 없으니까."

예전에 책에서 읽었던 늑대의 행동들이 기억났다. 내몽골이었던 것 같은데, 인간에게 가족을 잃은 늑대가 어떻게 복수하는지 생생하게 묘사되어 있었다. 말 떼를 꽁꽁 얼어붙은 호수로 몰아가다가 얼음이 얇은 곳으로 유인해 전부 물에 익사시키는 장면 등 잔인하고도 집요한 늑대들의 복수가 머릿속을 스쳐 갔다. 온다르는 초원을 지나 가파른 언덕을 오르며 점점 타이가 깊숙한 곳으로 들어갔다. 차는 흙길에서 요동을 쳤다. 운전석 옆자리에서 손잡이를 꼭 잡고 숲을 살피는 내 표정을 보더니 그가 씩 웃었다. 겁나냐고 물어왔다. 속내를 들킨 것 같아 표정을 바꾸며 시치미를 뗐다. 얼른 주머니 속 열쇠고리를 만지작거렸다.

"확실히 잡을 수 있죠?" 슬그머니 오기가 난 나는 다짐을 놓았다. 살아 있는 늑대를 본 것은 동물원에서가 다였다. 온다르는 눈을 찡그리며 애매한 표정을 지었다. "워낙 영리한 놈들이라 멀리서도 쇠 냄새랑 사람 냄새 잘 맡아요."

늑대를 기다리다 추워 오리털 점퍼까지 껴입었다. 나는 그의 곁에 바투 앉았다. 겨울에는 얼마나 춥냐고 하니까 영하 오십 도 가까이 내려간다고 했다. 그 소리를 듣자 한기가 더 파고드는 것 같았다. 점퍼 지퍼를 목 위까지 끌어올렸다. 잔뜩 긴장을 한 탓인지 몸이 더 빳빳하게 굳어갔다.

타이가 반대편 초원 쪽의 파르스름한 하늘에서 별 하나가 밝게 빛을 내고 있었다. 금성이었다. 개밥바라기별이자 샛별. 나는 물끄러미 별을 바라보았다. 온다르는 '베네라'라고 했다. '베네라'는 러시아어로 신화 속 비너스와 금성을 아우르는 말이었다. 자기네 말로는 금성을 다르게 부른다며 '숄반' 비슷한 발음을 했다. 그 순간 며칠 전 하카시아의 문학 캠프에서 만난 여대생들이 떠올랐다. 한 학생은 야쿠츠크에서 왔는데 한국에 가본 적이 있다며 나를 반겼다. 서울이 좋다고 추켜세웠다. 나도 어떻게 그 먼 서울까지 다녀왔냐며 반색했다. "야쿠츠크에서는 모스크바보다 서울이 훨씬 가까워요." 여학생은 붙임성 있게 답해왔다. 그러고는 잠깐 기다리라며 뛰어가더니 손에 무언가를 쥐고 바로 돌아왔다. 기념품으로 파는 냉장고 마그넷과 책 한 권이었다. '야쿠츠크'라는 글씨를 새긴 마그넷 속에서 매머드 두 마리가 둥글게 위로 말려 올라간 상아 사이로 긴 코를 치켜들고 있었다. 툰드라의 도시 야쿠츠크가 실감 났다. 책은 야쿠츠크에서 나오는 문학잡지로 야쿠트어로 쓰인 것이었다. 모르는 언어가 들어찬 책이 무슨 소용이 있을까 싶었지만, 마그넷과 함께 고맙다며 받아들었다. 그래도 잡지명은 러시아어로 적혀 있어 읽을 수 있었다. '촐본'이었다. 내가 그 발음을 하자 그 학생은 '베네라'라고 했다. 금성은 야쿠트어로 '촐본'이었다. 그녀와 같은 조에 배정된 에벤키 출신의 여대생도 자기네도 금성을 '촐본'이라 한다며 끼어들었다. 에벤키족이라면 바이칼에서 극동 지역까지 넓게 분포해 살았는데 이제 그 수가 많이 줄어들었다. 어쨌든 그날 들은 '촐본'이라는 단어는 머리에 남아 있었다. '숄반'이라는 발음이 '촐본'과 그리 멀지 않다는 느낌이 들었다.

이따금 나무들이 바람 소리에 쉬쉬거렸다. 무서웠지만 한편 지루하기 그지없었다. 늑대는커녕 그 어떤 짐승도 보이지 않았다. 온다르는 뚫어져라 숲을 응시했다. 건장한 온다르의 모습 위로 그가 바보를 들먹이며 자랑한 고구려의 온달이 겹쳐졌다. 그러자 촐본이니 숄반이니 하는 어감 사이로 졸본, 홀본이라 부르던 고구려 수도가 떠올랐다. 고구려 수도 명칭을 금성에서 따왔을지 모른다는 생각이 들었다. 막연한 추측이었다. 얼른 사냥총을 고쳐 잡고 숲만 뚫어져라 쳐다봤다.

숲은 귀살스러웠다. 안을 들여다보면 볼수록 수상쩍기만 했다. 어둠에 잠긴 숲 어디에선가 도사린 늑대가 우리를 공격할 틈을 엿보는 것만 같았다. 나는 다시 주머니 속 열쇠고리를 만지작거렸다.

멀리서 들려올 법한 늑대 울음소리도 없었다. 사할린의 투바 여인은 휴가 와서 늑대 소리를 듣고 갔을까. 어쩌면 늑대 사냥은 물 건너갔는지도 몰랐다. 온다르는 늑대가 쇠랑 사람 냄새를 기가 막히게 잘 맡는다고 하고서도 저녁으로 퀴퀴한

흑빵이랑 집에서 챙겨온 짙은 향이 나는 소시지, 게다가 보드카까지 잔뜩 냄새를 풍기지 않았던가.

슬슬 긴장이 풀려갔다. 이슬을 머금은 옷으로 한기만 파고들었다. 팔월인데도 계속 몸은 으슬으슬했다. 곁눈질로 보니 얇은 옷을 걸친 그는 아직 괜찮은가 보았다. 아프리카가 필요한 사람은 그가 아니라 바로 나였다. 레스토랑에서 내 치부를 다 드러내게 만든 아프리카, 정확히 말하면 바냐의 아프리카였다. 나는 다시 아프리카를 꺼냈다. 찜찜한 구석이 많은 아프리카였다.

"정말 바냐의 아프리카를 모른단 말이오?"

좀 억울했다. 대체 그 지도가 얼마나 대단한 거라고 힐난 비슷한 소리까지 들어야 한단 말인가. 나도 슬쩍 부아가 일었다. 피를 안 본 게 다행이긴 했지만, 달달 떨며 밤을 지새우면서도 늑대는커녕 그 어떤 동물도 구경 못한 게 내 부아를 돋우는 데 한몫했다. "글쎄, 나야 연극을 한 사람도 아니고 대학 때 강의에서 들은 게 전분데 그걸 어찌 알겠어요." 나는 툴툴댔다. 어쩌면 그가 「바냐 아저씨」 공연에서 바냐 역할을 맡지 않았을까. 짐작이 맞았다. "모스크바에서 바냐로 몇 차례 무대에 섰어요. 여기서도 그렇고요. 그 작품 공연에서 내가 제일 많이 한 배역이 바냐예요." 그럼 역할을 잘 소화하기 위해 지도를 걸어놓았던 것일까. "그게 젊었을 때와 좀 나이 들어서가 달랐어요." 젊었을 때야 무대에 걸린 지도의 그곳

에 꼭 한번 가본다 했지만, 나이를 먹고는 지도가 그런 의미
가 아니었다며 온다르는 숲에 시선을 고정시킨 채 한숨을 내
쉬었다. 뭔지 모를 어려운 말들이었다. 모스크바에서 성공하
고 싶었는데 고향으로 돌아와야만 할 사정이 있었다는 말만
겨우 알아들었다.

"아들만 죽지 않았어도 나는 다시 아프리카를 꿈꾸지 않았
을 거요."

이제 아프리카는 아들의 죽음까지 끌어들이고 있었다. 온다
르는 하나 있는 아들이 몇 년 전 한국에서 죽었다고 짧게 말
했다. 나는 깜짝 놀랐다. 한국의 한 대학 한국어학당을 다니
다가 교통사고로 죽었다는 것이다. 그것도 뺑소니였다. 결국
가해자도 찾지 못하고 화장을 해 투바 땅으로 가져와 뿌렸다
고 했다. 머나먼 이역에서의 죽음. 대충 짐작이 갔다. 한국 사
람도 뺑소니에 꼼짝없이 당하는 판인데, 말도 잘 안 통하는 한
국에서 그런 사고를 당했으니. 그는 그렇게 한국과의 아픈 인
연을 지니고 있었다. 내 앞에 앉은 온다르가 머릿속에서 바보
온달과 자꾸 뒤엉켰다. 그제야 아들 일로 한국에 갔다가 바보
온달을 알았겠구나, 확신이 들었다. 뭔가 위로의 말을 전하고
싶었지만 끼어들 자리가 아닌 것 같아 입을 꾹 다물었다.

"기일 무렵 그 녀석의 마지막 체취라도 느끼고 싶어서 아내
와 두 번 한국에 다녀왔어요. 내년쯤 다시 한번 가려고 계획

하고 있어요." 그래서 한국인인 내게 이런 친절을 베푸는구나 싶었다. 나는 그가 한국에 오면 꼭 여기저기 안내를 하겠다고 약속했다. 그 속에는 단양의 온달 관광지도 들어 있었다.

"근데 그 아이가 왜 한국으로 갔는지 알아요? 그게 다 늑대 때문이라니까. 내가 키질로 들어오지 않고 모스크바나 대도시에 남았어도 그런 일은 없었을 텐데……"

뭐가 뭔지 통 모를 내용들이 한꺼번에 튀어나왔다. 인과관계를 밝히기 힘든 말이었다. 꼭 아프리카 지도처럼 알쏭달쏭한 늑대와 아들 죽음의 상관관계. 고향 키질로의 귀향이 원인이라고 했다. 어둠 속이라 그의 표정은 자세히 들어오지 않았다. 나는 그가 연극배우라는 사실을 상기했다. 대사도 억양도 마치 연극 무대에서처럼 연기하듯 격앙되어 있었다. 그의 러시아 말도 제대로 알아먹을 수가 없었다. 많은 부분을 놓쳤다. 얼기설기 그의 말을 맞추어봤다.

온다르의 말로는 아들이 어렸을 때 늑대를 보고 호되게 놀랐다는 거였다. 말 타는 걸 배운 지 얼마 되지 않았을 때, 조금 자신이 붙었는지 숲 가까이 말을 몰았나 보았다. 그때 늑대를 발견한 말이 놀라 펄쩍 뛰었고 아이는 말에서 떨어졌다. 말은 달아났고 혼자 남은 아이를 향해 다가오는 늑대를 발견한 온다르가 총을 쏘며 달려가 아이를 구했다는 것이었다. "그 아이가 어렸을 때 몇 번 놀라 발작을 일으키곤 했는데, 그게 늑대 때문인 줄 몰랐지요. 근데 좀 커서 그런 말을 하더라구요.

여기야 사방이 늑대지요. 아이는 좀체 시내 밖으로 나가려 하지 않았다니까요. 주로 컴퓨터를 붙들고 살았어요. 그쪽 재능이 뛰어났는데." 사춘기에 접어들며 키질을 떠나려고 무진 애를 썼다는 거였다. 모스크바에 있는 대학교로 보내려 했는데 뜻대로 되지 않으면서 결국 한국으로 갔나 보았다. 혹시 한류 열기와 관계된 것은 아닐까. 얼핏 그런 생각이 들었다.

충분히 그럴 수도 있었다. 사냥터로 오는 길에 온다르의 비서에게 들은 얘기였다. 키질의 중고등학교 학생들은 K팝 가수들에 빠져 있다고 했다. 그러면서 유명한 K팝 가수 이름을 늘어놓았다. 재미난 것은 어떤 학교에서 K팝 가수 A에 빠져 팬클럽을 조성한다면, 다른 학교에서는 K팝 가수 B를, 또 다른 학교에서는 C를 내세워 서로 차별화하며 열광한다는 것이었다. 그런데 부모들은 K팝 가수들을 좋아하지 않는다고 했다. 아이들이 K팝 가수들의 옷과 모자, 신발 따위를 사달라고 떼를 쓰는 통에 죽겠다는 것이었다. 여기도 한류가 깊이 스며들어 있었다. 온다르의 아들은 한류를 따라 한국까지 갔는지도 몰랐다. 게다가 학령인구가 줄면서 외국 학생들을 유치하려고 애쓰는 게 요즘 한국 대학의 실정 아닌가. 온다르의 아들은 IT를 전공하려고 한국에 갔다가 그만 한줌의 재가 되어 투바로 다시 돌아오고 말았다. 내가 알아들은 내용은 그랬다.

"몇 년째 완성하지 못한 희곡이 있어요. 꼭 무대에 올리려고요. 아들을 위해 할 수 있는 게 그것밖에 없는데 잘 안 돼요." 나는 그 희곡의 내용에 대해 묻지 않았다. 아프리카나 아들의 죽음보다 더 복잡한 뭔가가 숨어 있을 것만 같았다.

두 시간 뒤에 철수하기로 했다. 나는 아예 총을 내려놓았다. 설사 늑대가 있었어도 우리 말소리에 멀리 도망쳤을 거였다. 한층 흥분했던 온다르의 목소리는 늑대를 쫓기에 충분했다. 이제 금성은 샛별이 되어 깜빡이다 희미해졌다. 희부윰하게 날이 밝아왔다. 그때였다. 탕—탕—탕! 총소리가 내 귀를 울렸다. 화들짝 놀란 나는 얼른 총을 거머쥐곤 몸을 곱송그렸다. 온다르가 후다닥 일어났다. 그러고는 숲 쪽으로 냅다 뛰었다. 나도 덩달아 뒤를 따랐다. 근처를 아무리 뒤져도 쓰러진 늑대라고는 없었다. 핏자국이라도 있는지 풀섶을 살폈지만 눈에 띄지 않았다. 타이가로 퍼져나간 온다르의 총소리는 꼭 연극 「바냐 아저씨」를 보러 갔을 때 무대 뒤에서 울려오던 바냐가 쏜 총소리와 비슷했다. 모두 허탕이었다. 우리는 곧장 짐을 챙겼다. 차가 출발한 뒤 뭔가 허전해서 주머니를 살폈다. 열쇠고리가 보이지 않았다. 아차 싶었지만 얼른 미련을 버렸다. 어차피 그날 오후 투바를 떠나야 했다.

타이가에서 좀 벗어났을 때 온다르는 차를 멈추고 아내에게 전화를 걸었다. 나는 담배를 피우러 차 밖으로 나왔다. 차로 돌아가자 그는 다시 바냐 얘기를 꺼냈다. 나는 괴로웠다. 나로서는 아무리 쥐어짜도 더 이상 바냐에 대해 할 말이 없었다. 대답도 않고 퀭한 눈으로 앞만 보고 있는 나를 보고 온다르는 쿡 웃음을 터뜨렸다.

"그게 아니고 바냐 하자는 거요. 바냐 몰라요? 땀을 빼야 한기를 몰아내지."

웃음만 나왔다. 체호프의 바냐가 아니라 러시아식 목욕탕인 바냐를 말하는 것이었다. 물론 두 개의 바냐는 철자도, 발음도 좀 달랐다. 하지만 내 귀에는 하나로 들려왔다. 사할린의 하숙집에서 가끔 바냐를 했다. 늘 그 열기를 몇 분 견디지 못하고 숨이 막혀 뛰쳐나오곤 했다. 그날 아침 나는 그와 함께 바냐를 했다. 역시 오래 버티지 못하고 금방 뛰쳐나왔다. 온다르의 아내가 내주는 차를 다 마시고도 한참이나 지나서야 그가 바냐에서 나왔다. 그날 오후에 나는 키질을 떠났다. 나를 바래다주러 버스 터미널까지 나온 그에게 한국에 오게 되면 꼭 연락하라는 말을 했다. 그게 마지막이었다. 끝내 그의 아프리카 이야기는 더 듣지 못했다.

집으로 돌아온 나는 여독이 풀리기도 전에 「바냐 아저씨」를 집어 들었다. 아프리카를 찾기 위해서였다.

이반 페트로비치(바냐)의 방. 그의 침실이면서 동시에 영지의 사무실로 쓰인다. 창가에는 출납부와 온갖 서류들이 쌓인 큰 레이블이 있고 사무를 보는 책상, 책장, 저울이 있다. (……)

벽에는 누구에게도 필요치 않을 것만 같은 아프리카 지도가
걸려 있다.

그러고는 아프리카가 사라졌다. 연극을 봤던 터라 줄거리
에는 별 관심이 없었다. 나는 빠르게 눈으로 훑으며 아프리카
라는 활자만 찾았다. 한참을 따라가도 보이지 않았다. 누구에
게도 필요치 않을 것이라더니 정말 소용이 다한 것일까. 끝이
얼마나 남았는지 헤아려보았다. 몇 장 남지 않았다. 맥이 풀
렸다. 이걸 가지고 온다르에게 공박을 당했단 말인가. 나는
다시 한 장을 넘겼다. 그런데 거기 아프리카가 있었다.

(아프리카 지도로 다가가서 들여다본다.) 아마, 이 아프리카
는 지금 무더울 거야. 무서운 일이지!

바냐 친구의 입을 통해 나온 아프리카였다. 내 눈에 띈 건
두 번뿐이었다. 그게 전부였다. 더 이상 찾지 못했다. 바냐가
걸어놓은 아프리카 지도에 대해 한참을 곱씹어보았다. 누구
에게도 필요치 않을 지도를 걸어놓고 바냐는, 아니 온다르는
대체 무슨 꿈을 꾸었을까. 무서울 정도로 무덥다는 아프리카
아닌가.

어쨌든 온다르는 아프리카에 가지 못했다. 아니, 온다르에

게 아프리카는 갈 수 없는 곳이었다. 나는 온다르의 아내에게 애도를 표하는 메일을 썼다. 문득 그가 아들을 위해 쓴다던 희곡은 완성했는지, 그렇다면 그 속에 아프리카가 들어가 있을지 궁금했다. 메일을 쓰는 동안 투바에서 들었던 호메이 소리가 귓가에 울려오는 것만 같았다.

온다르의 아프리카는 어디였을까. 모스크바였을까, 아니면 정말 아프리카였을까. 어쩌면 투바에 온다르의 아프리카가 있을지도 몰랐다. 만일 온다르의 아들에게도 아프리카가 있었다면 그건 한국이었을까. 어쩌면 아프리카가 지명이 아닐지도 모른다는 생각이 스쳐 갔다. 퍼뜩 떠오르는 게 있었다. 나야말로 가야 할 곳이 있다는 것이었다. 그곳은 아프리카가 아닌 투바였다. 얼어붙은 대지 위로 살을 에는 차디찬 바람이 훑는, 영하 오십 도까지 떨어진 한겨울의 투바. 그곳에서라면 폭염의 아프리카가 내게 바짝 다가올지도 모른다는 생각을 했다. 어느새 한밤중이었다. 금성, 아니 슐반은 사라지고 없었다.

* 리처드 파인만이 알린 투바는 『투바: 리처드 파인만의 마지막 여행』(랠프 레이턴, 안동완 옮김, 해나무, 2002)을 참고했다. 저자인 랠프 레이턴은 리처드 파인만과 함께 오랫동안 투바에 가려는 계획을 세웠다. 그는 나중에 투바로 들어가는 데 성공했지만 파인만은 그전에 사망한다. 투바가 세상에 널리 알려진 데에는 이들의 공이 크다.
** 늑대의 습성에 대해서는 중국 작가 장룽의 장편소설 『늑대토템 1, 2』(송아진 옮김, 김영사, 2008)를 참고했다.

한 뼘 부족한 사람들을 위한 다큐멘터리

조현(소설가)

1. 시베리아로 떠나는 사람들

이미 읽으신 분들은 아시겠지만, 정태언 작가의 소설에 자주 등장하는 장소는 시베리아이다. 정확하게는 각자의 사연을 품고 시베리아로 떠나는 사람들이 등장한다. 그리고 그렇게 닿은 시베리아에서 뭔가를 보거나 듣거나 만난다.

이번 소설집에 첫 작품으로 실린 「한 뼘」에는 '우주의 날'을 상기시키는 카르쉬라는 친구가 나온다. 이날은 우주인 유리 가가린이 최초로 지구를 벗어난 날을 기념하는 날이다. 주인공은 방이나 아파트, 동네나 도시, 국가나 세계로 구획되는 어떤 경계를 의식하면 공황에 빠지는 사람이다. 마치 열을 가하면 통통 튀고 서로 부딪치면서 아비규환으로 빛을 내는 진공관 속 같다고 생각한다. 알타이 말로 '카르쉬'라는 이름은 '한 뼘'이라는 뜻이다. 이 이름에서 기인한 연상작용으로 주인공은 늘 한 뼘이 부족했던 지난 삶을 되돌아본다. 한 뼘의 점수가 모자라 떨어진 대학입시나 한 뼘 뒤늦게 받은 학위로 무산된 교수 임용에 이르기까지 주인공은 한 뼘의 공간이 부족해서 제자리를 찾지 못한 가구 같은 삶을 살아온 것이다. 그런데 한 뼘을 한탄하던 그는 하바롭스크에서 우연히 본 어떤 다큐멘터리 영상에 홀려 시베리아의 민속곡 '카이'를 듣고자 먼 알타이로 향한다. 그렇게 해서 만난 사람이 카르쉬였다. 그러나 '카이'를 부를 수 있다고 해서 만난 남자는 영 미덥지 못한 사람이었다. 즉 카르쉬 역시 어찌보면 한 뼘 부족한 사람이었다. 우여곡절 끝에 주인공은 결국 남자가 부르는 '카이'를 듣고 만다.

우—웅 하는 음에 배 속이 울려왔다. 샤먼의 북소리 같은 알타이 소리는 내 배 속을 휘저은 다음 머릿속으로 향했다. 그리고 다시 가슴을 메웠다. 나는 가열된 진공관 속 입자처럼 달아올랐다.(39쪽)

주인공은 노래를 듣고 무엇을 깨달았을까. 그것을 해석하는 것은 온전히 독자의 몫이다. 여하튼 이 소설집에 자주 등장하는 시베리아는 뭔가 한 뼘이 모자란 사람들에게는 그 결여를 메워주는, 혹은 메워줄 가능성의 땅이다.

한 뼘이 모자란 사람들이 시베리아로 향하는 이야기는 두 번째 작품 「시베리아, 그 거짓말」에도 등장한다. 이 소설의 주인공 역시 호구지책으로 얼떨결에 시베리아에 대한 강의를 맡는다. 한 번도 가본 적이 없었던 곳을 자료만 조사해서 강의를 시작한다. 먹고살기 위해 시작한 시베리아 강의였지만, 그곳에는 장밋빛 미래가 있을 거라고 자기계발서에 담기는 논리처럼 스스로를 합리화하지만 어느 순간부터 자신이 없어진다. 그리고 결정적으로 수강생 '시제로' 때문에 주인공의 확신은 무너진다. 과거 강사였던 주인공에게서 'C°' 학점을 받아 '시제로'로 지칭되는 이 인물이 주인공의 위선을 공격한 것이다. 이를 계기로 주인공은 자신이 강의했던 혹은 사회에서 자기계발서처럼 주입하던 시베리아가 거짓이라고 느낀다. 우리 사회에서 위정자 혹은 기업가들이 자기계발서처럼 외치던 한반도에서 시베리아로 연결되는 열차 사업은 결국 필요에 의해 동원된 위선의 언어라는 것을 인식하는 것이다.

2. 한 뼘 부족한 사람들

이처럼 정태언 소설집에 등장하는 인물들의 공통점이 있다. 모든 단편의 주인공들은 같은 인물이라고 봐도 무방한데 주인공이나 등장인물 모두 한 뼘 부족한 사람들로 그려지고 있다.

세번째로 수록된 「북 치는 소년」은 주인공의 어린 시절 약간의 장애를 가진 친구에 대한 회상기인데, 고아인 이 친구는 번쩍이는 악기를 특출나게 다루지도 못했고 후원자의 눈에 띄어 입양되지도 못한다. 그러므로 '찔찔이'라는 별명을 가진 이 친구나 실직을 한 상태에서 과거를 돌아보는 주인공 역시 한 뼘이 부족한 사람이다. 이렇게 뭔가를 결여한 사람들의 이야기는 다음 작품인 「그날이 오면」에서도 이어진다. 이 작품의 주인공은 경제적 형편으로 지방 도시의 구도심에 위치한 '13번지' 낡은 주택의 이층으로 이사온다. 지하에는 다른 세입자가, 그리고 일층에는 주인집 부부가 거주하고 있다. 그런데 문제가 생긴다. 집 건너편에 위치한 고물상 '창대자원'에서 밤낮 없이 소음이 들려오기 시작하는 것이다.

창대자원의 강점은 휴일이 없다는 것이다. 일요일도, 국경일도 없었다. (……) 창대자원은 단 한 번도 문을 닫지 않고 나에게, 우리 식구에게, 일층과 지하의 사람들에게, 더 나아가 인근 주택들에 거주하는 사람들에게 자원의 소중함과 중요성을 한시도 쉬지 않고 일깨웠다. 그럴수록 이 나라의 '자원'으로 새롭게 태어나고자 하는 나, 그리고 하루 종일 학원에서 목을 써야 하는 직업을 가진 아내, 또 미래의 중요한 자원이 되려는 대학생과 고등학생인 첫째, 둘째 아이 모두 점점 망가져갔다.(123쪽)

창대자원이 내뱉는 소음으로 인해 주인공의 평온한 삶은 점점 무너지는데, 이는 주인공의 태도에도 원인이 있다. '자원의 틈새에서 나는 점차 13호 구성원들을 자원의 차원으로 살피기 시작'하며 '나는 창대해지리라. 나도 버젓이 사회에 유용한 자원이 되어 창대해지리라. 당당히 이곳을 벗어나리라'라고 다짐하는 주인공은 마치 「시베리아, 그 거짓말」에서 한반도 철도가 시베리아 철도로 연결되면 어떤 경제적 가치가 있을지에 대해 시험문제를 내는 강사와 같다. 하여 "타도하자, 창대자원"(143쪽)을 외치는 주인공은 "내 어투도 창대자원 남자의 그것을 닮아 있었다"(152쪽)고 느낀다.

해방을 기념하며 온 나라가 떠들썩했다. 창대자원은 우렁차게 쇳소리를, 힘찬 망치 소리를, 그리고 전기톱 소리를 냈다. 마치 광복을 기념하는 불꽃놀이라도 하듯 산소용접봉으로 노란 불꽃을 창대자원의 마당에 마구 튀겨댔다. (……) 이 나라의 자원이 되는 데 이 퍼센트 부족한 나는 어둠 너머 검푸른 하늘을 쾡한 눈

으로 바라보았다.(160쪽)

「한 뼘」에서 진공관 속에서 '튀겨내는 입자'는 창대자원의 마당에서 마구 튀겨대는 불꽃과 동일하다. 그러므로 13번지 사람들 역시 한 뼘 부족한 사람들이었던 것이다.

다음 작품으로 「축약시대」에는 수십 년 만에 연락해 과거 억울한 죄에 대한 탄원서를 부탁하는 P와의 사연이 소개된다. 주인공은 썩 내키지 않는 국가보안법 위반에 대한 탄원서 작성을 위해서 P의 삶을 축약한다. 주인공은 오래전에 P가 살고 있던 C시에 내려가 한동안 신세를 진 적이 있었는데 그때 '안다'라는 말을 강박적으로 되풀이 토해하는 P의 어머니를 보게 되고, 그 말의 기원을 추리한 적이 있다. 여러 변이형을 가진 '안다'는 '언더'나 '원더'로 들리기도 한다. 주인공을 갸웃하게 만드는 '오란다' 혹은 '오런더'라는 말도 있다. 듣기에 따라서 얼마든지 달리 해석될 수 있는 이런 혼란은 "혀끝에서 벌어지는 힘의 역학 관계로 파악해보려고 했지만 여전히 알 수 없는"(177쪽) P의 국가보안법 위반 사건으로 이어진다. P의 삶을 망가뜨렸던 이러한 언어의 혼란은 무엇이었을까.

그날 '안다'와 '언더'는, 도통 뜻을 알 수 없는 외계의 소리로 다가들었다. (……) 그건 그날 밤 유성이 스러져가며 우주를 향해 발신한 '유성음(流星音)' 비슷한 것 아니었을까. 일련의 '안다'는 그녀에게 저 우주의 소리, '옴(om)' 같은 진언은 아니었을까.(183~184쪽)

즉 P라는 한 인간의 운명을 좌우했던 언어의 혼동은, 그 근원이 우주적 차원으로 확대되는 불가사의한 무엇이었던 것이다. 그리고 마침내 주인공은 P의 삶을 축약하며 P의 어머니의 말을 '이해'할 수 있는 실마리를 찾아낸다. 물론 주인공이 추론한 가설에 대해 독자는 나름대로 새로운 가설을 세울 수 있을 것이다.

이어지는 「「조용환 약전(趙龍煥 略傳)」을 쓰다」에는 얼떨결에 지방 소도시를 빛낼 숨은 영웅을 찾아 나서는 주인공의 사연이 소개된다. 주인공은 시에서 발간하는 잡지의 필진으로 그동안을 알려지지 않았으나 쇠락해가는 시를 빛낼 영웅을 발굴하는 일을 떠맡게 된다. 고심하던 그의 눈에 우연히 『수암의 기이한 천성 견문 경험기』란 책이 들어오고 그는 책에 에피소드로 수록된 '도술가 조용환'에 대해 주목한다. 그런데 애써 조사해봐도 이 기묘한 도술가는 한 뼘 부족한 사람이다.

한숨을 내쉬면서 반쯤 읽은 책을 덮었다. 물론 조용환 씨의 행적은 '기이한' 것들이었다. 다만 수암의 글들에서 독자를 설득시키려면 뭔가가 더 있어야 하는데 그게 빠져 있었다.(216쪽)

고민하던 주인공은 어린 시절 친구였던 경호의 문상에 갔다가 그의 행적이 미화되고 신화화되는 것을 보고 문제를 해결할 힌트를 얻는다. 그러나 걱정은 있다.

장례식장에서 경호의 인생을 부풀리던 것처럼, 나도 조용환 씨를 잔뜩 부풀려 위대한 영웅으로 만들지는 않을까. 혹 그게 성공해서 조용환 씨를 영웅으로 만든 뒤, 그를 내세운 천성시의 대표 축제라도 생긴다면 대체 나는 무슨 짓을 한 꼴이 되는 걸까. 이를테면 그의 도술에 초점을 맞춘 '천성세계도술대회' 따위 말이다.(227~228쪽)

아마도 '천성세계도술대회' 같은 게 바로 한반도에서 시베리아로 이어지는 횡단철도에 대한 프로파간다처럼 사람들의 욕망에 기대는 허위일 것이다. 하여 한 뼘이 부족한 사람들은 그런 허위에서 결여를 발견하고 시베리아로 떠나기도 한다. 그런데 막상 시베리아에 도착한 사람들은 무엇을 만나게 될까.

3. 바이칼 호의 심연에 존재하는 것들

「골로먄카에 대한 상상」에는 바이칼 호수 깊은 곳에 사는 물고기가 나온다. 배 속이 훤히 들여다보이는 외형에 지나친 기름기 때문에 맛도 없는 골로먄카라는 물고기다. 주인공은 국내에서 시베리아에 대한 강의를 하며 틈틈이 여행사의 현지 가이드를 하는 것으로 부업을 삼고 있는데 어느 날 예전 여행에서 만난 여자에게서 연락이 온다. 그런데 처음 전화를 잘 받아주었던 주인공에게 여자는 지속적으로 연락하며 용건도 분명치 않은 자신의 얘기를 되풀이한다. '위험 박순남'이란 별명을 가질 만큼 여행 내내 속 보이는 언행으로 일행들에게 민폐를 끼쳤던 여자야말로 골로먄카 같은 사람이었다. 그 여행에서 주인공은 처음으로 골로먄카를 보는데 그 어원이 '헐벗은 또는 가난하다는 뜻'을 가진 '골로이'가 아니라 '바닥을 알 수 없는 심연'이란 뜻의 러시아 고어 '골로멘'임을 알게 된다. 이 부분은 시베리아로 가는, 그러니까 한 뼘 부족한 사람들의 근원적인 결핍이 단순히 가난하거나 헐벗은 경제적 차원뿐만 아니라 좀 더 존재의 바닥으로 잠수해야만 발견할 수 있는 보다 본질적인 무엇임을 암시한다. 이를테면 방송국에서 은퇴한 이후 소일 삼아 세계 곳곳을 여행하고 있다는 여자가 바이칼에서 여행사를 통해 남편의 부고를 전해 듣지만 못 들은 것으로 하겠다며 귀국을 거부하는 사건이 그렇다.

자기 남편이 죽었다는 소식을 듣고 놀라지도 않은 채 안 간다고 할 정도라면 대체 무슨 사연이란 말인가. (……) 나는 그렇게 그녀의 인생을 단정하다가 그만두었다. 골로만카라는 물고기 이름의 유래를 두고도 내 해석이 틀림없다며 자신하다가 얼굴을 붉히지 않았던가.(261쪽)

그건 '위험 박순남'이 "속이 다 보여 그 어떤 비밀도 간직하지 못할 것 같은, 아니 비밀이 있다고 해도 속내를 털어놓지도 못하다가 조금만 열을 받으면 남 탓하지 않고 스스로 죽어버리는 골로만카"(262쪽)였기 때문이며, 그렇다고 본다면 이 여자 역시 한 뼘 부족한 사람들의 부류에 속한 것이다.

마지막 단편 「아프리카」는 시베리아 한복판의 투바공화국의 키질이라는 곳에서 아프리카를 그리워하며 평생을 살아온 온다르 칠긔최라는 남자에 대한 이야기다. 젊은 시절 배우로 활동한 남자는 체호프 원작인 「바냐 아저씨」라는 연극에서도 자주 배역을 맡았는데 이 작품에 등장하는 아프리카 지도를 평생 곁에 걸어두고 살아왔다. 그리고 '카이'라고도 부르는 '호메이'를 듣기 위해 시베리아에서도 오지 중의 오지인 키질을 찾아온 주인공에게 오히려 바냐의 아프리카를 아냐고 되묻는다. 남자는 한국에 유학을 간 아들이 교통사고로 죽어버린 사연을 가지고 있다. 그리고 아들이 죽지만 않았어도 다시는 아프리카를 꿈꾸지 않았을 것이라고 토로한다. 내면에 부족한 뭔가를 채우기 위해 호메이를 듣고자 키질에 온 한국인 주인공이나 자신에게 결여된 무언가 때문에 평생 바냐의 아프리카를 마음속에 품고 살아온 시베리아의 남자 모두 한 뼘 부족한 사람들이었던 것이다. 즉 주인공으로 말하자면 결여된 한 뼘을 채우고자 먼 길을 왔지만, 막상 도착한 곳의 현지인은 역설적으로 다른 먼 곳을 꿈꾸고 있었던 것.

온다르의 아프리카는 어디였을까. 모스크바였을까, 아니면 정말 아프리카였을까. 어쩌면 투바에 온다르의 아프리카가 있을지도 몰랐다. 만일 온다르의 아들에게도 아프리카가 있었다면 그건 한국이었을까. 어쩌면 아프리카가 지명이 아닐지도 모른다는 생각이 스쳐 갔다.(301쪽)

자신이 딛고 있는 그 땅이 아프리카일지도 모른다는 것, 혹은 아프리카는 지명이 아닐지도 모른다는 것은 이 소설집에 그리도 자주 등장하는 지명 시베리아에도 해당한다.

이렇게 우리는 정태언 작가의 소설들을 훑으며 한 뼘 부족한 사람들이 시베리아로 가는 사연과 그곳에 도착해서 듣고 보고 만난 것을 살펴보았다. 소설을 읽으면 충분히 짐작할 수 있는 것처럼 정태언 작가는 수없이 시베리아를 가봤을 것이다. 여기서 궁금한 점. 이 소설집의 첫 작품으로 수록된 「한 뼘」에는 "카이를 들으면 아이가 생긴다는 알쏭달쏭한 말"(24쪽)이 나온다. 카이에는 듣는 이를 치유하는 효과는 물론 새로운 생명까지 잉태시킨다는 카르쉬의 확언이 두어 가지 사례와 함께 등장한다. 그렇다면 짐작건대 한 뼘 부족했던 정태언 작가는 시베리아에서 카이를 듣고 이 작품을 낳았지 않았을까 싶다. 그렇다면 이렇게 글을 쓰고 있는 필자나 이 작품집을 읽은 독자들 모두 간접적으로 작가가 전언하는 '카이'를 들었을 텐데, 그렇다면 이로 인해 우리들은 각자 무엇을 낳게 될지 궁금하다.

글을 쓴다는 게 많은 분께 신세를 져야만 하는 일이란 걸 새삼 깨닫는다. 책을 엮으며 스쳐 간 그 인연들에 가슴 깊이에서 감사란 말이 일렁인다. 돌이켜보면 꿈처럼 아득하지만 여러 일들이 내게, 또 우리 사회에 그리고 세계에 일어났다.

이번 세번째 소설집에는 여덟 편의 작품이 들어가 있다. 그 중 여러 작품 속 무대가 시베리아이다. 알타이, 투바 같은 시베리아 속 지명들과 그 안의 그리운 사람들이 새삼 떠오른다. 작가의 말을 쓰는 지금 영하 40도가량 떨어진 아득한 북방, 그곳으로 달려가고픈, 그래서 그곳에서 폭양 속 아프리카의 열기 같은 열정을 느끼고 싶다는 충동이 인다. 알타이 타이가에서 카이를 부르는 카르쉬는 잘 있을까.

가까운 이들로부터 자주 듣는, "이젠 좀 재미있는 소설 좀 써봐"란 말에 슬쩍 웃음을 머금는다. 이번 책에는 '재미있는' 이란 수식이 붙을 수 있을까. 십 년 전쯤 첫 책을 내며 작가의 말에 '공명'이라는 단어를 썼다. 등단할 때 당선 소감에서도 마찬가지였다. 다시 그 단어를 소환해 내게 되묻는다. 진정성 있게 다가가는, 공명할 수 있는 작품들인가 하고.

소설집을 엮어주신 강출판사 정홍수 대표님, 편집과 교정을 맡아주신 김현숙 선생님, 이명주 선생님께 감사 말씀드린다. 또한 작품집 발문을 흔쾌히 맡아주신 조현 작가님께 깊이 감사드린다.

2024년 1월
정태언

수록 작품 발표 지면

한 뼘 _『문학에스프리』 2019년 여름호

시베리아, 그 거짓말 _『문장웹진』 2023년 4월호

북 치는 소년 _『문학나무』 2020년 여름호

그날이 오면 _『도요문학무크』 2015년 8호

축약시대 _『문학나무』 2018년 여름호

「조용환 약전(趙龍煥 略傳)」을 쓰다 _『The 좋은소설』 2020년 여름호

골로만카에 대한 상상 _『문학무크 소설』 2019년 6호

아프리카 _『제14회 현진건문학상 수상작품집』 2022년